Béla Bolten

Das Doktorspiel

Ein Berg und Thal Krimi

Spannende Unterhaltung
wünscht

Béla Bolten

Impressum

© 2015 - Béla Bolten
In den Reben 11
D-78465 Konstanz
belabolten@email.de

Lektorat: Michael Lohmann, www.worttaten.de

Cover-Design: Sabine Herke, www.sabineherke.de
Titelfoto: Andreas Lechtape, www.andreaslechtape.de

Der Autor im Internet:
www.belabolten.com

Inhalt

Im Schmetterlingshaus der Insel Mainau wird eine Leiche gefunden – und das mitten in der Hochsaison.

Der Tote wirkt wie zur Schau gestellt: nackt, in entwürdigender Haltung, die Haut mit eingeritzten Namen übersät.

Warum musste der angesehene Kinderarzt Dr. Lennart Löscher sterben? Das Konstanzer Ermittlerduo Bettina Berg und Alexander Thal muss ein Puzzle lösen, in dem kein Teil zum anderen passt. Sie stoßen auf verzweifelte Eltern, militante Impfgegner und religiöse Fanatiker.

Und dann sind da noch die Kinder, deren Leben an einem seidenen Faden hängt.

Über den Autor

Nach den Bestsellerkrimis »Leahs Vermächtnis«, »Sünders Fall«, »Bankers Tod«, »Claras Schatten«, »Tote Mädchen weinen nicht«, »Aschenputtel tanzt nicht mehr« und „Wenn Barbies Schwestern Trauer tragen" ist »Das Doktorspiel« der achte Einsatz für das Konstanzer Ermittlerduo Bettina Berg und Alexander Thal.

Béla Boltens zeithistorische Krimiserie um den Polizisten Axel Daut (bisher erschienen: »Codewort Rothenburg« und »Der Aufbewarier«) spielt während des zweiten Weltkriegs in Berlin.Bolten lebt und arbeitet in Konstanz am Bodensee.

Mehr Informationen im Internet:

http://belabolten.wordpress.com/

Eins

Warum konnte er nicht schlafen? Schlaf war das Einzige, das ihm Frieden gab. Woher kamen nur diese Worte? Frieden! Was war das überhaupt? Auf jeden Fall ein viel zu großes Wort für einen Jungen wie ihn. Ein Wort, das die Erwachsenen ständig im Munde führten, das angeblich das Ziel all ihrer Bemühungen war. Sie schufteten für den Frieden im Weinberg des Herrn. Er wusste nicht einmal, was ein Weinberg war, aber er traute sich nicht zu fragen. Wer zu viel fragte, wurde bestraft.

Er drehte sich auf die rechte Seite und starrte auf die Wand. In Höhe seines Kopfes befand sich eine Delle im Putz, geformt wie eine an die Mauer gehängte Schale, zur Nutzlosigkeit verdammt. Genau wie er. Wie lange war er jetzt hier? Er hatte es vergessen. Am Anfang hatte er die Tage noch gezählt, denn sie hatten ihm versprochen, dass seine Eltern ihn alle acht Tage besuchen würden. Das war eine Lüge, sie kamen nicht. Nicht nach acht Tagen, nicht nach sechzehn. Nie! Am vierundzwanzigsten Tag hörte er auf zu zählen. Bis dahin hatte er jeden Morgen einen Papierstreifen von einer vergilbten Seite eines in abgewetztem Leder gebundenen Buches gerissen und in die Holzschachtel gelegt, in der er seine Erinnerung aufbewahrte. So konnte er sich jeden Morgen vergewissern, wie lange er hier war. Sein Gedächtnis war schlecht, das war sein Problem, aber mit den Schnipseln half er ihm auf die Sprünge. Seine Mutter sagte: »Du bist nicht der Hellste, aber wenn du weißt, wie du dir helfen kannst, kommst du schon durchs Leben.« Sein Vater lachte über diesen Spruch. »Der

1

Junge hat ein Gedächtnis wie ein Sieb, irgendwann vergisst er sich selbst.«

Seitdem hatte er Angst, sich selbst zu vergessen. Er wusste nicht, was es bedeutete, durchs Leben zu kommen, aber er lernte, sein Gedächtnis auszutricksen. Mit Papierschnipseln zum Beispiel.

Am Morgen des fünfundzwanzigsten Tages öffnete der Argus, der sie zum morgendlichen Gebet holte, genau in dem Augenblick die Tür, als er den täglichen Gedächtnisstreifen aus dem Buch riss. Er wusste sofort, dass ihm Strafe drohte. Der Argus brüllte, riss ihm das Buch aus der Hand und blätterte es durch. Er fand die zerrissenen Seiten.»Das Heilige Buch des Herrn«, rief er und sein Gesicht wurde kreidebleich.»Wie kannst du nur ...«

Er wusste nicht, was er meinte. Er hatte noch nie in einem Buch gelesen. Ihm reichten die von den Lektoren jeden Tag vorgelesenen Geschichten von Löwen, die Jungen bedrohten, von Zwergen, die mit Riesen kämpften, von bösen Königen und edlen Sklaven. Sie sagten, diese Geschichten seien Gottes Wort.

Er versuchte zu erklären, dass die Schnipsel sein Gedächtnis seien, das wollte der Argus aber nicht hören und auch die anderen interessierten sich nicht dafür. Sie sperrten ihn für drei Tage in einen kahlen Raum ohne Möbel, in dem er auf dem Boden schlafen musste. Ohne Essen, es gab nur ein Glas lauwarmen Wassers. Jeden Tag kam der Argus der Zelle – ein anderer als derjenige, der ihn am Morgen mit dem Papierschnipsel erwischt hatte – und schlug ihn mit einer Rute. Er wollte die Schläge zählen, aber beim neunten verlor er das Bewusstsein. Am zweiten Tag fing er erst gar nicht an zu zählen, obwohl er diesmal die Qualen bei wachem Verstand bis zum Ende durchstehen musste.

Als sie ihn in sein Zimmer brachten, schmerzte sein Körper so stark, dass er sich nicht auf den Rücken legen konnte. Eine Schwester rieb ihn mit einem nach Wald und Kräutern riechenden Öl ein, das die Schmerzen nicht linderte. Trotzdem war er dankbar.

Das Buch hatten sie ihm genommen und damit die Möglichkeit, die Tage zu zählen. Wie viele waren seither vergangen? Noch einmal vierundzwanzig? Bestimmt.

Er drehte sich auf die linke Seite und schaute nach oben. Die Fenster waren direkt unter der Decke, zu hoch, als dass er nach draußen schauen konnte. Ein Lichtschein wanderte über die Wand, Schatten sprangen von links nach rechts. Waren es die im Wind schwankenden Zweige eines Baumes? Er richtete sich auf und versuchte einen Blick auf den Mond zu erhaschen. So weit war er also schon! Wie lange würde es dauern, bis er voll am Himmel stehen und ihm den letzten Rest Schlaf rauben würde? Drei Tage? Höchstens vier! Aber diesmal würde es gleichgültig sein, ob er schliefe oder nicht. Diesmal kam er an die Reihe. Danach käme er nicht mehr in diesen Raum zurück, nicht einmal mehr in dieses Haus. Er würde aus dieser Welt verschwinden, ohne dass eine einzige Erinnerung an ihn zurückbleibt. So wie Finja verschwunden war. Es war, als bliese man eine Kerze aus. Die Flamme verlosch, der Rauch kringelte sich noch eine Weile nach oben, man konnte ihn sehen. Später, als der Qualm sich verzogen hatte, hing noch zarter Duft in der Luft, doch nach kurzer Zeit blieb nichts als die Erinnerung an das Licht, ein Gedanke, der ebenfalls bald aus dem Gedächtnis verschwand. Wie lange war es her, dass er Finja zum letzten Mal gesehen hatte? Einen Monat? Er konzentrierte sich. Welche Farbe hatten ihre Augen? Blau? Nein, halt! Sie waren grün, schimmerten wie der Teich hinter Opas Haus an heißen Tagen. Er versuchte, sich Finjas Gesicht vorzustellen, doch da war nur ein heller Fleck mit zwei leuchtend grünen Punkten.

Eine Träne lief über seine rechte Wange. Er hatte Finja gemocht. Sie war das einzige Mädchen im Heer, mit dem man vernünftig reden konnte. Er vermisste sie. Und sie war nicht die Einzige, die fehlte.

Seine Füße begannen zu zittern und die Bewegung erfasste langsam seine Beine und kroch weiter nach oben. Die Angst schlich wie eine Raubkatze durch seinen Körper. Er riss die Augen auf, schaute zum Fenster. Eine Wolke schob sich vor die Mondscheibe, als wollte sie ihn beschützen. Aber das Unausweichliche ließ sich nicht aufhalten. Niemand konnte das. Keiner wusste, was mit Finja und den anderen passiert war. Keiner wusste, wie viele Krieger schon verschwunden waren. Wer darüber tuschelte, wurde bestraft, wurde geschlagen, bis das Blut in heißen Rinnsalen den Rücken hinunterlief.

Vor einer Woche hatte Paul etwas aufgeschnappt. Ein Wort, dessen Bedeutung sie nicht kannten. Es klang böse. Tödlich. Niemand benutzte dieses Wort, wenn sie mit ihnen sprachen, stattdessen redeten sie von einem Spiel.

Er setzte sich auf und schlang die Arme um die Beine. Die Angst begann, seinen Magen in den Griff zu nehmen. Noch drei Tage. Höchstens vier. Dann würden sie die Tür öffnen und ihn holen. Dann würde es beginnen: Das Doktorspiel.

Zwei

Erster Tag. Acht Uhr fünfzig

»Wie lange dauert das denn noch, Herr Hauptkommissar?«
Der kleine, dürre Mann wedelte mit den Armen, während
er Mühe hatte, Thal zu folgen, der mit großen Schritten den
Weg vom Vorplatz in Richtung Eingang des Schmetterlings-
hauses durchmaß. Er hatte Thal am Inseleingang abge-
passt, irgendjemand musste ihm gesagt haben, wer die Ermittlungen leitete.

»Willy Abendroth, Pressesprecher«. Bei der Vorstellung
hatte er sich auf die Zehenspitzen erhoben und mit der linken Hand den winzigen Unterlippenbart gestreichelt, während er mit der rechten eine Visitenkarte aus der Brustta-
sche des Jacketts zog. Thal wunderte sich, dass der Mann
trotz seiner eher in den Herbst passenden Kleidung nicht
im geringsten zu schwitzen schien, er wirkte wie aus dem
Ei gepellt, als hätte er unter seinem eng anliegenden Anzug
Kühlkompressen um den Körper gelegt. Thal dagegen war
es schon jetzt zu warm, obwohl er die Jacke im Auto gelassen und die Ärmel seines Hemdes bis zum Ellenbogen auf-
gekrempelt hatte. Dieser Sommer wollte einfach nicht en-
den, seit Wochen lag Konstanz unter einer Hitzeglocke, die
den Bodensee auf mediterrane fünfundzwanzig Grad auf-
geheizt hatte. Wann hatte man zuletzt Ende September
schwimmen können, ohne zu bibbern? Und da hielten immer noch einige Leute die Erderwärmung für ein Hirnge-
spinst grüner Weltverbesserer.

»In zehn Minuten öffnen die Tore, in einer halben Stunde
kommt das erste Schiff. Ist Ihnen klar, was das bedeutet?«

Thal blieb abrupt stehen, der Zwerg ging ihm auf die Nerven. »Ich werde Sie nicht daran hindern, Publikum auf die Insel zu lassen. Ob und wann wir das Schmetterlingshaus freigeben, kann ich Ihnen aber erst sagen, nachdem ich mir die Situation angesehen habe. Am besten lassen Sie uns einfach unsere Arbeit tun, umso schneller ...«

»Selbstverständlich«, unterbrach ihn der Mann und Thal erwartete einen Bückling. »Wenn Sie irgendetwas brauchen ...«

»Guten Morgen, Alexander.« Hartmut Grendel, der Leiter der Konstanzer Kriminaltechnik, stand in der Eingangstür und hielt Thal einen eingeschweißten Plastikoverall entgegen. Mit einem Kopfnicken nahm er die Verpackung, riss sie auf und entfaltete die Schutzkleidung. »Was haben wir?«

»Das schaust du dir besser erst mal unvoreingenommen an. Auf jeden Fall erreichte uns vor knapp zwei Stunden ein Notruf, ein Gärtner hätte im Schmetterlingshaus der Mainau einen Toten gefunden.«

Thal verhedderte sich im Plastik, als er das rechte Bein in den Overall steckte, und fluchte leise vor sich hin, während Grendel ihn stützte. »Was wollte der Gärtner um diese Zeit hier?«

»Er ist nicht besonders gesprächig, Jonas versucht gerade, noch etwas mehr aus ihm herauszubekommen als die gestammelte Versicherung, dass er so etwas noch nie gesehen hätte.«

Quandt war also auch schon da, ärgerte sich Thal. Warum kam er selbst seit Monaten immer als Letzter zum Tatort? Man könnte glauben, er würde alt und schaffte es einfach nicht früher, dabei fühlte er sich fit wie lange nicht mehr. Er zog den Reißverschluss nach oben und nickte

Grendel zu. »Dann wollen wir mal!« Der Tatortermittler deutet auf die Kapuze, die Thal mit einem ergebenen Seufzer über den Kopf zog. Nach zwei Sekunden spürte er, wie sich eine Schweißperle in seinem Nacken bildete. Grendel hielt ihm die Tür auf, und sie betraten durch eine Art Windfang den Bau, dessen Dach wie die Flügel eines Falters geformt waren. Feuchte Schwüle schlug ihm entgegen und nahm Thal den Atem. Es roch nach Erde und Rinde, als spazierte man durch einen Tropenwald nach einem heftigen Regenguss. Warum taten sich Besucher so etwas freiwillig an, fragte er sich und bekam postwendend die Antwort. Ein handtellergroßer, in verschiedenen Brauntönen gekleideter Schmetterling flog keine zehn Zentimeter an seinem Gesicht vorbei und setzte sich auf ein Stück Banane, das neben einer Zitrone auf einem Teller lag. Thal schaute sich um. Üppiges Grün tropischer Pflanzen überall und dazwischen die Farbtupfer unzähliger Schmetterlinge. Große und kleine, gelbe, rote, blaue. Getupfte und gestreifte. An einem Gestell hingen Puppen, in einigen regte sich schon das Leben, in ein paar Stunden würde sich ein junger Schmetterling von der hässlichen Hülle befreien, in der er von der Raupe zur Schönheit herangereift war. Die Farben und Formen waren betörend, dazu das eigenartig diffuse Licht, als würde es durch einen Schleier gefiltert. Er hatte das Gefühl, so eine Stimmung schon erlebt zu haben, konnte sich aber nicht erinnern, wann und wo. Die tropisch schwüle Hitze machte das Atmen schwer und verlangsamte die Bewegungen. Grendel schien sich schon akklimatisiert zu haben und ging schnellen Schrittes voraus. Über einen Teich spannte sich eine Holzbrücke, Wasser plätscherte eine kleine Schwelle herunter, ein Schwarm Goldfische glitzerte im Licht. Oder waren es Kois? Thal hatte kei-

7

ne Ahnung und im nächsten Augenblick auch keinen Blick mehr für die Pracht um ihn herum. Vor einer etwa zwei Meter breiten, natürlichen Wand aus Bambus stand ein weißer, gusseiserner Stuhl, auf dem ein Mann in aufrechter Position saß. Er war nackt, seine Haut schimmerte vor der grünen Palisade in Alabastertönen, die von roten Sprenkel durchzogen waren. Zwei Tatortermittler in ihrer Arbeitskleidung samt Schuhüberziehern und Mundschutz bildeten einen grotesken Kontrast zu dieser schutzlosen Nacktheit. Grendels Männer waren dabei, Spuren auf dem Körper des Mannes zu sichern, während der Fotograf Nils Kröning versuchte, jedes freie Sichtfeld, das ihm die Kollegen boten, für eine Aufnahme zu nutzen.

Thal machte ein paar Schritte auf den Mann zu und starrte dabei auf eine Stelle an seinem Oberarm. Was war das? Er beugte sich vor. Tatsächlich!

»So was hatten wir noch nicht«, sagte Grendel und bedeutete seinen Mitarbeitern zurückzutreten, damit Thal sich die Leiche ungehindert anschauen konnte. Er drehte den Kopf, um die Schrift zu lesen. ›Jeremias‹, hatte jemand in den Arm geritzt, der Name war gut zu erkennen, leuchtete geradezu in einem hellen Blutrot. Die Buchstaben sahen aus wie von Kinderhand mit einem spitzen Stecken in den Sand geschrieben. Das ›r‹ war ein wenig verrutscht und beim ›a‹ hatte der Schreiber zu viel Druck ausgeübt, sodass ein Blutrinnsal aus dem rechten Abschwung des Buchstabens gelaufen war, das er wahrscheinlich ohne Sorgfalt mehr verschmiert als weggewischt hatte. Es sah aus, als hätte er unter Zeitdruck gestanden, die Blutspur war nicht wichtig, es waren noch mehr Begriffe zu schreiben.

»Wie viele?«, fragte Thal, während er sich bemühte, weitere Wörter zu entziffern.

»Das wissen wir nicht, weil wir den Körper noch nicht bewegt haben, möglicherweise steht ja auch noch was auf dem Rücken, der jetzt durch die Lehne verdeckt ist.«

»Lena«, las Thal laut vor. »Jasmin ...« Er schaute Grendel an. »Alles Namen?«

»Es sieht so aus, als ob es sich ausschließlich um männliche und weibliche Vornamen handelt, wobei einige Wörter schwer zu entziffern sind.« Er deutete auf eine Stelle am rechten Unterschenkel. »Hier zum Beispiel.«

Thal folgte seiner Geste nicht, sondern starrte auf den Unterleib des Mannes. »Was zum Teufel ist das denn?«

Grendel lachte auf. »Ist es so lange her, dass du ein Kondom nicht mehr erkennst?«

Thal stand nicht der Sinn nach Scherzen. Der Penis des Mannes hing schlaff nach unten. Er wirkte in dem Überzieher geradezu verletzlich, wie ein Kind, das sich in den viel zu großen Mantel der Mutter gehüllt hat, um sich vor einem Unwetter zu schützen. Thal ging in die Hocke und reckte den Kopf vor. In der Spitze des Kondoms befand sich eine milchige, klebrige Masse.

»Sperma?« Thal schaute zu Grendel auf, der die Augen schloss und den Kopf nach oben hob. »Himmel noch mal, woher soll ich das wissen?« Er hielt Thal die Hand hin, der die Hilfe ausschlug und sich so federnd wie möglich aus der Hocke in den Stand erhob, was zu einem leichten Schwindel führte. Grendel winkte Kröning heran. »Mach mal ein paar Nahaufnahmen von dem hübsch gekleideten Penis hier.«

Einer der Tatortermittler hielt eine Spurentüte in die Höhe. »Erdbeere«, sagte er und Thal brauchte mehr als einen Augenblick, um zu verstehen, dass der Mann die Kondomverpackung gesichert hatte und die Geschmacksrichtung des Präservativs meinte.

»Irgendwas zur Todesursache?«, fragte Thal und ärgerte sich darüber, dass er atemlos sprach wie ein blutiger Anfänger, den ein Leichenfund an die Grenzen seiner Belastungsfähigkeit brachte.

Grendel bückte sich und nahm eine Spurentüte aus einer Plastikkiste. »Diese Spritze steckte im Hals des Mannes.« Er deutete mit einem Finger auf einen blutunterlaufenen Einstich an der rechten Halsseite des Toten, etwa fünf Zentimeter unterhalb des Kieferknochens.

»Erstochen?«

»Das glaube ich nicht, ich tippe auf eine Giftspritze.«

»Guten Morgen, Alexander!« Thal drehte sich um und sah Jonas Quandt über die kleine Brücke schlendern, als mache er einen Urlaubsspaziergang. Der Kriminalassistent hatte in den letzten Monaten, vor allem nach dem Barbie-Fall, extrem an Sicherheit gewonnen. »Ist das nicht irre?«, fragte er und Thal nickte spontan. »Im wahrsten Sinne des Wortes«, sagte Grendel und legte Thal mit sanftem Druck eine Hand auf die Schulter. »Geht ihr zwei Hübschen mal ein bisschen zur Seite, damit wir den Mann langsam für den Abtransport vorbereiten können. Der Heini da hinten scheint mir kurz vor einem Herzkasper zu stehen. Wenn wir hier noch lange brauchen, haben wir noch einen Toten.«

Tatsächlich lugte der PR-Mann der Insel hinter einem mannshohen Farn hervor, mit der einen Hand ein Telefon ans Ohr pressend und mit der anderen in Richtung Tatort wedelnd. Thal ignorierte ihn und wandte sich an Quandt.

»Was haben wir sonst noch? Was wissen wir über den Mann, der den Toten gefunden hat?«

Quandt öffnete das Cover seines Tablets und tippte auf den Bildschirm. Thal hatte sich immer noch nicht daran gewöhnt, dass der Kollege seine Notizen nicht auf althergebrachte Art zu Papier brachte, sondern digital festhielt. »Der Mann heißt Thomas Högelsberger. Er ist seit sieben Jahren als Gärtner auf der Insel beschäftigt.«

»Und was hat ein Gärtner früh am Morgen im Schmetterlingshaus zu suchen?«, fragte Thal und war sich angesichts der natürlichen Pracht um ihn herum sofort der Widersinnigkeit des Satzes bewusst. Ohne Quandts Antwort abzuwarten, ging er eilig Richtung Ausgang, er konnte es keine Minute länger in dieser schwülen, grünen Hölle aushalten. Als er auf den ovalen Vorplatz trat, blendete ihn die Sonne derart, dass er blinzeln musste. Seine Sonnenbrille steckte in der Innentasche des Jacketts, das er im Auto gelassen hatte. Er schirmte die Augen mit der Hand ab und sah, dass der Wagen des Bestatters vorgefahren war und von den ersten Mainau-Besuchern dieses Tages umringt wurde. Neugierig versuchten sie, einen Blick ins Palmenhaus zu erhaschen. Wahrscheinlich hatten längst verschiedene Gerüchte die Runde gemacht, handelte es sich in der einen Version um einen tot zusammengebrochenen Wachmann und in der anderen um eine schöne, junge Gärtnerin, die auf frischer Tat beim Fremdgehen erwischt vom eifersüchtigen und weit älteren Ehemann erschlagen worden war. Die meisten der umstehenden Besucher waren im Rentenalter, ihre Gesichter vor Aufregung gerötet, dieser Tag versprach ein unerwartetes Abenteuer. Thal stieg mit hastigen Bewegungen aus dem Overall und atmete tief durch, während Quandt einen uniformierten Kollegen anwies, den

Platz vor dem Schmetterlingshaus zu räumen und weiträumig abzusperren.

»Ist dem Gärtner sonst noch etwas aufgefallen?«, fragte Thal.

»Er war viel zu geschockt, der Gute kann sich noch jetzt kaum auf den Beinen halten. Als er den Mann da drin sitzen sah, dachte er erst an einen dummen Scherz. Als er merkte, was tatsächlich geschehen war, rannte er aus dem Haus und wählte den Notruf. Der Notarzt traf etwa zehn Minuten später ein, stellte den Tod fest und informierte uns.«

»Irgendwelche Hinweise auf die Identität des Mannes?«

»Keine. Wir haben nichts gefunden, keine Kleidungsstücke, keine Papiere, kein Schlüsselbund, gar nichts.«

»Können wir schon was zum Tatzeitpunkt sagen?«

»Da müssen wir auf den Leichenschnippler warten. Das Schmetterlingshaus wird um neunzehn Uhr für Besucher geschlossen, auf der Insel ist es dann zwar ruhiger, aber es gibt immer noch Gäste, die zum Beispiel in der ›Schwedenschenke‹ zu Abend essen.«

»Der Mann hat sich also vielleicht im Schmetterlingshaus einschließen lassen oder anders Zugang verschafft. Habt Ihr die Schlösser schon überprüft?«

»Noch nicht, aber Grendel wird sich darum kümmern.«

Thal nickte. Auf die Tatortermittler war Verlass, er konnte hier nichts mehr tun. Er ging über den Platz Richtung Absperrung. »Wir treffen uns im Präsidium.«

»Alles klar«, sagte Quandt. Thal hatte fast das straff gespannte Flatterband erreicht, als der junge Kollege rief: »Chef! Das wird eine harte Nuss, glaube ich!«

Drei

Erster Tag. Neun Uhr vierzig

Bettina schaute auf die Küchenuhr und seufzte. Langsam wurde es Zeit, sich auf den Weg ins Präsidium zu machen. Später anfangen zu dürfen, war das einzige Privileg, das sie sich erbeten hatte. Sie könnte schließlich längst im Mutterschutz sein und überhaupt nicht arbeiten. Ginge es nach Alexander, hinge sie den lieben, langen Tag in ihrer neuen Wohnung rum, räumte höchstens mal ein paar der immer noch in den Umzugskartons liegenden Kleidungsstücke in den Schrank und saß ansonsten mit einer Tasse Fencheltee auf dem Balkon. Schon einen Nagel in die Wand zu schlagen, war nach Thals Meinung in ihrem Zustand eine viel zu große Anstrengung.

Sie schlurfte in die Küche, in ihrer Wohnung ließ sie sich inzwischen gehen, was sie sich draußen nie erlaubte. Sie wollte eine vollwertige Mitarbeiterin sein, wenn man sie nur ließ! Seufzend reckte sie sich und öffnete die Tür eines Hängeschranks. Gähnende Leere. Noch immer wusste sie nicht, wo sich Teller und Tassen befanden, und irrte ständig irgendetwas suchend umher. Alexander hatte durchaus recht, es gab in der Wohnung viel zu tun, aber dafür war nach der Geburt noch genug Zeit. Drei Monate würde sie pausieren, das war jedenfalls der Plan. Länger hielte sie es ohnehin nicht aus. Wenn es nur endlich so weit wäre! Noch drei Wochen bis zum errechneten Termin. Sie nahm eine schmutzige Tasse, spülte sie mit warmem Wasser aus, goss Milch hinein und verrührte zwei gehäufte Löffel des bonbonfarbenen Pulvers, dessen Geschmack sie vor ein paar Monaten noch angeekelt hatte; jetzt war sie süchtig da-

13

nach. Gierig trank sie den ersten Schluck Erdbeermilch und schaute erneut zur Uhr. Viertel vor zehn. Sie sollte sich endlich anziehen. Wenn Alexander sie nur nicht so in Watte packen würde! Ständig nervte er mit seinen Ermahnungen, sich nicht zu überanstrengen und genug Ruhezeiten einzulegen. Vor allem hatte er sie zur Bürotätigkeit verdonnert, Außendienst war für sie seit geraumer Zeit tabu. Einen Tatort hatte sie seit dem Barbie-Fall nicht mehr gesehen, für sie blieben nur die Aufgaben, mit denen ein blutiger Anfänger unterfordert gewesen wäre.

Sie nahm die Tasse und ging auf den Balkon. Ein bisschen Sonne täte ihr gut, bevor sie für Stunden im gegen die Hitze abgedunkelten Büro verschwand. Aus dem Lautsprecher des Kofferradios, das gut und gerne dreißig Jahre auf dem Buckel hatte, plärrte ›Private Dancer‹ von Tina Turner. Es verging kein Tag, an dem im SWR1 nicht wenigstens ein Stück der wie das Radio in die Jahre gekommenen Rockröhre lief. Bis vor Kurzem hatte sie noch SWR3 gehört, aber irgendwann war ihr die laut zur Schau getragene Jugendlichkeit auf die Nerven gegangen. Da waren ihr die fast betulichen Moderatoren von SWR1 lieber. »Rentner-Radio«, hatte Quandt lachend gesagt, als er sie zum ersten Mal in ihrer neuen Wohnung besuchte. Sie lächelte, trank einen Schluck und drehte am Lautstärkeregler des Radios. Die Zehnuhrnachrichten wollte sie noch hören, bevor sie sich endgültig auf den Weg zur Arbeit machte.

»Ein Gärtner der Insel Mainau machte heute Morgen einen grausigen Fund. Im Schmetterlingshaus der Blumeninsel fand er bei seinem ersten Rundgang eine männliche Leiche. Die Konstanzer Polizei ist inzwischen mit einem Großaufgebot angerückt. Um wen es sich bei dem Toten handelt und ob er das Opfer eines Verbrechens wurde, ist noch nicht bekannt. Wie Willy Abendroth, der Pressesprecher der Insel, soeben mitteilte, ist die Mainau für die Besucher normal geöffnet, auch das Schmetterlingshaus dürfte in Kürze wieder zugänglich sein. Und nun zum Sport ...«

Bettina schaltete das Radio aus, griff zum Smartphone und wählte Thals Handynummer. Er meldete sich nicht, also versuchte sie es bei Stephanie Bohlmann, die schon beim zweiten Klingelton abnahm. Sie wusste allerdings auch nichts Näheres, weil sie gerade erst ins Präsidium gekommen war. Blieb nur noch Quandt. Sie suchte die Nummer aus dem Adress-Speicher.

»Guten Morgen, Bettina! Wie geht es euch beiden?«

Sie lächelte, Jonas war rührend um sie besorgt, ohne sie in Watte zu packen wie Thal.

»Gut«, antwortete sie kurz angebunden, um sofort zur Sache zu kommen. »Was ist denn da auf der Mainau los?«

»Unbekannte, männliche Leiche, mehr wissen wir eigentlich auch noch nicht.«

Bettina sprang auf, ließ sich aber gleich wieder fallen, weil ihr schwarz vor Augen wurde. »Okay, gebt mir zehn Minuten, dann bin ich da!«

»Das hat keinen Zweck, wir rücken hier gleich ab. Die Leiche wird gerade abtransportiert.«

Bettina war Quandt dankbar, dass er sie nicht an Thals Anordnung erinnerte, jedem Tatort fernzubleiben.

»Ihr wisst also noch nicht, wer der Mann ist?«

»Nein.«

Mehr Informationen hielt Jonas anscheinend für unnötig. Stattdessen schob er ein »Ich muss jetzt mal ...« hinterher.

»Warte!«, rief Bettina lauter, als sie es gewollt hatte. »Schick mir doch ein Tatortfoto auf mein Smartphone.« Sie wollte sich nicht ausgeschlossen fühlen und ein Bild schenkte ihr die Illusion, dabei zu sein.

Bettina hörte, dass Quandt aufstöhnte, aber bevor er auflegte, sagte er keineswegs ungehalten: »Okay, das Foto ist quasi schon unterwegs.«

Ein paar Sekunden später brummte ihr Smartphone. Sie öffnete den Messenger und starrte auf das Bild. Sie brauchte ein paar Augenblicke zu begreifen, was sie sah. Sie sprang auf, schob dabei mit ihrem Bauch den Tisch derart schwungvoll nach vorne, dass die Tasse zu Boden fiel und zerbrach. Ohne sich darum zu kümmern, stürmte sie ins Schlafzimmer. Sie musste sich so schnell wie möglich umziehen. Dieses Mal würde sie sich nicht abschieben lassen. Dafür wusste sie etwas, das für die Ermittlung zu wichtig war. Sie lächelte. Sie wurde doch noch gebraucht.

Vier

Erster Tag. Zehn Uhr fünfzig

»Und du bist dir ganz sicher?« Thal hob die Espressotasse und trank den zweiten und zugleich letzten Schluck. Bettina verzog den Mund, eine Mimik, die Thal seltsam gereizt erschien.

»Natürlich bin ich mir sicher. Ich habe dem Mann gestern gegenübergesessen so wie dir jetzt. Da war er allerdings noch quicklebendig.«

»Dann halten wir das mal so fest«, sagte Quandt und tippte auf seinem Tablet herum. »Bei dem Toten handelt es sich um Dr. Lennart Löscher, niedergelassener Kinderarzt mit Praxis in der Rosgartenstraße.«

Thal stand auf und stellte die Tasse in die Spüle. Wie immer warf er einen kurzen Blick auf das Selbstporträt seiner verstorbenen Frau Leah, die wie eine von Gaugins Südseeschönheiten in einem leuchtend gelben Pareo mit untergeschlagenen Beinen auf einer Bambusmatte saß und ihn anlächelte. Das war alles lange her.

»Du hast also diesen Löscher gestern in seiner Praxis besucht, Bettina. Warum? Noch brauchst du ja eher einen Gynäkologen.« Kaum hatte er die Frage ausgesprochen, hätte er sie gerne zurückgezogen. In letzter Zeit kam er oft altväterlich rüber, eine Haltung, über die Bettina sich sichtlich ärgerte. Die Falte zwischen ihren Augenbrauen wuchs und sie schoss Blitze mit den Augen ab.

»Erstens brauche ich einen Kinderarzt vielleicht schneller als man denkt und zweitens habe ich mich, wie du weißt, für eine Hausgeburt entschieden, und da ist es gut,

17

wenn der Facharzt informiert ist. Möglicherweise will die Hebamme ihn hinzuziehen.«

Bettina lehnte sich in ihrem Stuhl zurück, die Hände über dem Bauch verschränkt. Sie war auf eine eigenwillige Art schön, ihre Haut erschien ihm makelloser denn je, was besonders auffiel, da sie bis auf Lippenstift und Wimperntusche auf jedes Make-up verzichtete. An ihrer extravaganten Kleidung hatte sie in der Schwangerschaft nichts geändert, sie trug hauptsächlich Kleider und scheute sich nicht, ihre Beine zu zeigen. »Bettina ist die schönste Schwangere nördlich der Alpen«, hatte Donato kürzlich ausgerufen, und das war das höchste Lob, das er aussprechen konnte, denn natürlich liefen in den Augen ihres Stamm-Gastwirts Italiens werdende Mütter außer Konkurrenz.

»Und warum gehst du zu so einem alten Knacker?«, riss Stephanie Thal aus seinen Überlegungen über die Besonderheiten weiblicher Anmut in Zeiten der Fruchtbarkeit.

»Warum nicht?«, antwortete Bettina. »Nur, weil er nicht mehr der Jüngste ist, muss er ja kein schlechter Arzt sein. Ich habe mich auf ein paar Portalen im Internet schlaugemacht, der Mann hat durchweg gute Beurteilungen und ist bei den Müttern beliebt.«

Sie schraubte eine Mineralwasserflasche auf und trank in kleinen Schlucken, ehe sie fortfuhr. »Ich muss sagen, er machte auch auf mich einen guten Eindruck. Seltsam fand ich nur, dass er so tat, als ob es seine und nicht meine Entscheidung wäre, ob mein Kind sein Patient würde.«

»Das verstehe ich nicht«, sagte Quandt. Thal lächelte über diese entwaffnende Offenheit, der junge Kollege versuchte nie zu verschleiern, wenn ihm etwas nicht klar war oder er einen Zusammenhang nicht verstand. Das unterschied ihn von der Mehrheit der Polizisten seines Alters,

18

die wie ›Kommissar Allwissend‹ durch die Landschaft stolzierten, meistens allerdings nur so lange, bis sie brutal auf die Schnauze fielen.

»Na ja«, sagte Bettina, die Mineralwasserflasche auf halbem Weg zum Mund in der Hand haltend, »er fragte mich als Erstes, ob ich eine Anhängerin der Alternativmedizin wäre. Vermutlich kam er wegen der Hausgeburt darauf. Als ich das verneinte, war er sichtlich erleichtert. Er behandele keine Kinder, deren Eltern Impfungen ablehnten.« Bettina schien einen Moment zu überlegen, ob sie noch etwas sagen wollte, setzte dann aber die Flasche an den Mund und trank erneut.

»In bestimmten Kreisen dürfte so eine Einstellung geschäftsschädigend sein«, warf Stephanie ein.

»Ich würde eher sagen, sie ist vernünftig«, entgegnete Quandt.

»Schon, aber gerade bei den jungen Besserverdienern ist die Impfgegnerschaft weit verbreitet. Da muss man sich so eine Haltung erst mal leisten können.«

Thal wollte die Debatte nicht auf dieses Nebengleis fahren lassen. »Und sonst? Was für einen Eindruck machte Löscher auf dich?«

Bettina massierte sich mit der rechten Hand den Nacken. »Ich fand ihn sympathisch. Vielleicht ein bisschen zu sehr von sich überzeugt, aber das sind Ärzte ja oft. Ansonsten ist mir nichts Besonderes aufgefallen, wir haben uns aber auch höchstens fünf Minuten unterhalten, er hat zum Schluss meine Daten notiert, das war's dann auch schon.«

Thal wartete einen Moment, aber niemand sagte etwas. Vielmehr schauten alle auf ihn, als erwarteten sie seine Anweisungen. Am Anfang einer Ermittlung war es oft so, dass er den Anführer des Rudels geben musste, da mochte sein

Team noch so gut eingespielt sein. Wenn die Maschine routiniert lief, traf jeder die notwendigen Entscheidungen selbstständig, aber erst musste er den Kessel unter Dampf bringen. Die Leiche befand sich auf dem Weg in die Freiburger Rechtsmedizin. Zwei von ihnen mussten an der Obduktion teilnehmen. Bettina kam dafür auf keinen Fall infrage, sie sollte das Präsidium in ihrem Zustand nicht mehr verlassen. Er musste sich dringend um einen Ersatz für die Zeit ihres Mutterschutzes kümmern – wenn sie ihn nur endlich antreten würde. Er hatte zwar eine Idee, sich aber bisher nicht getraut, darüber mit dem Kriminaldirektor zu reden. Er konnte unmöglich schon wieder Jonas und Stephanie zur Leichenöffnung schicken, es gehörte sich einfach nicht, dass sich der Kommissariatsleiter ständig davor drückte. So gerne er Bettina unter seiner persönlichen Kontrolle gehabt hätte, musste er anders entscheiden.

»Ich fahre mit Stephanie nach Freiburg.«

Er nickte der Kollegin zu, die sofort begann, ihren Notizblock in die Tasche zu packen.

»Jonas, du hängst dich an den Computer und gräbst alles aus, was es über Löscher und seine Familie gibt. Alles, hörst du?«

Quandt nickte und widmete sich augenblicklich seinem Tablet.

»Bettina, du gehst zu Grendel und quetschst ihn aus. Wir brauchen so schnell wie möglich die Ergebnisse der Spurensicherung am Tatort. Wenn du damit fertig bist, unterstützt du Jonas.«

Bettina presste die Lippen zusammen, als könne sie nur so den Widerspruch zurückhalten, nickte aber immerhin.

Thal ging zur Tür, drehte sich aber noch einmal um. »Und keine Alleingänge, verstanden!«

Fünf

Erster Tag. Zwölf Uhr zwanzig

Es dauerte keine zehn Minuten, bis Grendel Bettina aus seinem Büro warf. »Hast du keine andere Arbeit, dass du mir hier auf den Geist gehen musst?« Er hatte ja recht! Sobald die Analyseergebnisse vorlagen und die Spuren ausgewertet waren, schrieb er seinen Bericht, den er in der Regel und gerne dem Team persönlich erläuterte. Bis dahin ließ man ihn besser allein.

Also machte sie sich neben Jonas an die Recherche über das Opfer. Dabei konnte sie aus den Augenwinkeln Quandt beobachten. Von Anfang an hatte sie ihn für seine konzentrierte Art zu arbeiten bewundert. Sie kannte niemanden, der so strukturiert an einen Fall heranging wie er. Zuerst teilte er das große Whiteboard im Besprechungsraum, der wie immer bei einem Mordfall zu einer Art Kommunikationszentrale wurde, in vier Rechtecke: eins für das Opfer, eins für den Tatort, eins für Verdächtige, eins für Indizien. Nach und nach füllte er die Rechtecke mit Fragen, die sie hoffentlich in den nächsten Stunden durch Antworten und Fakten ersetzen konnten. Wenigstens hatten sie, wenn auch durch Zufall, die Identität des Opfers schnell geklärt. Zur Todesursache würde die Rechtsmedizin hoffentlich Antworten liefern, genauso zur Frage, ob es sich bei der weißlich-gelben Masse im Kondom tatsächlich um Sperma handelte und wenn ja, von wem es stammte. Blieb vor allem eine Frage offen: Wie war Löscher ins Schmetterlingshaus gekommen? Lebend? Oder bereits als Leiche? Dazu musste neben dem Rechtsmediziner die Spurensicherung

Fakten liefern, aber es hatte keinen Sinn, Grendel zu drängen.

Und dann waren da noch die in die Haut eingeritzten Namen. Wann hatte der Täter sein Opfer derart beschriftet? Zu Lebzeiten oder nach Eintritt des Todes? Wessen Namen waren es?

»Patienten«, brachte Bettina ihre Gedanken auf den Punkt.

»Möglich«, antwortete Quandt selten wortkarg. »Um das zu klären, brauchen wir die Patientenakten aus Löschers Praxis und an die kommen wir erst nach einem richterlichen Beschluss.«

Alexander hatte recht, sie mussten sich zunächst darauf konzentrieren, so viele Informationen wie möglich über die Familie und das Umfeld des Toten zusammenzutragen. Bettina ließ sich in den Schreibtischstuhl fallen, der ächzend unter ihrem Gewicht nachgab. »So viel habe ich gar nicht zugenommen, du blödes Ding«, sagte sie und Quandt kicherte drauflos. »Was gibt es da zu lachen?«, fragte Bettina, knüllte ein leeres Blatt Papier zusammen und warf es dem Kollegen an den Kopf, der sich daraufhin theatralisch nach hinten fallen ließ. Sie atmete zwei Mal tief durch, ehe sie die Maus bewegte, um den Bildschirmschoner zu beenden. »Dann wollen wir mal«, flüsterte sie und auch Quandt war bereits wieder auf seine Arbeit konzentriert.

Lennart Löscher war zweiundfünfzig Jahre alt geworden, Bettina hatte ihn für deutlich älter gehalten. Sein Vater Waldemar Löscher lebte noch, er hatte ebenfalls als Kinderarzt praktiziert und über vierzig Jahre dem Konstanzer Gemeinderat angehört. Trotz seines hohen Alters war er noch immer Vorsitzender der ältesten Fastnachtszunft,

Mitglied in einem halben Dutzend weiterer Traditionsvereine und Träger des Bundesverdienstkreuzes.

Lennart Löscher war mit der zehn Jahre jüngeren Marion verheiratet. Als die beiden vor zwanzig Jahren zum Altar schritten, war das so etwas wie eine Traumhochzeit. Wenn man so wollte, verbanden sich in dieser Ehe zwei Honoratiorenfamilien der Stadt – Marion war eine geborene Schomburg. Über die Ehe gab es so gut wie keine Informationen im Internet. Blöd, dass Tobias nicht mehr da war. In den Zeitungsarchiven gab es bestimmt noch das eine oder andere, aber er saß ja jetzt in Berlin. Es dauerte einen Augenblick, bis Bettina feststellte, dass sie die Abwesenheit ihres Exfreundes, Exliebhabers und Vaters ihres in Kürze auf die Welt kommenden Kindes, nur aus beruflichen Gründen bedauerte. Es war diese Erkenntnis, die sie traurig machte, nicht der Verlust an sich. Sie schluckte den Kloß im Hals herunter.

Gerade im richtigen Augenblick reckte sich Quandt in seinem Schreibtischstuhl. »Dieser Löscher war ein angesehener Mediziner, saß an verantwortlicher Position in verschiedenen Fachgremien. Außerdem engagierte er sich in karitativen Bereichen, hat vor allem das Kinderhospiz mit aufgebaut. Er war Vorsitzender eines Vereins zum Schutz missbrauchter Kinder und machte sich laut und deutlich für eine gesetzliche Impfpflicht stark.«

Bettina drehte ihren Bürostuhl in Quandts Richtung. »Was meinst du? Ist er bei diesen Aktivitäten jemandem zu sehr auf die Füße getreten?«

»Möglich wäre es, er hat vor allem beim Thema Impfung keine Auseinandersetzung gescheut.«

Bettinas Telefon klingelte. Sie schaute auf das Display. »Schober«, informierte sie Quandt. Was wollte der Kriminaldirektor von ihr? Normalerweise hielt er sich strikt an die Hierarchie und rief Thal an. Als sie abgenommen hatte, kam sie nicht einmal dazu, sich zu melden, denn Schober polterte sofort los: »Was ist das denn für eine Sauerei? Muss denn jeder Fall derart aus dem Ruder laufen?«

»Aber Herr Kriminaldirektor ...« Weiter kam sie nicht, denn Schober schnarrte: »Stellen Sie das Radio an. Sofort!«

Bettina hievte sich aus dem Stuhl und schaltete das Gerät ein. Nachrichten. Die Meldung war bereits zur Hälfte verlesen, aber das, was Bettina und Quandt hörten, reichte aus, um sie erstarren zu lassen.

Sechs

Erster Tag. Vierzehn Uhr fünfzehn

Eigenartig, dachte Thal, da ist man so lange im Dienst und wird das komische Gefühl nicht los, das sich in der Magengegend breitmacht, sobald man die Rechtsmedizin betritt. Dabei hatten Stephanie und er auf der Fahrt von Konstanz nach Freiburg das Gespräch über die Obduktion vermieden; sie wussten beide, dass es sie auf der Rückfahrt noch genug beschäftigen würde. Stattdessen hatten sie über die prekäre Personalsituation im Kommissariat gesprochen. Stephanie verstand, dass Bettina so lange wie möglich arbeiten wollte. »Was soll sie zu Hause rumsitzen?«

Thal schwieg zu diesem Einwurf und kam lieber auf die nahe Zukunft zu sprechen. »Nach der Geburt fällt sie auf jeden Fall für eine Weile aus und zu dritt schaffen wir die Arbeit auf keinen Fall.«

Stephanie nickte, wandte Thal aber abrupt das Gesicht zu. »Komm bloß nicht auf die Idee, Wagner wieder zu uns zu holen!«

Daran hatte Thal gar nicht gedacht, denn sie waren alle froh, dass der alte Brummbär jetzt die Kollegen vom Wirtschaftsdezernat mit seiner notorisch schlechten Laune nervte. Es musste eine andere Lösung her. Thal musste endlich seinen Mut zusammennehmen und mit Schober reden, mehr als Nein konnte er nicht sagen.

Als sie den Sektionssaal betraten, war Thal froh, die Jacke mitgenommen zu haben. Er legte sie sich um die Schultern, atmete einmal tief durch und ging mit festem Schritt zum Seziertisch, auf dem Dr. Löschers Leiche lag. Gerhard Restle, der Leiter der Rechtsmedizin schaute mit schräggestelltem Kopf auf und lächelte. »Wie schön, die Frau Kommissarin ...« Der alte Charmeur deutete eine Verbeugung an und hielt gleichzeitig beide in blutverschmierten Handschuhen steckende Hände entschuldigend in die Höhe. »Tut mir leid, dass ich Ihnen nicht die Hand geben kann, Frau Bohlmann, aber Sie sehen ja ...«.

Ohne eine Antwort abzuwarten, beugte er sich wieder über die Leiche, die mit eigenartig angewinkelten Beinen auf dem metallenen Seziertisch lag. »Da habt ihr uns ja ein schönes Rätsel geschickt.« Mit einem Tupfer wischte er Blutspuren von der Haut, um einen der eingeritzten Namen deutlicher sichtbar zu machen. Er führte den Kopf nahe heran, als könnte er die Schrift sonst wegen Kurzsichtigkeit nicht entziffern. »Nun gut, das soll nicht unser Problem sein, darum können sich eure Techniker kümmern.«

Mit einem lauten Quietschen schwang die in den benachbarten Saal führende Tür auf. Mit einem strahlenden Lächeln kam Fiona Lee auf Thal zu und schüttelte ihm die Hand. »Schön, Sie mal wieder zu sehen. Was macht das Enkelkind?«

Thal lächelte sie an. »Wächst und gedeiht, soweit man das ohne direkte Inaugenscheinnahme sagen kann.« Er wunderte sich über seine verschrobene Sprache, anscheinend färbte das Fachchinesisch ab, das in diesem Raum vorherrschte. Lee lachte auf. Thal mochte die offene Art der Koreanerin und war froh, sie bei der Obduktion anwesend zu haben. Sie stellte sich neben ihren Chef an den Tisch und schaute zu ihm auf. »Wie weit sind wir?«

»Sie meinen wohl: Wie weit ich bin? Sie haben sich ja gerade erst zu uns gesellt!«

Fiona Lee lächelte den Tadel weg und Restle ließ es bei diesem einen, vorwurfsvollen Satz. Stattdessen kam er gewohnt bärbeißig zur Sache: »Die Totenflecken sind am Gesäß vollständig ausgeprägt, aber noch wegzudrücken. Damit dürfte der Tod frühestens vor sechsunddreißig Stunden eingetreten sein.«

Lee ging um den Tisch herum und inspizierte den toten Körper von allen Seiten. »Die Lage der Totenflecken lässt den Schluss zu, dass die Leiche nicht umgelagert wurde.«

Stephanie Bohlmann machte einen Schritt nach vorne und stellte sich direkt neben Restle, der das mit einem strahlenden Lächeln guthieß. »Sie meinen also, dass der Fundort auch der Tatort ist?«

»Davon können Sie ausgehen«, säuselte Restle.

Thal ging sein Getue auf die Nerven und er versuchte, zu den Fakten zurückzukommen. »Wenn der Tod frühestens vor sechsunddreißig Stunden eingetreten ist, muss der Tatzeitpunkt zwischen siebzehn Uhr gestern Abend und dem Auffinden der Leiche heute Morgen gegen sieben Uhr liegen.« Er machte eine kurze Pause, eher er ergänzte: »Ein bisschen genauer wäre schon hilfreich.«

Fiona Lee nickte. »Berücksichtigt man die hohe Temperatur im Schmetterlingshaus und die Ausprägung des Rigor mortis, würde ich sagen, dass der Tod zwischen ein Uhr und vier Uhr heute früh eintrat.«

Restle ließ den Satz unwidersprochen, was bedeutete, dass er Lees Annahme zustimmte. Er hob eine Fotografie vom Tatort in die Höhe. Es war eine Nahaufnahme vom Kopf des Toten, in seinem Hals steckte noch die Spritze. »Das Bild machte es uns leicht, die Einstichstelle zu finden.« Er tippte mit dem Mittelfinger auf eine deutlich sichtbare Rötung am Hals der Leiche. »Schauen Sie hier, Frau Bohlmann«, sagte er, als befänden sich die beiden allein im

Raum. »Da hat jemand dem Kollegen fachgerecht in die Halsschlagader gespritzt.«

»Und was?«, fragte Stephanie leicht kurzatmig. »Luft?«

Fiona Lee kam ihrem Chef zuvor. »Sie meinen, um eine Embolie zu erzeugen? Das glaube ich nicht, wir haben Spuren einer Flüssigkeit in der Spritze gefunden, das Labor ist schon dran.«

»Also Gift«, resümierte Thal mehr für sich selbst.

»Nicht ganz!«

Die Köpfe aller im Raum hoben sich und starrten den jungen Mann an, der einen Zettel in der Hand schwenkte. Ohne ein weiteres Wort zu sagen, überreichte er ihn Restle und verschwand nahezu geräuschlos, wie er gekommen war. »Dieser Laborant bewegt sich wie ein Gespenst«, sagte Lee lachend. »Er hat mich schon gestern zu Tode erschreckt.«

Restle schob seiner Mitarbeiterin den Zettel zu. »Das ist ja interessant.«

Fiona Lee warf einen Blick auf das Papier. »Das hatten wir auch noch nie!«

»Was denn?«, fragte Thal, und es klang so genervt, wie er von dem Theater war.

»Insulin«, sagte Restle und strahlte dabei schon wieder Stephanie an, die aber völlig sachlich entgegnete: »Vielleicht war Löscher Diabetiker.«

Fiona Lee schwenkte die an einem Gestell über dem Tisch hängende Lupe herunter und suchte den Bauchraum der Leiche ab, während Restle sich ohne jede weitere Erklärung die Finger des Toten vornahm. Thal wusste, dass es keinen Sinn hatte, die Konzentration der beiden Rechtsmediziner zu stören. Wenn sie etwas gefunden hatten, würde sie es ihnen mitteilen. Es dauerte gut eine Minute, bis Fiona Lee den Kopf schüttelte. »Nein, ich glaube nicht, dass der Mann regelmäßig Insulin gespritzt hat, dann müsste es am Bauch oder an den Oberschenkeln Einstiche geben. Bis auf die eingeritzten Namen ist die Haut aber nahezu unversehrt.«

Restle richtete sich mit einem leichten Stöhnen auf, Thal wusste, dass er seit einiger Zeit an Rückenschmerzen litt, wenn er zu lange am Seziertisch stand. »Die Fingerkuppen sehen auch nicht so aus, als hätte er sich jeden Tag gestochen, um Blut für die Kontrolle des Zuckerspiegels zu bekommen. Bei einem Diabetiker sind die Fingerspitzen oft geradezu verhornt.«

»Also hat ihn jemand mit Insulin getötet.« Stephanie hatte es als Feststellung gemeint, Restle interpretierte es aber als Frage. »Es sieht so aus, wobei es nicht leicht ist, jemanden mit einer Insulingabe zu töten. Erstens muss es das richtige, sprich das schnell wirkende Insulin sein, zweitens muss die Dosis ausreichen und drittens muss sichergestellt sein, dass über längere Zeit keine Hilfe kommt. Der Tod tritt bei Unterzuckerung keineswegs sofort ein.«

Für einen Moment trat Stille ein, die das Ticken der über der Tür hängenden Uhr wie Schläge auf einen Amboss zerriss, bis Thal die naheliegende Schlussfolgerung aussprach. »Dafür war das Schmetterlingshaus der perfekte Ort, da kommt nachts nicht zufällig jemand vorbei.«

Lee und Restle arbeiteten konzentriert weiter, ohne auf die Bemerkung einzugehen. Die Rollen waren in diesem Raum klar verteilt, die Rechtsmediziner brachten die Leiche zum Sprechen, für die Interpretation waren die Ermittler zuständig. Restle deutete auf die Handgelenke. »Striemenartige Hämatome. Möglicherweise wurde der Mann gefesselt.«

Fiona Lee nickte. »An den Fußgelenken ebenfalls.«

Stephanie versuchte, die Erkenntnis einzuordnen. »Wie müssen wir uns das vorstellen? Der Täter fesselte Löschers Handgelenke und Füße an den gusseisernen Stuhl. Und dann? Hat er dem Opfer das Kondom vorher oder nachher über den Penis gezogen? Und wie ist das Sperma in das Präservativ gekommen.«

»Vorausgesetzt, es ist überhaupt Sperma«, warf Restle ein, Stephanie ließ sich davon aber nicht aus der Ruhe bringen. »Auf jeden Fall ist es eine äußerst bizarre Situation. Dazu die Wunden auf der Haut. Wurden die Namen vor oder nach dem Tod eingeritzt?«

Fiona Lee stützte sich am Rand des Metalltisches ab. »Ich vermute, das geschah vor dem Tod. Aber sicher ist das nicht. Vielleicht finden wir ja noch das eine oder andere Detail, das die Ermittlungen weiterbringt, im Moment ist vieles Spekulation.«

»Mit Ausnahme des Insulins«, brummte Restle. »Und der Tatsache, dass der Mann tot ist.«

Schweigend machten sich die beiden Mediziner wieder an die Arbeit. Stephanie trat ein paar Meter zurück und zog das Handy aus der Tasche. »Ich rufe mal im Präsidium an«, flüsterte sie Thal zu. »Vielleicht gibt es ja doch Hinweise darauf, dass Löscher Diabetiker war oder Suizidgedanken hatte.«

Selbstmord schloss Thal wegen der Fesselspuren an Händen und Füßen aus, und er war sich sicher, dass auch Stephanie nicht daran glaubte. Trotzdem hatte sie recht, es war sinnvoll, die Kollegen in Konstanz auf den neuesten Stand zu bringen, dann wussten sie wenigstens, worauf sie besonders achten mussten.

Stephanie hatte anscheinend Bettina am Telefon. Sie presste den Hörer ans Ohr. »Was sagst du da? Wo bist du?« Sie hörte ein paar Sekunden zu und Thal hörte seine Alarmglocken schrillen. Stephanie beugte den Oberkörper leicht nach vorne, als müsste sie ihren Worten mehr Nachdruck verleihen. »Passt bloß auf euch auf!«

Sieben

Erster Tag. Fünfzehn Uhr fünfunddreißig

»Halten Sie es also tatsächlich endlich für angebracht, die Angehörigen des Toten zu benachrichtigen?« Über Bettinas Gesicht ergoss sich ein feiner Spuckenebel, als der alte Mann die Stimme noch weiter erhob. »Mussten wir davon wirklich im Radio erfahren?«

Bettina war genauso entsetzt gewesen wie Waldemar Löscher, als sie und Jonas die Meldung im Radio hörten, »dass es sich bei dem Toten vom Schmetterlingshaus um den bekannten Konstanzer Kinderarzt Dr. Lennart Löscher handelt«. Wer zum Teufel hatte diese Information an den Sender weitergegeben? Sie verdrängte die Frage, jetzt musste sie mit der Erregung der Angehörigen fertig werden. Der Vater des Toten hatte Jonas und Bettina an der Tür des Wohnhauses seines Sohnes in Empfang genommen und mit seiner Schimpfkanonade begonnen, bevor sie auch nur ein Wort sagen konnten. Jetzt saßen sie auf einem viel zu niedrigen Sofa im Wohnzimmer, die Knie annähernd auf Kinnhöhe. Bettina fragte sich, wie sie jemals wieder aufstehen sollte. Die Einrichtung war gediegen und teuer, dabei alles andere als protzig und weit entfernt von der modernen Eleganz, die sie bei einem erfolgreichen Arzt erwartet hätte. An den Wänden hingen Reproduktionen von Werken der klassischen Moderne, zumindest glaubte sie, in einem sehr bunten Bild eine Arbeit von Paul Klee zu erkennen. Die Bilder könnten auch in einer Arztpraxis hängen, vielleicht hatte Löscher aus Bequemlichkeit mehrere davon bestellt. Im gesamten Raum fanden sich keine persönlichen Gegenstände, sah man von einem Strauß bunter Blumen in einer schlichten Glasvase ab. Auf einmal fiel Bettina ein, woran sie die Atmosphäre erinnerte: Sie kam sich vor wie in einer Möbelausstellung, alles war perfekt. Hier hatte eine versierte Innenarchitektin Hand angelegt und keine Hausfrau, die ihrer Familie ein wohliges Heim schaffen wollte.

Bettina räusperte sich. »Es tut uns wirklich leid, dass Sie auf diese Weise vom Tod Ihres Sohnes erfahren haben, Herr Löscher. Es ist aber das normale Verfahren, erst alle Spuren am Tatort zu sichern ...«

»Was heißt hier Tatort?« Waldemar Löscher stand immer noch an der Tür zum Flur. Trotz seiner neunzig Jahre war er eine imposante Erscheinung. Schlank und groß, die Haltung kerzengerade, die schlohweißen Haare in leichten Wellen frisiert, von denen Bettina nicht sagen konnte, ob sie von der Natur oder der Hand eines begabten Friseurs gelegt worden waren.

»Sie glauben doch nicht etwa, dass mein Sohn ...« Der alte Mann ließ den Satz unvollendet und schaute zu Boden. Zum ersten Mal schien ihn eine andere Emotion als Wut zu überkommen. Bettina schaute zu Jonas Quandt hinüber, der ebenfalls wie ein verdrehtes Fragezeichen in einem unbequemen Sessel saß. Er verstand und übernahm das Gespräch. »Wir wissen es noch nicht sicher, aber möglicherweise wurde Ihr Sohn Opfer eines Verbrechens.«

»Ich will meinen Sohn sehen. Sofort!«

Waldemar Löschers Stimme war fest, er ließ keinen Zweifel, dass dies kein Wunsch war, über den er mit sich diskutieren ließ.

»Das geht nicht«, antwortete Quandt ruhig. »Er ist nach Freiburg in die Rechtsmedizin gebracht worden.«

»Dann fahren wir halt nach Freiburg.«

Bettina wollte etwas entgegnen, als hinter Löscher eine Frau auftauchte und mit unsicheren Schritten ins Zimmer wankte.

»Was ist denn hier für ein Gebrüll?«, nuschelte sie. Löscher drehte sich um und streckte seinen Arm aus, um die Frau daran zu hindern weiterzugehen. Sie schüttelte ihn mit einer ärgerlichen Bewegung ab, wodurch der grau glänzende Morgenmantel aufsprang und den Blick auf schlaff hängende Brüste freigab. Bettina sah im Augenwinkel, dass Jonas den Blick zu Boden senkte. Der Frau schien es aber nichts auszumachen, sich halb nackt vor einem fremden Mann zu zeigen, denn sie machte keine Anstalten, den Mantel zu schließen. Stattdessen stolperte sie ins Zimmer, fuhr sich mit beiden Händen durch die Haare, was das dünne Kleidungsstück noch weiter aufspringen ließ und sagte mit verwaschener Stimme: »Wo ist Lenny?«

Waldemar Löscher umschlang sie von hinten mit den Armen; diese Haltung sah eher nach einem Ringergriff als nach einer wohlmeinenden Umarmung aus. Er schloss ihren Morgenmantel und verknotete den Gürtel. »Geh in dein Zimmer, Marion! Du sollst schlafen!« Mit erstaunlicher Kraft drängte er die Frau hinaus und rief: »Magda!«

Als hätte sie nur auf dieses Stichwort gewartet, erschien eine blonde Frau in dunkler Kleidung im Türrahmen und nahm die andere in Empfang, die sich jetzt widerstandslos wegführen ließ.

Für einen Augenblick glaubte Bettina, dass der alte Löscher seine Haltung verlor und in sich zusammensackte. Seine Stimme war aber immer noch fest. »Verzeihen Sie den Auftritt meiner Schwiegertochter. Ich habe ihr ein starkes Beruhigungsmittel verabreicht. Sie hat die Nachricht genau wie ich im Radio gehört. Sie können sich vorstellen, was für ein Schock das für sie war.«

»Es tut mir leid«, sagte Bettina, die es an der Zeit fand, das Heft des Handelns in die Hand zu bekommen, »aber wir werden mit ihrer Schwiegertochter reden müssen. Nicht unbedingt sofort, aber spätestens morgen.«

Löscher straffte seinen Körper, er hatte sich wieder vollständig in der Gewalt. »Was Sie müssen, ist mir völlig gleichgültig.« Seine Stimme schnarrte. »Ob Marion vernehmungsfähig ist oder nicht, entscheiden ganz sicher nicht Sie!«

Bettina war Jonas dankbar, der versuchte, die Situation zu deeskalieren. »War Ihr Sohn Diabetiker?«

»Wie kommen Sie denn darauf? Lennart war kerngesund.«

»Hatte Ihr Sohn dann möglicherweise psychische Probleme? War er depressiv? Hat er mal von Selbstmord gesprochen?«

Jonas stellte die Fragen mit ruhiger, fast leiser Stimme, Löscher reagiert aber, als hätte er ihn angeschrien.

»Sie müssen wahnsinnig sein, Mann! Mein Sohn liebte das Leben. Er engagierte sich in seiner Freizeit für alle möglichen Belange, liebte seine Frau und seine Kinder ...«

Löscher machte eine Pause, die Bettina eine Spur zu theatralisch erschien, als deklamierte er einen gelernten Text. Sie schnaufte vernehmlich, um Quandt zu signalisieren, dass sie wieder übernehmen wollte. »Hatte Ihr Sohn sexuelle Beziehungen außerhalb der Ehe?«

Löscher hielt die Luft an und ließ sie mit einem leisen, kaum wahrnehmbaren Pfeifen wieder entweichen. »Was fällt Ihnen ein! Mein Sohn ...«.

»Opa! Du sollst dich doch nicht so aufregen!«

Ein schlaksiger, dürrer junger Mann trat hinter Löscher und legte ihm den Arm auf die Schulter. Bettina wusste sofort, was sie an der Szene störte. Sie war zu intim, der Junge nahm sich etwas heraus, was allenfalls dem Alten zugestanden hätte, der es aber unwidersprochen geschehen ließ.

»Und Sie sind?«, fragte Quandt.

»Sebastian Löscher«, sagte der Junge und schaute Jonas herablassend an.

Der alte Löscher legte seine Hand auf die des Jungen. »Basti ist mein Enkel.«

»Mein Beileid zum Tod Ihres Vaters«, sagte Bettina.

Sebastian Löscher musterte sie von Kopf bis Fuß und verzog den Mund, als ekelte er sich vor der deutlich sichtbaren Fruchtbarkeit. »Sollten Sie nicht besser zu Hause auf dem Sofa sitzen?«

»Nun mal langsam«, warf Quandt eine Spur zu laut ein. Bettina beugte sich so weit nach vorne, wie es ihr Bauch zuließ, und streckte den Arm in seine Richtung aus. Jonas verstand sofort, sprang federnd auf, ergriff ihre Hand und zog sie auf die Beine. Die Bewegung war fließend, als tanzten sie miteinander. Bettina schnaufte einmal kurz durch.

»Ich glaube, wir sollten unser Gespräch im Präsidium fortsetzen.«

Sie zog eine Visitenkarte aus ihrer Handtasche. »Sagen wir morgen Vormittag um elf.«

Sie nickte Quandt zu, der mit zusammengekniffenen Lippen hinter ihr Richtung Ausgang ging. Sie hatten das Zimmer noch nicht ganz verlassen, als er sich noch einmal umdrehte. »Die Einladung gilt auch für Frau Löscher.«

Bettina nickte. »Ganz besonders für sie.«

»Was ist denn das für ein Horrorkabinett?«, fragte Quandt, als die Haustür hinter ihnen ins Schloss gefallen war. Bettina atmete tief durch, aber die schwüle Luft machte sie schwindelig. »Die haben uns da ein Schauspiel vorgeführt, findest du nicht?«

Quandt nickte. »Ich wurde die ganze Zeit den Eindruck nicht los, als wüssten der alte Löscher und sein Enkel ganz genau, wie Lennart Löscher gestorben ist.«

Bettina konzentrierte sich auf ihren Atem und flüsterte fast. »Und warum er sterben musste.«

Acht

Thal starrte auf das Whiteboard im Besprechungsraum. So viele Fragen und so wenige Antworten. Die Stille war bedrückend, fast wäre es ihm lieber gewesen, der Kriminaldirektor hätte sein übliches Donnerwetter losgelassen, weil der Name des Toten an die Öffentlichkeit geraten war. Stattdessen hatte er nur in seinem typischen Singsang, der ihm den Spitznamen ›Imam‹ eingetragen hatte, lamentiert, dass heutzutage Verschwiegenheit eine aussterbende Tugend sei. Statt einer Schimpfkanonade gab es nur ein laues Frühlingslüftchen. Dabei ärgerte sich Thal selbst maßlos darüber, dass die Journalisten eigenmächtig entschieden hatten, den Namen des Opfers preiszugeben. Was für eine Hybris trieb diese Typen eigentlich an? Kurz kam ihm sein Sohn in den Sinn, aber er verdrängte den Gedanken. Tobias war in Berlin – und das war für ihn dort, wo der Pfeffer wuchs. Drängender war die Frage, wer dem Nachrichtenredakteur des SWR die Identität des Toten im Schmetterlingshaus gesteckt hatte. Im Grunde genommen konnte die Information nur aus dem Präsidium stammen und das machte ihn wütend. Es sei denn ...

Quandt schien sich die gleichen Gedanken zu machen. »Wenn keiner von uns dem Journalisten die Identität des Toten verraten hat, muss die Information aus dem Umfeld des Täters stammen.«

Bettina, die weit zurückgelehnt auf ihrem Stuhl saß, schüttelte den Kopf. »Oder der Mitarbeiter der Mainau, der den Toten gefunden hat ...«

»Nein«, entgegnete Quandt. »Der kannte Löscher nicht.«

»Hat er behauptet«, warf Stephanie Bohlmann ein, »aber wer sagt uns, dass das stimmt?«

»Ich glaube ihm, er war viel zu geschockt, um so abgezockt zu sein, mich anzulügen, weil er die Information einem Journalisten verkaufen wollte. Aber warum fragen wir nicht einfach mal beim Sender nach?« Quandt zog sein Handy aus der Tasche, aber Schober lachte auf. »Das können Sie vergessen, die berufen sich auf den Informantenschutz und lassen uns im Regen stehen.«

Bettina beugte sich langsam nach vorne. »Das hilft uns doch eh nicht weiter. Wir sollten uns lieber auf das Umfeld des Opfers konzentrieren. Die Familie scheint mir eine merkwürdige Mischpoke zu sein.«

»Vorsicht, Frau Berg.« Zum ersten Mal erhob Schober die Stimme und Thal war fast froh, dass er zu alter Emotionalität zurückfand. »Wir haben es hier mit einer der einflussreichsten Familien in Konstanz zu tun.«

Da war er wieder, der alte Imam, dachte Thal und lächelte vor sich hin. Stets auf seine Reputation bedacht und darauf achtend, niemandem auf die Füße zu treten, der Rang und Namen hatte. Bettina war aber noch nicht bereit nachzugeben. »Hätten Sie den Auftritt heute Nachmittag erlebt, würden Sie genauso reden, Herr Kriminaldirektor. Das Ganze war eine eigens für uns einstudierte Inszenierung.«

»Bei der nur Lennart Löschers Frau Marion störte«, ergänzte Quandt. »Die war total neben der Spur.«

»Wundert Sie das wirklich?« Schober musterte Quandt mit verkniffenem Mund von der Seite. Wahrscheinlich war er sich noch immer nicht sicher, wie er mit der Homosexualität des jungen Kollegen umgehen sollte. Offiziell war das im Polizeidienst kein Thema und schon gar nicht bei der Kripo. Aber Schober war viel zu sehr auf die Außenwirkung bedacht, um objektiv zu sein. Thal vermutete, dass der Imam zur sexuellen Orientierung seines Mitarbeiters überhaupt keine eigene Meinung hatte – wie bei so vielen anderen Dingen auch.

Schober schüttelte den Kopf. »Diese Frau hat aus dem Radio erfahren, dass ihr Mann tot im Schmetterlingshaus der Mainau liegt. Das kann einen ja wohl aus der Bahn werfen, oder was meinen Sie?«

Quandt nickte mit verkniffenem Gesichtsausdruck. Thal fürchtete eine unüberlegte Antwort und mischte sich ein. »So kommen wir nicht weiter. Im Moment sollten wir uns mehr an die Fakten halten als an Spekulationen.«

»Fakten.« Grendel war unbemerkt in den Besprechungsraum gekommen, dessen Tür wie so oft offen stand. »Das ist mein Stichwort.«

Der Tatortermittler trug ein aufgeklapptes Notebook auf dem Arm, das er vorsichtig auf den Tisch stellte. Der Ventilator des altersschwachen Geräts brummte vernehmlich vor sich hin. Ich habe gerade noch einmal mit Fiona Lee in Freiburg telefoniert. Ich muss sagen, seit sie bei der Rechtsmedizin ist, bekommt man dort wenigstens brauchbare Auskünfte und nicht nur Restles unverbindliches, schwäbisches Gebrabbel.

Thal empfand diese Einschätzung zwar als nicht ganz fair, schätzte aber ebenfalls die klaren Aussagen der Rechtsmedizinerin. Trotz ihrer asiatischen Wurzeln war sie weniger vorsichtig und zurückhaltend als ihr Chef. Während Restle jedes Detail mehrfach überprüfte, bevor er eine darauf aufbauende Erkenntnis mit den Ermittlern teilte, hatte Fiona Lee eher den Erfolg im Blick und war bereit, sich auch mal auf unsicheres Terrain zu begeben.

Grendel drückte auf die Enter-Taste. Auf dem Bildschirm erschien das erste Bild, das Nils Kröning direkt nach seiner Ankunft im Schmetterlingshaus gemacht hatte. Unter anderen Umständen hätte man es für eine poetische Bildkomposition halten können. Löscher saß leicht nach vorne gebeugt auf dem zugleich verspielt und massiv wirkenden, gusseisernen Stuhl. Seine Arme hingen seitlich herunter, die Beine waren leicht gespreizt und gaben den Blick auf den im Kondom steckenden Penis frei. Der Kopf war ein wenig nach rechts geneigt, die Augen waren geöffnet. Auf dem kahlen Schädel des Mannes saß ein fast handtellergroßer, bläulich schimmernder Schmetterling.

Grendel tippte mit einem Kugelschreiber auf den Monitor. »Was sehen wir auf diesem Bild?«

Quandt verdrehte die Augen, er ahnte wie alle anderen, dass Grendel seine berüchtigte Quizshow abziehen wollte. Stephanie nahm es mit Humor und sagte mit fragendem Unterton: »Leiche mit Schmetterling.« Sie prustete los und Grendel warf ihr einen irritierten Blick zu. Thal wusste, dass Grendels Art der Ergebnispräsentation sie häufig weitergebracht hatte, heute fehlte ihm für ein Frage- und Antwortspiel aber die Geduld. »Zeig uns, was ihr herausgefunden habt, Hartmut. Du wärst ja nicht hier, wenn es nicht etwas Neues gäbe.«

»Allerdings!« Grendel zog einen Stuhl unter dem Tisch hervor und setzte sich. »Fangen wir mal mit dem Offensichtlichsten an.«

Er wartete ein paar Sekunden, aber die anderen hatten sich im Griff und schauten schweigend auf den Monitor. Jeder Einwurf hätte Grendel bestärkt, doch wieder in alte Muster zu verfallen. So klickte er nach einem leisen Seufzer zum nächsten Bild, das die Handgelenke des Opfers zeigte.

»Der Mann war, wie ihr wisst, an den Handgelenken gefesselt. Nach eingehender Untersuchung der Verletzungen ist Fiona Lee der Ansicht, dass diese Fesseln – es handelte sich den Faserspuren nach um Hanftaue – ihm zu Lebzeiten angelegt und erst nach dem Tod entfernt wurden.«

»Wie kommt sie darauf?«, fragte Quandt.

»Die von den Tauen herrührenden Wundmale sind deutlich ausgeprägt. Der Mann hat also versucht, sie loszuwerden. Ansonsten gibt es aber keinerlei Spuren an Armen oder Beinen, die darauf hindeuten, dass es einen Kampf gegeben hat. Daraus lässt sich schließen: Löscher hat sich nicht dagegen gewehrt, an den Stuhl gefesselt zu werden.«

»Es war ein Spiel?«, fragte Bettina.

»So sieht es aus. Zumal es noch ein interessantes Detail gibt.« Wieder machte Grendel eine kurze Pause.

»Wir haben das Kondom selbstverständlich genauestens untersucht – mit einem sehr interessanten Ergebnis.« Er drückte auf die Enter-Taste und auf dem Bildschirm erschien ein Bild des Präservativs in einer Nierenschale.

»Ich sehe da nichts Besonderes«, sagte Schober, der bisher wie ein Unbeteiligter gewirkt hatte.

Grendel vergrößerte einen Ausschnitt des Bildes. »Jetzt vielleicht?«

Bettina beugte sich näher an den Monitor heran. »Sieht aus wie Blut.«

»Völlig falsch«, entgegnete Grendel in einem leicht spöttischen Ton.

»Auf dem Kondom finden sich eindeutig Spuren von Lippenstift.«

Er lehnte sich zurück und verschränkte die Arme.

»Puh!« Stephanie schob ihren Stuhl geräuschvoll zurück. »Das ist starker Tobak. Stellen wir uns das Szenario mal vor. Löscher betritt nach Ende der Öffnungszeit das Schmetterlingshaus. Er zieht sich aus und setzt sich auf den Stuhl.«

Quandt hielt es nicht mehr auf seinem Platz, er sprang auf und begann durch den Raum zu tigern. »Möglicherweise lässt er sich auch ausziehen, denn spätestens jetzt betritt eine zweite Person das Schmetterlingshaus, vielleicht ist sie aber auch mit ihm zusammen eingetroffen oder hat auf ihn gewartet.«

Quandt öffnete den Kühlschrank und nahm eine der kleinen Flaschen Krating Daeng heraus, er trank täglich mehrere Portionen dieses thailändischen Teufelszeugs.

»Die zweite Person fesselt Löscher mit dessen Einverständnis, sonst hätten wir Abwehrverletzungen an Armen und Beinen. Anschließend kniet sich die Person vor Löscher nieder, streift ihm ein Kondom über den Penis, befriedigt ihn oral und jagt ihm zum Schluss die Spritze in den Hals. Et voilà!«

Er öffnete das Fläschchen und prostet den anderen zu, ehe er den Inhalt in einem Zug herunterstürzte.

Thal schien Quandts Darstellung plausibel. »Bevor diese zweite Person den Tatort verlassen hat, muss sie die Fesseln wieder gelöst haben. Außerdem hat sie alle Beweisstücke mitgenommen.«

»Moment«, sagte Grendel leicht abgehackt. Ihm passte es nicht, dass Quandt mit seiner Erklärung die Show übernommen hatte.

»Ihr vergesst ein paar wichtige Details. Die Leichenschnippler haben die Todesursache eindeutig bestätigt. Löscher ist an einer Hypoglykämie gestorben, zu deutsch an einer Unterzuckerung, ausgelöst durch die Injektion einer großen Menge Insulin – und zwar von der schnell wirkenden Sorte. Trotzdem hat es nach der Injektion noch geraume Zeit gedauert, bis das Opfer ins Koma gefallen ist. Lee meinte, da könnte gut und gerne eine Stunde vergangen sein. In dieser Zeit wurde Löscher zwar von Krämpfen geschüttelt, hat aber sicher verzweifelt versucht, die Fesseln loszuwerden.«

»Das erklärt die Abschürfungen an Hand- und Fußgelenken«, warf Quandt ein und ließ die kleine Glasflasche scheppernd in den Mülleimer fallen.

Grendel nickte. »Bis zum Eintritt des Todes vergingen dann noch einmal mehrere Stunden. Diese Zeit hat der Täter genutzt.«

»Wofür?«, fragte Schober, obwohl er die Antwort kennen musste. Grendel ließ sich aber nichts anmerken, sondern startete eine Diashow mit Fotos der in die Haut geritzten Namen. Während Foto auf Foto erschien, verteilte er Ausdrucke und eine Liste. Den Technikern war es gelungen, vierundvierzig Namen zu entziffern. Dazu kamen sieben weitere, die zu undeutlich waren, insgesamt waren es also einundfünfzig. Von den vierundvierzig lesbaren, waren fünfundzwanzig weiblich und neunzehn männlich.

Grendel wartete, bis die anderen das Studium der Liste beendet hatten. »Fiona Lee ist der Überzeugung, dass die Namen dem Opfer zu Lebzeiten in die Haut geritzt wurden. Der Täter hat sich dabei sehr viel Mühe gegeben, das kostete Zeit.«

Bettina atmete laut aus. »Was für eine perverse Nummer. Da bläst eine Frau einem Mann erst mal einen ...«

»Oder ein Mann einem Mann«, ergänzte Quandt, was Schober sichtlich irritierte.

»Natürlich«, sagte Bettina und nickte. »Nach Ende des Blowjobs spritzt er oder sie ihm Insulin, wartet dann seelenruhig, bis das Koma eintritt, und ritzt in aller Ruhe und sorgfältig einundfünfzig Namen in die Haut des Mannes. Anschließend packt er oder sie die Sachen des Toten zusammen und geht, ohne irgendwelche Spuren zu hinterlassen.«

Thal schluckte die große Menge Speichel herunter, die sich während Bettinas Zusammenfassung in seinem Mund gesammelt hatte. Erst durch ihre drastische Darstellung war allen am Tisch klar geworden, mit was für einem grausamen Verbrechen sie es zu tun hatten. Thal fasst sich als Erster und versuchte, so nüchtern wie möglich Schlussfolgerungen zu ziehen.

»Was können wir daraus schließen?«

Alle erkannten, dass es sich um eine rhetorische Frage handelte, und warteten, dass Thal sie selbst beantwortete.

»Das Opfer muss den Täter oder die Täterin gekannt haben.«

»Einspruch!«, rief Quandt, der sich inzwischen auf die Fensterbank gesetzt hatte. »Es könnte sich genauso gut auch um eine Prostituierte oder einen Stricher gehandelt haben.«

Stephanie Bohlmann klopfte mit dem Bleistift auf die Tischplatte. »Das glaube ich nicht. Dagegen spricht der Tatort, das braucht zu viel Vorbereitung.«

Thal hatte Angst, dass sie sich verzettelten. »Bleiben wir bei der Theorie, dass sich die beiden kannten. Dann muss es jemand aus seinem Umfeld sein. Es ist ja eine ziemlich eigenartige Sexspielart, der Ort ist beinahe öffentlich, dazu die Fesselung und die absolute Nacktheit.«

»Unterwerfung«, sagte Bettina.

»Genau!« Thal lächelte ihr zu. »Das Opfer unterwarf sich einem dominanten Mann oder einer dominanten Frau. Solche Vorlieben hält man als Kinderarzt sicher am liebsten unter Verschluss, aber irgendjemand wird garantiert etwas mitbekommen haben. Wenn nicht in der Familie, dann Praxismitarbeiter, Freunde. Vielleicht hat er entsprechende Klubs besucht. Jonas und Stephanie, das ist euer Job!«

»Was ist mit den Namen?«, fragte Grendel und klappte das Notebook zusammen.

Thal zuckte mit den Schultern. »Hat irgendeiner eine Idee, wie uns eine derart lange Namensliste weiterbringen könnte?«

Quandt sprang von der Fensterbank und angelte sich sein Tablet vom Tisch. »Wir könnten die Namen mal durch die Datenbank jagen. Das leiere ich gleich noch an.«

»Sehr gut!« Thal registrierte zufrieden, dass die Ermittlungsmaschine langsam auf Touren kam. »Bettina und ich werden morgen die Familie vernehmen.«

Grendel nahm das Notebook unter den Arm. »Eine Sache solltet ihr nicht aus den Augen verlieren. Woher stammt das Insulin? Unser Täter oder unsere Täterin muss sich das Zeug ja irgendwo besorgt haben.«

Neun

Erster Tag. Zweiundzwanzig Uhr zehn

Sollte er noch ein Glas Wein trinken oder sich doch lieber einen Schluck von diesem sensationellen Laphroaig PX als Schlummertrunk eingießen? Thal überlegte einen Moment und entschied sich schweren Herzens gegen den Whisky. Er brauchte morgen einen klaren Kopf. Ach was, nicht nur morgen, auch jetzt! Madlaina rekelte sich auf der Couch in eine bequemere Position und nippte am Weinglas. Ein friedlicher Abend eines immer noch verliebten Paares, könnte man meinen. Thal fürchtete, dass es ein Trugbild war. Madlaina vermisste ihre Arbeit als Polizistin. Seit ein paar Monaten wohnte sie bei ihm, nachdem sie Stelle und Wohnung in St. Gallen gekündigt hatte. Er hatte von Anfang an die Sorge, dass sie sich langweilen würde ohne ihren Job als Profilerin. Schließlich war sie eine der Besten ihres Fachs, kein Wunder, war sie doch beim FBI ausgebildet worden. In St. Gallen war ihr Talent zwar auch verschwendet worden, aber jetzt ... Er verdrängte die trüben Gedanken.

»Wie sehen die neuesten Verkaufszahlen aus?«

»Keine Ahnung, du weißt doch, dass ich nicht wegen des Geldes Musik mache.«

Schon wieder etwas, das Thal an Madlaina bewunderte. Wochenlang war sie mit der ›Olsenbande‹ auf Tour gewesen, um die Platte der Band zu promoten, hatte PR-Termin auf PR-Termin abgespult und sogar auf einigen Open-Airs gespielt, obwohl sie das hasste. Konzerte der ›Olsenbande‹ folgten einer klaren Dramaturgie und die Kurzauftritte auf Festivalbühnen waren ihr ein Graus, vor allem wenn sie zwischen zwei US-Bands gezwängt wurden, deren Musiker bereits vor einem Jahrzehnt das Rentenalter erreicht hatten. Ohne zu murren hatte sie all das auf sich genommen, weil sie wusste, wie viel den anderen in der Band daran lag, erfolgreich zu sein. Ihr selbst war es nur wichtig, auf der Bühne zu stehen, egal ob das Publikum aus zehn oder aus zehntausend Menschen bestand. Thal wusste besser als sie, dass die Platte ein Erfolg war. Er schüttete ihr noch einen Schluck Wein ein. »Wir haben da einen äußerst bizarren Fall, Madlaina.«

Sie richtete sich auf und spannte den Oberkörper. Sobald jemand ein Verbrechen erwähnte, schalteten ihre Sinne auf Alarmzustand. Er hatte das schon häufiger beobachtet, wenn in den Nachrichten von einer Tat berichtet wurde.

»Willst du mir davon erzählen?«, fragte sie und trank einen weiteren Schluck. Thal nickte und schilderte den Fall so präzise, wie es ihm möglich war. Madlaina stellte immer wieder Zwischenfragen und so dauerte es eine Viertelstunde, bis er die entscheidende Frage stellte. »Wie wärst du so einen Fall angegangen?«

Madlaina lachte. »Meinst du in St. Gallen oder beim FBI?«

»Gibt es da einen Unterschied?«

»Nicht in der direkten Art des Vorgehens, aber in der Freiheit des Denkens.«

Was für ein Satz!, dachte Thal. Auch ihm fiel in der letzten Zeit immer öfter auf, dass sich die Ermittlungsarbeit allzu routiniert an den Leitplanken ausrichtete, die von den Tatortermittlern und der Spurensicherung aufgestellt wurden. Nur selten erlaubten sie sich, die vermeintlich unangreifbaren Tatsachen gegen den Strich zu bürsten. Madlaina riss ihn mit einer weiteren überraschenden Wendung aus seinen Gedanken.

»Ihr habt den entscheidenden Punkt doch schon selbst identifiziert. Ihr traut euch bloß nicht, die Sache beim Namen zu nennen.«

Thal rückte ein Stückchen näher an sie heran, er hatte das dringende Bedürfnis nach körperlicher Nähe. Sie legte ihm ihre Hand auf den Oberschenkel und streichelte ihn mit optisch kaum wahrnehmbaren Fingerbewegungen, die sogar durch den Stoff seiner Hose brennende Spuren auf seiner Haut hinterließen.

»Die Tat ist eine einzige Inszenierung.«

Thal wartete, ob Madlaina ihre Feststellung erläuterte, aber sie schaute nur auf ihre Hand. »Wie meinst du das?«

»Der Täter stellt den Körper des Toten doch regelrecht zur Schau. Das Opfer ist nackt und damit schutzlos. Dazu kommt das Kondom. Warum hat der Täter das nicht genauso entfernt wie die Seile, mit denen er das Opfer gefesselt hat oder die Kleidung? Das ist kein Zufall, er hat es nicht einfach vergessen. Das Präservativ sexualisiert die Szene erst, ohne das Kondom fehlte diese Komponente. Der Täter stellt das Opfer und seine Sexualität zur Schau.«

»Du meinst, dass nichts zufällig ist?«

»Ich glaube, dass alles an dieser Tat genau geplant war. Wie lange war der Täter mit dem Opfer zusammen?«

»Mehrere Stunden ganz sicher.«

»Und in dieser Zeit rang dieser Kinderarzt mit dem Tode. Wie sehr muss man einen Menschen hassen, dass man stundenlang bei ihm sitzt, während er an dem Insulin stirbt, das man ihm verabreicht hat.«

»Was ist mit den Namen?«

»Mir kommt es vor, als ob der Täter das Opfer wie ein Mahnmal präsentiert. Stell dir eine Wand vor, in die Namen eingeritzt wurden, damit sie von möglichst vielen Menschen gesehen werden.«

»Namen von Opfern«, murmelte Thal, ohne zu wissen, woher dieser Gedanke auf einmal kam.

»Kein schlechter Ansatz«, sagte Madlaina. »Aus dir könnte glatt noch ein guter Profiler werden.«

»Da bist du der unerreichbare Profi.« Er nahm ihre Hand in seine und drückte sie. »So jemand wie du fehlt in unserem Team. Mit deiner Erfahrung und deinem Wissen könntest du uns echt weiterbringen. Ich habe schon daran gedacht, Schober den Vorschlag zu machen, dich als Schwangerschaftsvertretung für Bettina einzustellen.«

»Ach komm!« Madlaina lachte auf. »Das klappt doch nie bei unserer Bürokratie. Ich bin ja nicht mal deutsche Staatsbürgerin.«

»Das muss kein Hindernis sein, da habe ich mich schon erkundigt.«

»Sieh mal einer an. Und wann wolltest du mich fragen, ob ich das überhaupt will?« Thal wusste, dass Madlainas Entrüstung nur gespielt war.

»Es gibt immer Ausnahmeregeln, das weißt du so gut wie ich. Wo ein Wille ist, ist ein Weg. Ich muss halt mit Schober reden.«

»Und was sagt Bettina dazu?«

Thal beugte sich nach unten und küsste Madlainas Handrücken.

»Sie weiß es noch nicht.«

Zehn

Zweiter Tag. Sieben Uhr dreißig

Die Dankbarkeit erfasste sein ganzes Sein. Die Gebete am Morgen stärkten ihn für den Tag. Heute hatte er es intensiver empfunden als in den Wochen zuvor. Er fieberte den nächsten Tagen entgegen, die Reinigung, die auf ihn wartete, würde vollständig sein. Er würde ein neuer Mensch werden. Die Krieger, die es schon erleben durften, hatten ihm davon erzählt. Von den Schmerzen und den Freuden. Von den Zweifeln und der Gewissheit. Vom Opfer und vom Geschenk. Er wusste, dass er den Verzicht freudig annehmen musste, den man ihm auferlegte. In der totalen Hingabe lag seine Zukunft.

Vor der Sext hatte er sich getraut, den Hauptmann anzusprechen – in anderer Situation vielleicht eine Insubordination, wie sie die Aufsässigkeit gegen Offiziere nannten. Ihm aber gewährte der Hauptmann ein kurzes Gespräch, bei dem er die Augen schamhaft zu Boden richtete, wie es seinem Stand entsprach. Er sah also nicht, ob seine Frage den Hauptmann überraschte. Er hatte lange nachgedacht, wie er sie formulieren sollte und sich am Ende für die offene und klarste Variante entschieden.

»Werde ich Konstantin noch einmal sehen?«

Er spürte, wie der Mann ihm die Hand auf die Schulter legte und fürchtete, unter der Last zu Boden zu sinken. Die Antwort machte ihm Mut. »Möchtest du es denn?«

Er nickte und schluckte die Beklemmung herunter, die seine Brust einschnürte. »Gerne, Hauptmann.« Nach einer Sekunde setzte er hinzu. »Sofern es den Regularien entspricht.«

»Das kommt darauf an«, sagte der Hauptmann und nahm seine Hand von der Schulter.

Er fürchtete, dass es dabei bleiben könnte, und wagte noch einen Satz. »Ich habe meinen Sohn in die Obhut der Krieger gegeben, damit sie entscheiden, was für ihn das Richtige ist.«

»Nicht nur für ihn!« Die Stimme des Hauptmanns war auf einmal nicht mehr sanft, sondern dröhnend.

»Du weißt, dass es nie um das Individuum geht, sondern immer um die Welt als Ganzes. Alles, was wir tun, ist mit allem verbunden, was andere tun. Niemand handelt nur für sich, sondern jeder handelt für alle.«

Er nickte vorsichtig, ohne dabei den Kopf zu heben. Eine weitere Entgegnung war ihm nicht gestattet, aber der Hauptmann richtete noch einmal das Wort an ihn.

»Du kennst das Doktorspiel?«

Er nickte, obwohl er noch keine Selektion erlebt, sondern nur von ihnen gehört hatte.

»Du weißt, dass du dich als Krieger der Entscheidung des Doktors unterwerfen musst, denn er urteilt im Namen Uriels?«

»Ja«, flüsterte er.

»Bis du zu dieser bedingungslosen Unterwerfung bereit?«

Er nickte.

»Gut. In diesem Fall sollst du die Genehmigung bekommen, bei der Examination deines Sohnes anwesend zu sein. Schweigend und demütig, versteht sich.«

Mehr hatte der Hauptmann nicht gesagt, und er hatte gesenkten Kopfes in der Halle gestanden, bis die anderen Krieger zur Sext strömten. Während der ganzen Andacht hatte er gespürt, dass ihn das Vertrauen des Hauptmanns wärmte. Er durfte Konstantins Examination beiwohnen, noch gestern hatte er es nicht zu hoffen gewagt. Normalerweise hielt man die Eltern während des gesamten Doktorspiels von den Kindern fern. Zu groß war die Angst davor, dass Mütter oder Väter der Mut verlassen könnte. Ihm würde das nicht passieren. Er hatte nicht die geringste Ahnung, wie die Examination ausfallen würde. Möglicherweise schickte man Konstantin in das Land des Heils. Oder man schenkte ihm den ewigen Schlaf. Nur eins war sicher: Er würde seinen Sohn bei der Examination das letzte Mal sehen und hören. Wie würde Konstantin reagieren, wenn er seinen Vater in der Runde sah? Würde er weinen? Würde er schreien? Nein! Man hatte ihn vorbereitet auf das Spiel, da war er sich sicher.

Und er selbst? Er atmete tief ein und hielt die Luft an, als er sich das Gewand aus grobem Leinen über den Kopf zog, dessen Geruch ihm auf nüchternen Magen Übelkeit verursachte. Er faltete das Kleid zusammen und achtete darauf, es nach allen Regeln der Kunst in die perfekte Form zu bringen. Die Konzentration auf alltägliche Verrichtungen half dabei, Klarheit zu erlangen.

Ihn fröstelte. Er nahm die Jeans, die er vor der Sext ordentlich über einen Stuhl gelegt hatte, und schlüpfte hinein, ehe er sich das Hemd überzog. Die Verwandlung vom Krieger zum einfachen Bürger war vollzogen. Aber das war nur äußerlich. Innerlich blieb er immer einer von Uriels Streitern, jederzeit bereit zum Kampf und sich der Tatsache bewusst, dass er nur als Teil des Ganzen wahrhaft lebendig war.

Sein Sohn hingegen war schwach. Es spielte keine Rolle, wie diese Schwäche über ihn gekommen war, es war eine Strafe, die Gott dem Jungen und seinen Eltern auferlegt hatte. Die Isolation im Lager diente der Vorbereitung der Examination. Die Züchtigungen waren Teil davon, denn wer die Rute führt, liebt sein Kind.

Wenn der Doktor so entschied, stand am Ende die Reinigung der Gemeinschaft durch das Exempel des Todes.

Wer war er, sich dagegen aufzulehnen?

Nein! Er würde Konstantins Tod freudig begrüßen. Keine Reinigung ohne Schmerz. Kein Leben ohne Tod.

Er warf einen letzten Blick auf das Gewand mit dem Schwert und der Flamme als Zeichen Uriels. Er hatte sich entschieden. Und er war dankbar.

Elf

Zweiter Tag. Neun Uhr zehn

»Geht es dir gut?«, fragte Thal jetzt schon zum zweiten Mal, seit er sie vor zehn Minuten in ihrer neuen Wohnung abgeholt hatte.

»Ja, ausgezeichnet«, antwortete Bettina, bemüht, ihn nicht merken zu lassen, wie sehr sie seine übertriebene Fürsorge nervte. Sie war froh, dass es ihr überhaupt gelungen war, ihn zu dieser morgendlichen Zeugenvernehmung zu überreden. Eigentlich hatten sie die Familie Löscher zu elf Uhr ins Präsidium einbestellt, aber welchen Sinn sollte so eine angekündigte Befragung haben? Bis dahin würden sie ihre Aussagen abgesprochen haben, Widersprüche gäbe es bestimmt nicht. Vielleicht erwischten sie die Herrschaften auf dem falschen Fuß, wenn sie unerwartet in ihrem Haus erschienen. Vielleicht hätten sie sogar die Chance, Marion Löscher alleine zu befragen. Irgendetwas sagte Bettina, dass die Ehefrau des Opfers ihnen am ehesten weiterhelfen konnte – vorausgesetzt, sie konnten sie ohne Geleitschutz sprechen.

Vor der Haustür der Löschers schaute Thal seine Kollegin noch einmal von oben bis unten an. »Du solltest wirklich nicht hier sein!«

»Lass gut sein, Alexander!«

Bettina drückte auf den Klingelknopf, um jede Debatte über die Frage, ob eine hochschwangere Polizistin einsatztauglich war oder nicht, im Ansatz zu ersticken. Es dauerte geraume Zeit, bis die Tür geöffnet wurde. Die Hausangestellte Magda schüttelte den Kopf, als Thal nach Marion Löscher fragte. »Die gnädige Frau ist zwar im Haus, aber nicht zu sprechen.« Das rollende ›R‹ war der einzige Hinweis auf Magdas osteuropäische Herkunft.

Thal hielt seinen Dienstausweis direkt vor den Türspalt. »Tut mir leid, aber wir müssen darauf bestehen, dass Sie uns ins Haus lassen.«

Bettina hielt die Luft an. Sie hatten keinerlei Recht, diesen Einlass zu verlangen, wenn sie Pech hatten, war der Überraschungscoup gescheitert, bevor er überhaupt begonnen hatte. Thals forsches Handeln hatte aber Erfolg. Sichtlich eingeschüchtert öffnete Magda die Tür. »Nun denn ... Ich will Frau Löscher gerne noch einmal fragen, ob sie bereit ist, mit Ihnen zu reden.«

»Tun Sie das!«, sagte Thal und sein Ton ließ keinen Zweifel, dass er Nein nicht akzeptieren wollte.

Die Hausangestellte wies mit der Hand in Richtung des Wohnzimmers, in dem Bettina bereits gestern die Bekanntschaft mit dem größten Teil der Familie gemacht hatte. Während Thal sich in den Sessel setzte, in dem gestern Quandt versunken war, zog Bettina einen antiken Holzstuhl vor, der vor einem modernen Sekretär stand. »Wie gefällt dir das Mobiliar?«, fragte sie Thal.

»Nichtssagend.«

Besser konnte man es nicht formulieren, dachte Bettina. Ehe sie auf Details wie die Nullachtfünfzehn-Bilder an der Wand zu sprechen kommen konnte, betrat Marion Löscher das Zimmer. Auch heute war sie nicht für Besuch angekleidet, statt des Morgenmantels von gestern trug sie einen Seidenpyjama, auf dessen Jacke sich in Höhe der linken Brust ein handtellergroßer Fleck befand. Champagner, vermutete Bettina, ohne dass Farbe oder Form des Flecks diese Annahme in irgendeiner Weise unterstützten. Ihre Haare waren ungekämmt, die Schminke unterhalb der Augen verlaufen, was ihrem Gesicht etwas Wildes gab. Diese kriegerische Anmutung stand im krassen Gegensatz zur Vorsicht, mit der sich Marion Löscher bewegte. Sie hielt sich erst am Türrahmen und dann an der Lehne von Thals Sessel fest, ehe sie sich auf die niedrige Couch fallen ließ. Ihre Gestik hatte fast etwas Somnambules, als schlafwandelte sie durch den Raum.

»Was kann ich für Sie tun?« Ihr Ausdruck war wie ihr Gang: vorsichtig, tastend, unsicher. Leicht verwaschen reihte sie die Worte übergangslos aneinander. Sie fuhr sich mit der Hand durch die Haare. »Etwas zu trinken? Kaffee? Tee?«

Ihr Blick irrte zwischen Berg und Thal hin und her und von dort zur Tür.

»Magda! Wo bist du denn? Nie ist sie da, wenn man sie braucht.«

»Danke, Frau Löscher!« Thal sprach eine Spur zu langsam und zu laut, als müsste er auf diese Art die Aufmerksamkeit seines Gegenübers fesseln. »Wir möchten nichts.«

Magda erschien schweigend in der Tür, aber Marion Löscher wedelte nur ungehalten mit der Hand. Thal rückte seinen langen Körper in dem viel zu tiefen Sessel zurecht.

»Es gibt noch ein paar Dinge, die wir Sie gerne fragen möchten, Frau Löscher. Fühlen Sie sich dazu in der Lage?«

Marion Löscher wackelte mit dem Kopf, wie Bettina es bei Indern gesehen hatte, wenn sie eine Frage bejahen wollten. Diese Bewegung kam ihr aber eher unwillkürlich und bedeutungslos vor.

»Ja, natürlich.« Marion Löscher strich mit beiden Händen über die Pyjamajacke, als müsste sie sich vergewissern, bekleidet zu sein. »Warum denn nicht?«

»Nun gut«, sagte Thal und rückte auf den Rand des Sessels. »Wann haben Sie Ihren Mann zuletzt gesehen?«

Sie schien zu überlegen, wobei ihre Augen im Raum umherirrten.

»Vorgestern beim Frühstück.«

»Und gestern?«

Sie schaute Thal an, als hätte er ihr ein unlösbares Rätsel aufgegeben. Nach einigen Sekunden schüttelte sie den Kopf.

»Kam Ihr Mann häufiger nachts nicht nach Hause?«

Wieder dieses ungläubige Staunen über die Frage.

»Lennart macht, was er will. Er ist ein starker Mann, wissen Sie. Er weiß, was er will.«

Bettina registrierte, dass Marion Löscher von ihrem Mann in der Gegenwartsform sprach. Hatte sie seinen Tod noch nicht realisiert? Thal ließ noch nicht locker, sondern verschärfte seine letzte Frage.

»Sie haben sich also keine Gedanken gemacht, als Ihr Mann über Nacht wegblieb und auch am nächsten Tag nicht nach Hause kam?«

Marion Löscher lachte kurz auf, unterdrückte den Laut aber sofort, als hätte sie etwas Ungehöriges getan.

»Sind Sie ein Spießer, Herr Kommissar?«

Bettina hatte Mühe, nicht zu grinsen. Sicherheitshalber blickte sie auf den Boden, um Thal nicht in die Augen schauen zu müssen. Sie bekam in letzter Zeit häufiger Lachanfälle, das musste an den Hormonen liegen.

Thal ließ die Frage unbeantwortet.

Nach einigen Sekunden des Schweigens sagte Löscher: »Wir haben uns oft tagelang nicht gesehen. Lennart war viel beschäftigt, immer unterwegs.« Ihre Stimme wurde von Wort zu Wort leiser, bis sie fast nur noch flüsterte. »Das war normal, wissen Sie. Ganz normal.«

»War Ihre Ehe glücklich?« Thals Frage kam wie aus der Pistole geschossen. Marion Löscher schien diesmal überhaupt nicht überrascht, als hätte sie genau darüber schon lange und oft nachgedacht.

»Was ist Glück? Können Sie mir das sagen, Herr Kommissar?« Sie begann, mit dem Oberkörper sanft hin und her zu schaukeln. »Bitte sagen Sie es mir, ich möchte es so gerne wissen. Ich bin mir nicht sicher, ob ich früher mal eine Ahnung vom Glück hatte, aber wenn ...« Das Schaukeln endete abrupt und sie ließ sich in die Polster fallen. »Ich habe vergessen, was Glück ist. Aber Sie wissen es, oder?«

Wieder ging Thal nicht auf die Frage ein.

»Hatte Ihr Mann eine Geliebte?«

»Liebe!« Marion Löscher lachte auf. »Ist Liebe Glück? Was meinen Sie?«

Thal klopfte mit beiden Fußspitzen auf den Boden, als wollte er im nächsten Moment aufspringen. »Wissen Sie nicht, ob Ihr Mann mit anderen Frauen geschlafen hat?«

»Oder mit Männern?« Die Idee war Bettina spontan gekommen, ihr Einwurf schien Marion Löscher aber gar nicht zu erreichen. Sie starrte Thal an, hob langsam die Schultern und ließ sie blitzschnell wieder sinken.

»Mein Erzeuger und schwul, das allerdings wäre eine ganz besondere Ironie der Geschichte.«

Bettina drehte sich um. Aus der Küche schlenderte ein junger Mann ins Wohnzimmer. Er trug eine beigefarbene Leinenhose, die von einer Kordel auf der Hüfte gehalten wurde – und sonst nichts. Bettina ertappte sich dabei, dass sie ihn anstarrte. Sie konnte sich nicht erinnern, wann sie zuletzt einen derart schönen Mann gesehen hatte. Selbst seine Füße waren perfekt. Sein Oberkörper war muskulös, ohne übermäßig trainiert auszusehen. Alles wirkte natürlich, selbst sein Gang hatte etwas Besonderes, als würde er über die Fliesen schweben, ohne sie zu berühren. Vielleicht waren es auch die schulterlangen, lockigen, goldblonden Haare, die Bettina an ein ätherisches Wesen denken ließen. Er setzte sich auf die Lehne der Couch.

Marion Löscher ließ ihren Oberkörper zur Seite fallen, legte den Kopf auf seinen Oberschenkel und streichelte mit der Hand über seine Brust. »Ach, David, du sollst nicht so über deinen Vater reden.«

Der junge Mann nahm eine Strähne der Haare seiner Mutter und drehte sie in den Fingern. Dabei starrte er auf Bettinas Brüste, die sich in der Schwangerschaft deutlich vergrößert hatten.

Der Auftritt von David Löscher war bizarr, die ganze Situation wirkte wie eine Szene aus einem Fassbinder-Film, bei dem sowohl der Regisseur als auch die Schauspieler berauscht waren.

Thal holte alle wieder in die Realität zurück. »Sie haben meine Frage noch nicht beantwortet, Frau Löscher. Hatte Ihr Mann außereheliche Sexbeziehungen?«

Marion Löscher schloss die Augen, als hätte sie sich zum Schlafen in den Schoß ihres Sohnes gebettet, der statt ihrer antwortete.

»Meine Mutter kann Ihnen diese Frage nicht beantworten. Sie hat sich schon vor Jahren von der Welt zurückgezogen. Was immer außerhalb dieses Hauses geschieht, ist für sie nicht existent.«

»Und Sie, Herr Löscher?«

Der junge Mann ließ die Haare der Mutter los, griff in seine Hosentasche, holte ein Gummiband hervor und bändigte seine Haarpracht zu einem Zopf.

»Mein Erzeuger hatte keine Geliebte. Liebe war keine Kategorie, in der er dachte. Er bezahlte für Sex. Lennart Löscher kaufte sich alles, was er wollte. Die Villa in Miami mit dem Bugatti in der Garage, die Jacht in St. Tropez genauso wie die Frau, die ihm einen blasen sollte.«

»Das reicht, David!«

Bettina erkannte die Stimme von Sebastian, dem zweiten Sohn der Löschers, den sie gestern kennengelernt hatte. Auch er kam aus der Küche, war im Gegensatz zu seinem Bruder aber vollständig in einen dunklen Anzug gekleidet.

»Vater ist gerade mal einen Tag tot und du hast nichts Besseres zu tun, als einen Kübel Unrat über sein Andenken auszuschütten.«

Bettina beobachtete fasziniert, mit welcher Gelassenheit David Löscher auf den Vorwurf seines Bruders reagierte. Vorsichtig, fast zärtlich hob er den Kopf seiner Mutter, die fest zu schlafen schien. Mit einer eleganten Bewegung ließ er sich vom Sofa gleiten und stand auf.

»Da ist es ja, das weiße Schaf unserer Familie.«

David ging mit kleinen, aber sicheren Schritten Richtung Küche. Im Vorbeigehen legte er seinem Bruder kurz die Hand auf die Schulter, der eine abwehrende Bewegung im Ansatz abbrach.

David drehte sich noch einmal zu Thal um. »Mein Bruder kann Ihnen viel mehr über unseren Erzeuger erzählen als ich. Vertrauen Sie ihm!«

Bettina war sich nicht sicher, ob der Satz ironisch oder eher herablassend gemeint war. Thal schien von der abgelaufenen Szene unbeeindruckt und fragte Sebastian Löscher nach Name, Alter und Familienstand, ehe er zurück zur eigentlichen Sache kam.

»Also, was ist jetzt mit Ihrem Vater. Hatte er eine Geliebte?«

Sebastian Löscher zuckte mit den Schultern. »Vater war ein viel beschäftigter Mann.«

Er ging langsam auf die Couch zu, schob die Beine seiner Mutter etwas zur Seite und setzte sich.

»Die Ehe der beiden war eine Katastrophe. Sie hatten sich komplett auseinandergelebt, Vater erstickte den Kummer darüber in Arbeit und Mutter in Alkohol und Tabletten.«

»Gab es nun eine Geliebte oder nicht?« Thal war deutlich anzuhören, dass er genervt war.

Sebastian Löscher atmete tief durch. »Ich weiß es wirklich nicht. Möglich wäre es, aber er hat nie mit mir darüber gesprochen.«

Bettina wusste, dass sie nicht mehr erfahren würden. Sie versuchte, vor allem das Verhalten der Söhne einzuordnen, während Thal die Routinefragen nach dem Alibi stellte und wann Sebastian seinen Vater zuletzt gesehen hatte.

Bettina wusste nicht, woher das Gefühl kam, aber sie war sich sicher, eine entscheidende Information bekommen zu haben. Nur welche?

Zwölf

Thal war verärgert. Oder verunsichert. Oder beides. Der Besuch im Hause Löscher hatte ihn seltsam ratlos zurückgelassen. Da konnte nur ein perfekt zubereiteter Espresso seinen Geist wieder in die Spur bringen. Während der belebende Saft dickflüssig und herrlich duftend in die Tasse rann, versuchte er, Fakten und Fiktion zu trennen. Wann hatte er zuletzt eine derart groteske Situation erlebt? Es kam ihm vor wie ein Traum. Die Schlafwandlerin Marion Löscher mit ihren beiden Sprösslingen, lasziv, fast zügellos der eine, zynisch der andere. Er nahm die Tasse und trank den ersten Schluck. Er freute sich geradezu auf das Gespräch mit Waldemar Löscher. Der alte Mann war sicher eine eher handfeste Person, von der man Fakten und keine Trugbilder erwarten konnte. Er leerte die Tasse wie immer mit dem zweiten Schluck. Während er den Siebträger der Espressomaschine reinigte, betrat Bettina den Raum. »Ich habe an der Pforte Bescheid gesagt, dass sie den alten Löscher in dein Büro bringen sollen, ich hoffe, das ist dir recht.«

»Natürlich«, brummte Thal.

»Was hältst du von Marion Löscher?«

Thal stellte die Tasse in die Spüle und goss sich und Bettina ein Glas Mineralwasser ein.

»Sie schien mir unter Drogen zu stehen. Möglicherweise Schlafmittel, könnte aber auch Härteres sein.« Er reichte Bettina ein Glas und setzte sich ihr gegenüber an den Besprechungstisch. »Traust du ihr die Tat zu?«

Bettina schüttelte den Kopf. »Eher nicht, obwohl man die Energie und den Mut einer betrogenen Ehefrau nie unterschätzen sollte.«

Sie hatte recht, das wusste Thal. Sie durften diesen Gedanken zumindest nicht außer Acht lassen, auch wenn im Moment nichts für die Täterschaft von Marion Löscher sprach.

»Mir machen mehr die Söhne zu schaffen.« Bettina nahm den Gedanken vorweg, den Thal gerade aussprechen wollte. »David und Sebastian sind grundverschieden, sie komme mir vor wie Feuer und Wasser.«

»Stimmt. Aber sie stehen ihrem Vater kritisch gegenüber, jeder auf seine Weise.«

Bettina trank einen winzigen Schluck Wasser. »Sebastian scheint ihm aber emotional noch in einer Weise zugetan, die ich nicht erklären kann. David hingegen hasste seinen Vater.«

Thal dachte über das Dreieck nach, das Lennart Löscher und seine Söhne bildeten. In der Tat schienen sie miteinander verbunden, auch wenn der erste Augenschein etwas anderes zu sagen schien. »Und die Mutter?«, fragte er.

»Ihre Beziehung zu David scheint mir auf eine seltsame Weise gestört. Sie wirken sich sehr zugetan, aber ich habe da zu viel körperliche Nähe gesehen, es wirkte obszön, wie sie ihren Kopf auf seine Beine bettete. Und als sie dann noch seine Brust streichelte ... eigenartig, findest du nicht?«

Thal kam nicht mehr dazu, die Frage zu beantworten, denn ein uniformierter Kollege brachte Waldemar Löscher ins Zimmer. Thal hatte nicht damit gerechnet, dass er einen Anwalt mitbringen würde und war dementsprechend überrascht. Bettina reagiert aber völlig gelassen, was Thal die nötige Sicherheit zurückgab. Er kannte Löschers

Rechtsbeistand nicht, der Mann war nicht viel jünger als sein Mandant und sicherlich längst im Rentenalter. Ein gutes Gespann, dachte Thal, bevor ein einziges Wort gewechselt worden war.

Nachdem sie sich vorgestellt hatten, begann der Anwalt mit den üblichen Spielchen und betonte erst einmal, dass sein Mandant völlig freiwillig zu dieser Befragung erschienen wäre. »Bevor wir beginnen, hätte ich gerne Einblick in die Ermittlungsakte.«

»Herr ...« Thal erinnerte sich an den Namen des Anwalts genau, wollte ihm aber signalisieren, dass er ihn bei diesem Gespräch nur als lästiges Übel betrachtet.

»Renz«, schnarrte der Jurist. »Guido Renz.«

»Nun, Herr Renz, wie Sie selbst sagten, möchten wir Ihren Mandanten heute als Zeuge befragen und nicht als Beschuldigten. Insofern gibt es keine Veranlassung, Ihnen Akteneinsicht zu gewähren.«

»Schon gut«, mischte sich Waldemar Löscher ein und legte Renz, dessen Gesicht puterrot angelaufen war – Thal tippte auf Bluthochdruck – beruhigend die Hand auf die Schulter. »Lassen Sie uns das hier so schnell wie möglich hinter uns bringen.«

Bettina klappte ihre in feinstes Leder gebundene Schreibmappe auf. »Bei unserem Gespräch haben Sie behauptet, dass Ihr Sohn keine außerehelichen Sexualkontakte hatte. Ganz ehrlich, Herr Löscher: Das glauben wir nicht.«

Dem alten Mann war keine Reaktion anzusehen.

»Meine Schwiegertochter konnte Lennart von Anfang an nicht befriedigen. Vom Tag der Geburt seines zweiten Sohnes ging er regelmäßig ins Bordell.«

Die Offenheit überraschte Thal, gleichzeitig kam ihm die Antwort einstudiert vor, als hätte Löscher sich den Wortlaut vorher genau zurechtgelegt.

»Welches Etablissement suchte er bevorzugt auf?«

Ein leichtes Zucken um die Mundwinkel war das Einzige, was auf eine Irritation des Zeugen hindeutete. Er fand seine Selbstsicherheit aber sofort wieder.

»Glauben Sie wirklich, dass ich mich in dem Milieu auskenne?«

»Wo Sie doch anscheinend mit ihrem Sohn ganz vertraulich über seine Tête-à-Têtes mit käuflichen Damen gesprochen haben? Oder woher wussten Sie davon?«

Jetzt hatten sie ihn. Löschers Verunsicherung war mit Händen greifbar. »Quatsch«, sagte er eine Spur zu laut.

»Ganz ruhig, Waldemar«. Der Anwalt tätschelte ihm die Hand. »Mein Mandant wird sich zu den Sexualkontakten seines Sohnes nicht weiter äußern. Er ist sehr daran interessiert, dass Lennarts Mörder gefasst wird, aber genauso viel liegt ihm daran, das Ansehen des Verstorbenen zu schützen.«

Was für ein scheinheiliger Typ!, dachte Thal. Ehe er nachhaken konnte, wechselte Bettina das Thema. »Ihr Enkel David erwähnte Immobilienbesitz seines Vaters in den USA und eine Jacht am Mittelmeer.«

»Lennart hat sich schon vor Jahren ein Sommerhaus in Miami gekauft. Und ein Boot liegt wohl in St. Tropez, das stimmt. Er hat darüber nie viel gesprochen – und wissen Sie was: Dafür war ich ihm dankbar! Die braven Bürger in Konstanz mögen es nicht, wenn einer der ihren es zu etwas mehr gebracht hat als sie selbst. Der Neid gehört zu dieser Stadt wie der Herbstnebel über dem See. Reichtum versteckt man hier besser, mag er auch noch so hart erarbeitet sein.«

»Wie oft war Ihr Sohn denn in Miami?«, fragte Thal und wusste im selben Augenblick nicht, was er damit eigentlich bezweckte. Er gab Löscher nur die Gelegenheit zu schwadronieren, was dieser auch ausnutzte. Er hätte nie verstanden, warum sein Sohn so viel Wert auf seinen Auslandsbesitz gelegt hatte, schließlich wäre er so gut wie nie dort gewesen. Mehr als vierzehn Tage Urlaub hätte er sich im Jahr nie gegönnt. »Er war ein Arbeitstier, wissen Sie. Das hatte er von mir.« Er machte eine kurze Pause, in der er seinen Anwalt anlächelte.

Was für ein selbstgefälliges Arschloch!, dachte Thal, aber immerhin lieferte Löscher noch eine Erklärung nach. »Ich denke, er wollte sich im Ruhestand in die USA zurückziehen.«

Bettina tat das einzig Richtige, indem sie die Befragung wieder zu den entscheidenden Fakten zurückbrachte.

»Hatte Ihr Sohn Feinde?«

»Mein Sohn?« Löscher lachte auf – und wieder war es Thal viel zu dick aufgetragen. Alles nur Theater!, dachte er.

»Lennart war ein wunderbarer Mensch. Er engagierte sich in vielen sozialen Einrichtungen.«

»Er vertrat seine Meinungen aber auch mit Nachdruck, oder?«

»Was meinen Sie?«, fragte Löscher und Thal spürte, wie sehr der alte Mann auf der Hut war.

»Mit Impfgegnern hatte er mehr als eine Auseinandersetzung.«

Löscher lehnte sich im Stuhl zurück und verschränkte die Arme vor der Brust. »Das meinen Sie! Natürlich hat mein Sohn sich mit diesen Spinnern gestritten. Er war schließlich Kinderarzt, da ist es seine Pflicht, alles zu tun, um seine kleinen Patienten vor Schaden zu bewahren.«

Bettina klopfte mit einem Kugelschreiber auf ihre Unterlagen. »Wenn ich mir den einen oder anderen Presseartikel so anschaue, handelte es sich aber um mehr als harmlose, inhaltliche Auseinandersetzungen. Ihr Sohn hat die Impfgegner als gefährliche Asoziale beschimpft. Im Gegenzug warf man ihm vor, ein Büttel der Pharmaindustrie zu sein.«

»Blödsinn! Und was diese Typen angeht: Sie sind wirklich Schmarotzer. Wenn nicht so viele vernünftige und verantwortungsbewusste Eltern ihre Kinder impfen lassen würden, könnten diese Halbkriminellen nicht so gefahrlos ihre eigenen Kinder ungeschützt lassen. Nur weil die Krankheiten so weit zurückgedrängt sind, passiert auch Ungeimpften so wenig. Die Leidtragenden sind aber die Schwächsten.«

»Wie meinen Sie das?«, fragte Thal.

»Es gibt Kinder, die aufgrund von anderen Erkrankungen oder Allergien nicht geimpft werden dürfen. Für viele von ihnen stellen zum Beispiel die Masern eine außerordentliche Bedrohung dar, weil sie eine Infektion mit einiger Wahrscheinlichkeit nicht überleben würden. Diese Kinder werden durch die Ungeimpften also in ihrem Leben bedroht.«

Löscher schaute Thal an, der in seinen Augen ein Funkeln sah. Das Thema berührte ihn nicht nur auf der sachlichen Ebene.

»Mein Sohn hat völlig recht: Diese Impfgegner sind nicht nur Spinner, die sich eine Bedrohung durch die Pharmakonzerne zusammenfantasieren. Diese Leute sind asoziales Pack!«

»Starker Tobak«, sagte Bettina. »So eine Auseinandersetzung kann schon einmal aus dem Ruder laufen, oder?«

Löscher starrte Bettina an und schüttelte den Kopf, als halte er sie für übergeschnappt. »Aber deshalb ermordet man doch niemanden!«

Thal wusste nicht, woher sich das Gefühl anschlich, aber er war sich in dieser Frage nicht so sicher.

Dreizehn

Zweiter Tag. Elf Uhr dreißig

Thal hatte Mühe, sich auf die Teambesprechung zu konzentrieren. Diese Familie Löscher beschäftigte nicht nur seinen Verstand, sie hatte auch seine Gefühle aufgewühlt, wofür er keine Erklärung hatte. Normalerweise versuchte er, jeden Fall so sachlich wie möglich abzuhandeln, aus irgendeinem Grund gelang ihm das diesmal nicht.

Jonas Quandt und Stephanie Bohlmann hatten inzwischen die Praxisangestellten von Lennart Löscher befragt. Genauer gesagt: die ehemaligen Mitarbeiter, denn nach dem Tod ihres Chefs standen sie auf der Straße. Dementsprechend gedrückt war die Stimmung gewesen, als alle noch einmal in den Praxisräumen in der Rosgartenstraße zusammenkamen.

»Wenig luxuriös übrigens«, sagte Stephanie und Thal brauchte eine Sekunde, um zu verstehen, dass sie die Räumlichkeiten meinte. Quandt öffnete die Internetseite der Kinderarztpraxis Dr. Lennart Löscher und hielt das Tablet vor seine Brust, damit die anderen das Foto des gesamten Praxisteams sehen konnten.

»Na, fällt euch etwas auf?«

»Der Mann steht auf Blond.« Bettina brachte die optische Erscheinung der Mitarbeiterinnen auf den Punkt.

»Genau. Und auf Groß, Jung und Vollschlank.«

»Es dürfte häufiger vorkommen, dass jemand seine Mitarbeiterinnen mehr nach optischen Kriterien als nach beruflichen Qualifikationen aussucht.« Thal schien verärgert, als würde Jonas ihnen mit solchen Erkenntnissen die Zeit stehlen. Der junge Kollege ließ sich aber nicht mehr aus der Ruhe bringen, sondern konterte lächelnd.

»Stimmt. Dass diese Mitarbeiterinnen aber unisono ihrem Chef eine gestörte Libido bescheinigen, dürfte eher selten vorkommen.«

Bettina schaute Thal lächelnd an, Quandt hatte seine Aufmerksamkeit zurückerobert. Alle Frauen hatten berichtet, dass Löscher immer wieder neue Versuche gestartet hatte, sie ins Bett zu bekommen.

»Was heißt das konkret?«, fragte Thal und schaute Stephanie Bohlmann an, als traute er ihr eine genauere Schilderung zu. Sie ließ sich nicht zwei Mal bitten.

»Das reichte von Berührungen, die zufällig wirken sollten, über verbale Anmache bis hin zum Begrapschen des Busens oder des Pos.«

»Und das haben sich die Frauen gefallen lassen?«

»Na ja, anscheinend war Löscher zwar ein Sexmaniac, auf der anderen Seite aber auch charmant. Er hat sich wohl jedes Mal entschuldigt und das nicht nur mit Worten, sondern auch mit Taten.«

Quandt unterstützte Stephanie Bohlmanns Darstellung mit heftigem Kopfnicken und ergänzte: »Einladungen in die besten Restaurants der Stadt, Opernbesuche in Zürich oder München mit Übernachtungen in erstklassigen Hotels.«

»Und da wurde er dann wieder zudringlich«, warf Bettina ein.

»Eben nicht!« Stephanie stand auf, um einen Becher mit Tee aus der Thermoskanne zu füllen, die sie seit einigen Wochen jeden Tag mit ins Büro brachte. Quandt behauptete, das Gebräu rieche nach Fenchel, wofür es in ihrem Alter keinerlei Rechtfertigung gäbe, sie ließ das aber unkommentiert.

Sie blies in die Tasse und nahm den Faden wieder auf. »Die Damen berichteten, dass Löschers Anmachversuche ausschließlich in der Praxis stattfanden.«

Bohlmann trank einen Schluck und Quandt nutzte diese Pause um fortzufahren. Bettina spürte, dass er darauf brannte, eine bestimmte Information loszuwerden.

»Er hat sich übrigens auch an Mütter herangemacht, vorausgesetzt sie entsprachen seinem Beuteschema.«

Er hielt noch einmal das Tablet mit dem Foto der Praxisbelegschaft in die Höhe. Stephanie stellte die Tasse ab und beeilte sich, das Wort zu ergreifen, es wirkte wie ein Wettstreit der beiden Junioren im Team, wer den Knaller zünden durfte.

»Dabei war er anscheinend aber nicht sehr erfolgreich, zumindest meinte das seine Praxismanagerin, die ihn noch vor ein paar Wochen eindringlich gewarnt haben will, es nicht zu übertreiben, sonst liefen ihnen die Patientinnen weg. Angeblich warf die Praxis von Monat zu Monat weniger ab.«

Wieder nutzte Quandt eine kurze Pause, Bettina amüsierte sich über das verbale Pingpongspiel.

»Das sollten wir dringend überprüfen, Chef!«

Thal warf Quandt einen tadelnden Blick zu, er mochte diese Anrede überhaupt nicht, und der junge Kollege korrigierte sich sofort in »Alexander, wollte ich sagen«.

Thal winkte lässig ab. »Schon gut. Nimm dir die Praxisakten vor, Jonas, und schau dir die Steuererklärungen an. Wenn du Fragen hast, wende dich an die Kollegen vom Wirtschaftsdezernat, die blicken da meistens schnell durch.«

»So ganz schlecht kann die Praxis aber nicht gelaufen sein«, dämpfte Bettina die Euphorie, möglicherweise auf eine wichtige Erkenntnis gestoßen zu sein. »Irgendwie muss Löscher das Haus in Miami und die Jacht in St. Tropez finanziert haben.«

Thal überhörte den Einwand.

»Sonst noch etwas aus seinem Umfeld?«

Stephanie Bohlmann verschluckte sich fast an ihrem Tee.

»Das alles beherrschende Thema des Doktor Löscher war die Impfpflicht. Seit Jahren kämpfte er dafür, dass sie gesetzlich verankert werden sollte. Er saß im Vorstand eines Komitees, das in der Politik dafür trommelte und auch in der Öffentlichkeit immer wieder präsent war. Das hat ihm sogar einen Auftritt bei Maybrit Illner eingebracht. Die Impfgegner warfen ihm vor, dass er sich von der Pharmaindustrie habe kaufen lassen.«

»Da könnte doch was dran sein.« Bettina sprach mehr zu sich selbst, aber Thal drehte sich abrupt zu ihr. »Na, das Haus in Miami muss doch von irgendetwas bezahlt worden sein. Von der Jacht gar nicht zu reden.«

Thal hob seine rechte Augenbraue den Bruchteil eines Millimeters und nickte ihr zu. Bettina wusste, dass diese Geste Anerkennung bedeutete, und lehnte sich entspannt zurück.

Jetzt war Thal in seinem Element. »Wir brauchen Zugang zu sämtlichen Konten der Familie Löscher, ich kümmere mich um den entsprechenden Beschluss.«

Bettina hatte dieses Thema bereits abgehakt. »Gibt es eigentlich was Neues zu den in die Haut geritzten Namen?«

Quandt schüttelte den Kopf. »Die Datenbankabfrage läuft noch. Wenn es diese Kombination von Namen schon mal irgendwo gegeben hat und darüber im Netz oder in anderen

Medien berichtet wurde, finden wir das heraus. Dauert nur ein bisschen.«

Stephanie stellte ihre Teetasse auf den Tisch. »Uns fehlen einfach Fakten!«

»Ihr liefert mir in letzter Zeit immer perfekt das Stichwort.« Grendel kam breit grinsend herein, es war keine Frage, dass er spannende Neuigkeiten hatte. Und in der Tat, sie hatten zwei zentrale Fragen klären können. Das Sperma im Kondom stammte von Lennart Löscher selbst. Außerdem fanden sich auch Speichelreste an dem Präservativ.

»Die DNA-Analyse läuft noch, aber etwas kann ich schon jetzt sagen.«

Grendel machte eine kurze Pause und schaute triumphierend in die Runde, denn er hatte die hundertprozentige Aufmerksamkeit aller anderen.

»Es war eine Frau, die den armen Kinderdoktor kurz vor seinem Dahinscheiden noch mal mit irdischen Freuden beglückt hat.«

Vierzehn

Zweiter Tag. Zwölf Uhr fünf

»Genau genommen haben Sie also noch nichts Konkretes.«
Schober versuchte, mit der flachen Hand eine Fliege auf
seiner Schreibtischplatte zu töten. Vergeblich.

»Mensch, Thal, so langsam müssen Sie aber mal ein paar
Fakten liefern, sonst haut uns die Presse den Fall um die
Ohren. Die Familie Löscher ist ja schließlich nicht irgend-
wer in dieser Stadt.«

Thal hatte Schober in einem dreiminütigen Vortrag auf
den zugegeben mageren Stand der Ermittlungen gebracht
und ihn um die Beantragung der Durchsuchungsbeschlüs-
se für die Praxis und die Wohnung Löscher gebeten. Die
entscheidende Frage, wegen der er um diesen Termin er-
sucht hatte, stellte er aber erst jetzt.

»Und wie soll das bei unserer Personaldecke funktionieren? Wenn jetzt noch die Kollegin Berg in Mutterschutz
geht, was sie längst hätte tun sollen, stehen wir endgültig
vor dem Kollaps. Wir brauchen dringend Ersatz.«

»Wie stellen Sie sich das vor, Thal? Glauben Sie, ich zau-
bere jetzt mal eben eine Kriminalistin von der Qualität und
mit der Erfahrung der Kollegin aus dem Hut?«

Mit diesem Einwand hatte Thal gerechnet, ließ sich aber
nicht anmerken, dass er mit dem Gesprächsverlauf durchaus zufrieden war. »Sie haben recht, Herr Kriminaldirektor,
das dürfte schwierig sein.«

»Sehen Sie!« Schober strahlte ihn selbstgefällig an. »Es
würde Ihnen doch nicht helfen, wenn ich Ihnen einen
Frischling in die Abteilung setze. Nun gut, dieser Quandt
hat sich gut gemacht, aber es sind nicht alle so und am

Ende haben Sie mehr Arbeit mit dem Neuen, als dass er sie entlastet.«

Thal hatte Mühe, ein Grinsen zu unterdrücken. Er hatte den Imam tatsächlich auf sein Lieblingsthema gebracht, denn über nichts philosophierte er so gerne wie über die Unersetzbarkeit von Erfahrung bei der kriminalistischen Arbeit. Bevor er einen langen Sermon starten konnte, zündete Thal die erste Stufe seiner Argumentationskette.

»Wir brauchen ja auch nur eine vorübergehende Lösung. Frau Berg will ja auf jeden Fall spätestens eines halbes Jahr nach der Geburt wieder zurück in den Dienst.«

»So, so ...« Schober wackelte bedenklich mit dem Kopf und Thal merkte sofort, dass er einen Fehler gemacht hatte.

»Und wie stellt Sie sich das vor? Will sie das Baby mit an den Tatort nehmen?«

Bloß schnell weg von diesem Thema, dachte Thal. Schober war zwar kein Gegner arbeitender Mütter, nur im Polizeidienst hatten sie seiner Ansicht nach nichts zu suchen.

»Das muss die Kollegin selbst lösen«, beeilte sich Thal zu sagen. »Im Moment brauchen wir jemanden für die Übergangszeit. Wenn ich mir den aktuellen Fall anschaue ...«

Er fixierte sein Gegenüber mit den Augen und startete Stufe zwei.

»Ich bin völlig Ihrer Meinung: Die Sache wird angesichts der beteiligten Personen noch erhebliche Wellen in der Öffentlichkeit schlagen.«

Thal beobachtete genau, wie sich Schobers Gesichtsausdruck veränderte, von einer Sekunde auf die andere war von seiner entspannten Mimik nichts mehr übrig.

»Wir müssen das Team in diesem Fall einfach verstärken«, legte Thal nach.

Schober nickte langsam, man sah geradezu, dass die Gedanken in seinem Hirn herumwirbelten. Thal ließ ihm keine Zeit, zu einem eigenen Schluss zu kommen, sondern zündete Stufe drei.

»Der Fall ist sehr komplex. Die Tat trägt Züge eines Rituals. Sie wissen, was das bedeutet.«

Den letzten Satz formulierte er nicht als Frage, sondern als Statement. Schober sollte keine Chance bekommen, sich aus der Schlinge seiner eigenen Ängste vor öffentlicher Blamage zu befreien.

»Sie meinen ...?« Der Imam schluckte. »Eine Serie? Gott bewahre!«

Thal ließ die Befürchtung unwidersprochen im Raum stehen. »Wir brauchen halt dringend einen erfahrenen Fallanalytiker.«

Schober schüttelte energisch den Kopf, aber Thal ließ ihn nicht zu Wort kommen. »Nicht nur für das KK 1 versteht sich, sondern für das gesamte Präsidium.«

»Vergessen Sie's! Gute Analytiker sind Mangelware, die schnappt sich sofort das LKA.«

Schobers Blick irrte unsicher hin und her. Er stand vor einem Problem, für das er keinen Lösungsansatz sah. Jetzt musste Thal ihm auf die Sprünge helfen.

»Ich hätte da vielleicht eine Idee.«

Die Augen des Kriminaldirektors verengten sich zu Schlitzen. Er war auf der Hut, ahnte, dass sein Oberkommissar ihn manipulieren wollte, wusste allerdings keinen anderen Ausweg, als sich den Vorschlag wenigstens anzuhören.

»Wir haben doch schon einmal erfolgreich mit Madlaina Veicht zusammengearbeitet. Sie hat ihre Stelle bei der Kantonspolizei St. Gallen aufgegeben und arbeitet jetzt als freie …«

Schober ließ Thal den Satz nicht vollenden. »Das können Sie sich abschminken. Frau Veicht mag eine absolute Expertin in Sachen Fallanalyse sein, aber sie ist erstens keine Deutsche, zweitens nicht einmal EU-Bürgerin und drittens auch noch in den USA ausgebildet.«

Schober lehnte sich zurück und kaute auf der Unterlippe. Thal wusste, dass er zumindest einen Teilerfolg erzielt hatte, denn der Imam lehnte eine Zusammenarbeit mit Madlaina nicht kategorisch ab, sondern führte bürokratische Hinderungsgründe ins Feld. Dagegen war ein Kraut gewachsen und das hieß Eitelkeit.

»Sie wissen doch, Herr Kriminaldirektor: Wo ein Wille ist, da ist auch ein Weg. Und wenn Sie sich der Sache persönlich annehmen und die Anträge bei den richtigen Leuten lancieren, habe ich keinerlei Bedenken. Bei Ihren Beziehungen und Ihrem Ruf kann doch gar nichts schiefgehen.«

Schober atmete tief durch, Thal wollte ihm keine Gelegenheit geben, sich mit weiteren Bedenken und Hinderungsgründen zu beschäftigen.

»Bis es so weit ist, lasse ich Frau Veicht einfach mal inoffiziell mitarbeiten.«

Schobers Lächeln wurde zu einem Grinsen.

»Sie meinen auf familiärer Basis.«

Fünfzehn

Zweiter Tag. Zwölf Uhr zwanzig

»Du grinst wie ein Honigkuchenpferd.« Bettina konnte sich keinen Reim auf Thals plötzliche gute Laune machen und er selbst hüllte sich weitgehend in Schweigen. »Mir ist da vielleicht gerade ein richtiger Coup gelungen, mehr kann ich dir aber im Moment nicht sagen.«

Bettina hatte das sichere Gefühl, dass er sehr wohl gekonnt hätte, aber nicht wollte. Am liebsten hätte sie den Weg zu Löschers Haus schmollend, also schweigsam zurückgelegt, aber diesen Gefallen tat ihr der Kollege nicht.

»Ist der Weg nicht doch zu lang für dich? Wir können gerne auch ein Taxi ...«

»Das fehlte noch!« Bettina mochte sich den Tratsch im Präsidium gar nicht vorstellen, wenn herauskäme, dass sie sich von einem Taxi zu einer Zeugenfragung kutschieren ließ.

»Du bist aber ganz rot im Gesicht«, ließ Thal nicht locker.

»Schluss jetzt! Mir geht es gut und die Röte kommt von der Hitze. Du siehst auch nicht gerade aus, als könntest du Bäume ausreißen.«

Thal hob entschuldigend beide Arme, was merkwürdig komisch aussah, weil er dabei mit kleinen Trippelschritten neben ihr ging.

»Ist ja schon gut. Aber du solltest wirklich mal langsam deine neue Wohnung herrichten. Sonst muss am Ende noch mein Enkel seine ersten Wochen in diesem Chaos verbringen.«

»Oder deine Enkelin«, sagte Bettina versöhnlich. Sie mochte Thals Art, immer wieder darauf hinzuweisen, dass

79

der erwartete neue Erdenbürger nicht nur das Kind einer Kollegin sein würde, sondern ebenso Mitglied von Thals Familie. Anfangs hatte sie gedacht, Alexander wollte damit die Tatsache kompensieren, dass sein Sohn sich nicht um das Kind kümmerte. Inzwischen war ihr klar, dass der Opa sich wirklich freute.

»Dass du aber auch nicht wissen willst, ob es ein Mädchen oder ein Junge ist. Du bist manchmal so altmodisch.« Thal lachte und Bettina fiel ein.

Leider zerstörte er die entspannte Atmosphäre sofort wieder. »Hast du mal was von Tobias gehört?«

»Er ruft ein oder zwei Mal in der Woche an. Scheint sich wohlzufühlen in Berlin.«

Bettina mochte es nicht, wenn Thal sie über die Beziehung zu seinem Sohn befragte. Bei aller Freundschaft, das ging ihn nichts an, und wenn er irgendetwas wissen wollte, sollte er halt Tobias befragen. Sie waren Kollegen und als solche durfte sie Alexander nicht zu sehr an ihre Gefühle heranlassen. Nicht an ihre Wut über Tobias und seine feige Art, sich aus dem Staub zu machen. Und auch nicht an ihre Angst, in spätestens drei Wochen als alleinerziehende Mutter durch Konstanz zu laufen. Zu große Nähe schadete der Professionalität.

»Was versprichst du dir eigentlich davon, Lennart Löschers Söhne und seine Witwe noch einmal zu befragen?«

Bettina war entschlossen, den privaten Teil des Gesprächs endgültig zu beenden. Zum Glück machte Thal diesen Schwenk mit.

»Ich kann die Familiensituation einfach noch nicht greifen. Und außerdem: Du kannst sagen, was du willst, aber Löschers Frau hat ein perfektes Tatmotiv.«

»Hör auf!« Bettina winkte ab. »Die Frau ist krank, sonst nichts.«

»Es soll aber schon öfter vorgekommen sein, dass psychisch labile Menschen einen Mord begehen. Oder irre ich mich da?«

Bettina registrierte den sarkastischen Unterton in Thals Stimme, beschloss aber, ihn zu ignorieren. »Wenigstens kommen wir so noch mal in die Wohnung, ich würde mich gerne mal in Ruhe umsehen.«

Die hundert Meter bis zu Löschers Haus legten sie schweigend zurück, als brauchten sie das, um ihre Sinne zu schärfen. In den kommenden Minuten sollte ihnen möglichst nichts entgehen.

Die Hausangestellte Magda öffnete die Tür. Diesmal ließ sie die beiden Ermittler ohne Weiteres in die Diele.

Thal fragte, ob die beiden Söhne im Haus wären.

»David ist in seinem Zimmer, Sebastian ist angeblich an der Uni.«

Bettina registrierte das ›Angeblich‹, verzichtete aber auf eine Nachfrage. Magda machte heute einen aufgeschlossenen Eindruck, sie wollte sie nicht gleich wieder in die Deckung zurücktreiben.

»Was studieren die beiden denn?«, fragte sie deshalb möglichst belanglos.

»Sebastian Medizin. David studiert nicht.«

»Was macht er dann?«

Magda senkte den Kopf. »Er ...«

»Wo ist sein Zimmer?«, fragte Thal kurz angebunden. Das Hausmädchen deutete auf die zweite Tür rechts. Mit David würde Thal erst einmal alleine klarkommen, dachte Bettina.

»Hatte Lennart Löscher ein privates Zimmer?«

»Natürlich! Kommen Sie!«

Bettina hatte ein – wenn schon nicht luxuriöses, so doch wenigstens – gemütliches Ambiente erwartet. Löschers Zimmer war dagegen karg eingerichtet. Ein Schreibtisch, ein Sofa, das man zu einem Bett ausklappen konnte, ein Bücherregal. Alle Möbel waren alt und hätten selbst auf dem Sperrmüll kaum Abnehmer gefunden. Der Schreibtisch war bis auf zwei Bücher und einige Notizen leer.

»Hatte der Doktor keinen Computer?«

»Doch«, antwortete Magda, »ein Notebook. Das hat er aber jeden Tag mit in die Praxis genommen. Wahrscheinlich steht es dort.«

Bettina zog die Schublade des Schreibtisches auf, in der ihr außer ein paar Werbeflyern von Pharmakonzernen und Prospekten einiger Hotels nur eine Liste ins Auge fiel, auf der handschriftlich Namen und Bezeichnungen notiert waren. »Fludestrin, Testosterone, Testoviron, Testospray, Testogel, Pregnesin ...« Bettina vermutete Medikamente. Sie hatte keinen konkreten Grund, aber sie bezweifelte, dass es sich um Arzneimittel handelte, die ein Kinderarzt seinen Patienten verordnete. Sie steckte den Zettel in ihre Tasche.

»Dürfen Sie das?«, fragte Magda.

Bettina ignorierte die Frage.

»Was war Doktor Löscher eigentlich für ein Mensch?«

Magda wandte den Blick nach oben, als fände sie dort die richtige Antwort. »Ein guter Arzt«.

Sie schaute Bettina an, als erwartete sie eine Bestätigung. Als sie ausblieb, ergänzte sie: »Und ein guter Chef.«

»Sie haben überhaupt keinen Grund zu klagen?«

Diesmal schaute Magda zu Boden und schwieg.

»Er hat mal versucht, sich an Sie ranzumachen, stimmt's?«

Es war ein Schuss ins Blaue, aber er saß. Magda nickte stumm.

»Wann war das – und wo?«

Magda schwieg.

»Kommen Sie! Der Doktor ist tot, der kann Ihnen nicht mehr gefährlich werden.«

Bettina spürte beinahe körperlich, wie die Frau neben ihr mit sich selbst kämpfte. Schließlich siegt das Vertrauen zwischen zwei Frauen.

»Vor zwei Jahren. Es war auf der Feier zu Sebastians achtzehntem Geburtstag. Ich war in der Küche und habe kalte Platten angerichtet.«

Sie machte eine Pause, in der Bettina über den altmodischen Begriff ›Kalte Platte‹ nachdachte, um nicht die Geduld zu verlieren. Sie wusste, dass sie Magda nicht drängen durfte.

»Ich stand in der Küche mit dem Rücken zur Tür und habe überhaupt nicht gehört, dass jemand hereingekommen war. Löscher drängte sich von hinten an mich heran und legte seine Arme um mich.«

Magda schloss die Augen und atmete flach. Bettina fürchtete, selbst die Erinnerung könnte sie noch ohnmächtig werden lassen, aber nach ein paar Sekunden hatte sie sich gefangen.

»Ich hatte so eine Kellnerinnen-Uniform an. Er hat mir den Rock hochgeschoben und ...«

Jetzt war es mit der Beherrschung der Frau vorbei. Tränen schossen ihr in die Augen. Bettina nahm sie in den Arm und strich ihr durchs Haar.

»Sie haben sich gewehrt?«

»Natürlich«. Magda schniefte. »Das Schlimmste waren gar nicht seine Hände, die plötzlich überall waren, sondern dass seine Frau in die Küche kam. Sie tat so, als sähe sie nichts.«

Sie schluchzte noch herzerweichender auf, aber jetzt wollte sie die Geschichte auch zu Ende erzählen.

»Ich habe mich in Grund und Boden geschämt und wollte kündigen. Als ich Löscher das am nächsten Morgen sagte, hat er mich angefleht zu bleiben. Ein Drittel mehr Gehalt hat er mir geboten. Und mir ein schönes Auto gekauft.«

Magda kramte ein Tempotuch hervor und schnäuzte sich. Bettina hatte noch eine Frage.

»Wurde Löscher jemals wieder zudringlich?«

»Nein. Von diesem Tag an war er die Höflichkeit in Person.«

Bettina schaute sich noch einmal im Zimmer um, ehe sie nach Marion Löscher fragte.

»Sie ist nicht zu Hause«, antwortete Magda.

»Wissen Sie, wo sie ist und wann sie zurückkommt?«

Die Hausangestellte schüttelte den Kopf. Bettina hatte das Gefühl, dass sie log, aber sie wusste, dass sie ihr jetzt nicht beikommen konnte. Vorsichtig drückte sie sich an Magda vorbei und ging in Davids Zimmer.

Thal saß auf einem Bürostuhl, der junge Löscher – wieder mit freiem Oberkörper – fläzte sich auf einem weißen Ledersofa und grinste Bettina an.

»Ah, die werdende Mutter gibt uns auch wieder die Ehre.« Er sprang auf die Beine und bot ihr mit großer Geste einen Sitzplatz an. Bettina lehnte ab und David ließ sich rückwärts in die Polster fallen. »Wo waren wir stehen geblieben?«

Thal schaute kurz zu Bettina, die erkannte, wie genervt er war. »Bei Ihrem Vater und seinen sexuellen Vorlieben.«

David Löscher stützte sich auf seinen linken Arm und zog das rechte Bein aufs Sofa. Er wirkte gelangweilt, als sollte er eine schon zig Mal erzählte Geschichte erneut zum Besten geben. Immerhin ließ er sich nicht lange bitten. Lennart Löscher hatte mehrere Stamm-Prostituierte, die er regelmäßig aufsuchte, außerdem war er gern gesehener Gast in einigen ausgesuchten Sexklubs. An Davids vierzehntem Geburtstag nahm er ihn in eines dieser Etablissements mit. Der junge Mann machte eine kurze Pause und schaute versonnen auf seine linke Hand.

»Wenn ich mich richtig erinnere, nannte sich der Puff großspurig ›Studio Annabelle‹.«

»Und?«, fragte Bettina, die den kritischen Blick von Thal sah. Anscheinend war ihm die Frage zu lakonisch. David zuckte aber nur mit der Schulter.

»Für einen Vierzehnjährigen ist jede nackte Brust eine Sensation und davon gab es dort fast zu viele. Genießen konnte ich es jedenfalls nicht und Frauen sind auch nicht das, was ich mir für eine sexuell erfüllte Nacht wünsche. Nicht, dass ich jedes weibliche Wesen von der Bettkante stoße, aber ...«

Er warf Bettina einen Blick zu, den er selbst vermutlich für lüstern hielt. Er war ein schlechter Schauspieler.

»Wie würden Sie das Verhältnis zu Ihrem Vater beschreiben?« Anscheinend wollte Thal die Befragung entsexualisieren.

»Mein Erzeuger ist ein brutales Arschloch. Er hat meine Mutter zerstört, meinen Bruder zu einem funktionierenden Zombie gemacht und mich erniedrigt, wo er nur konnte. Sein Tod ist eine Erlösung für uns alle. Nur für meine Mutter kommt er leider zu spät.«

Bettina stieß sich vom Türrahmen ab, an den sie sich gelehnt hatte. Fast hätte sie das Gleichgewicht verloren, konnte sich aber gerade noch halten. »Wie meinen Sie das?«

»Schauen Sie meine Mutter doch an!«

David Löscher hielt das für eine absolut ausreichende Erklärung und Thal schien damit zufrieden, denn er wechselte schon wieder das Thema.

»Womit hat Ihr Vater das Geld verdient, von dem er sich die Villa in Miami und die Jacht in Südfrankreich leisten konnte?«

»Er war Arzt.«

»Die Praxis lief nicht mehr gut.«

»Echt?« David schien ehrlich überrascht. »Fragen Sie Waldemar, der muss es wissen.«

Der junge Löscher setzte sich abrupt auf, als müsste er durch eine veränderte Körperhaltung zeigen, dass es nun um ein ernstes Thema ging.

»Wann wird die Leiche meines Erzeugers freigegeben?«

»Damit Sie die Beerdigung organisieren können?«, fragte Bettina und ärgerte sich selbst über diese überflüssige Frage.

»Darum sollen sich Sebastian und sein geliebter Opa Waldemar kümmern. Nein, ich werde an diesem Tag eine rauschende Party organisieren.«

David sprang auf und ging auf Bettina zu, als wolle er sie zu einem Tanz auffordern.

»Was meinen Sie? Sollte ich einige der Nutten einladen, die mein Vater erniedrigt hat, weil er meinte, dazu berechtigt zu sein – schließlich bezahlte er sie.«

Er drehte sich auf der Ferse einmal um sich selbst.

»So wie er uns alle bezahlte.«

Sechzehn

Zweiter Tag. Dreizehn Uhr fünfzehn

»Meinst du, dass wir bei Donato noch etwas zu essen bekommen? Ich habe einen Mordshunger.«

Thal verschluckte die ihm auf der Zunge liegende flapsige Bemerkung, dass man bei einem Mordfall schon mal einen ebensolchen Hunger bekommen könnte, und rief stattdessen Stephanie Bohlmann an. Sie sollte mit Quandt ebenfalls zu Donato kommen. Warum sollten sie die Teambesprechung nicht mit einem guten Essen verbinden? Die vier Ermittler trafen fast gleichzeitig ein und wurden von Donato gewohnt überschwänglich begrüßt. Um die werdende Mutter scharwenzelte er geradezu herum, fragte nach ihrem Wohlbefinden, stellte ihr ungefragt einen Teller der besten Oliven auf den Tisch, für die sie vom ersten Tag der Schwangerschaft eine besondere Leidenschaft entwickelt hatte.

»Wann kommt Baby?«, fragte er.

»Ich hoffe bald«, brummte Thal und wurde mit einem im Wegdrehen hingeworfenen »Typisch Nonno!« getadelt.

»Donato ist eifersüchtig!« Maria kam lachend die Treppe aus der Küche hinauf und begrüßte die Polizisten mit einer herzlichen Umarmung.

»Was hast du heute Feines gekocht?«, fragte Thal, der erst jetzt spürte, wie hungrig er selbst war. Er legte in letzter Zeit zu wenig Wert auf gutes Essen, stellte er fest. Er sollte mal wieder mit Madlaina ausgehen.

»Tagliatelle al pesto di funghi«, antwortete Maria.

»Und dazu meinen besten Weißwein!« Donato trug vier Gläser und eine eisgekühlte Flasche an den Tisch.

Bettina zeigte auf die Gläser. »Eins zu viel!«

»Ich werde doch noch auf deinen Sohn trinken dürfen!«, sagte Donato gespielt entrüstet und zeigte auf ihren Bauch.

»Oder Tochter«, erwiderte Bettina.

Thal erhob sein Glas. »Salute!« Er wollte nicht wieder über Bettinas beharrliche Weigerung sprechen, das Geschlecht des Kindes vor der Geburt zu erfahren. Oder darüber, dass er bis jetzt keine Ahnung hatte, welche Namen sie sich für sein Enkelkind ausgedacht hatte.

»Und?« Stephanie gab sich keine Mühe, ihre Neugierde zu verbergen. »Wie war's bei den Löschers?«

Thal musste sich eingestehen, dass er auf diese Frage keine einfache Antwort hatte. Im Rückblick kam ihm die Situation wie eine Filmszene vor. Warum hatte er in diesem Fall permanent das Gefühl, alle Beteiligten spielten nur ihre gut einstudierte Rolle? Wenigstens konnte Bettina ihre Eindrücke in einem Satz zusammenfassen. »Dieser Doktor Löscher hatte ein echtes Problem mit seiner Libido.«

»Wie die meisten Männer«, sagte Stephanie und Thal glaubte, einen resignierten Unterton zu hören. War sie nicht mehr glücklich mit ihrem Freund? Er hatte lange kein privates Wort mehr mit ihr gewechselt, dabei war er immer so stolz gewesen, für seine Mitarbeiter auch als Ansprechpartner für die privaten Sorgen da zu sein. Wurde er etwa langsam ein schlechter Chef?

»Wohl wahr!« Bettina nickte der jungen Kollegin zu und Thal hielt es für besser, den Mund zu halten.

»Löscher hat sich an jede Frau rangemacht, vorausgesetzt sie war blond, groß und hatte üppige Rundungen. Außerdem hatte er eine Vorliebe für öffentliche Räume, anscheinend gab ihm die Gefahr, entdeckt zu werden, einen zusätzlichen Kick.«

Sie trank einen Schluck Wasser, den sie sich von den Lippen leckte, als ob es sich um feinen Wein handelte.

»Übrigens hat er seine Eskapaden nicht vor seiner Frau versteckt, vielleicht war sie sogar Teil des Spiels und es machte ihn besonders an, es vor ihren Augen zu treiben.«

Maria brachte die Teller voller dampfender und fantastisch duftender Nudeln an den Tisch.

»Buon appetito!«, rief Donato, der hinter der Theke Schinken schnitt.

Während die anderen sofort zu essen begannen, nahm Thal den Gesprächsfaden auf. »Da es ihm vermutlich nicht oft gelang, im privaten Umfeld Gespielinnen für seine Neigungen zu finden, ging er zu Prostituierten.«

Quandt hielt eine Gabel voller Nudeln einige Zentimeter über den Teller, es sah aus, als hätte jemand einen Film angehalten.

»Wir wissen, dass eine Frau Löscher kurz vor seinem Tod oral befriedigte. Wer kommt dafür infrage?«

Der Film lief weiter und Quandt stopfte sich die Nudeln in den Mund. Da auch alle anderen sich gerade auf ihr Essen konzentrierten, dauerte es einige Sekunden, bis er die Frage ergänzte: »Seine Frau? Eine Prostituierte? Oder konnte er jemanden aus seinem Bekanntenkreis dazu bringen, ihm im Schmetterlingshaus zu Diensten zu sein?«

»Gutes Stichwort«, meinte Thal. »Was ist mit der Hausangestellten, könnte sie ...?«

»Auf keinen Fall!« Bettina hatte den Mund voll und beeilte sich, die Nudeln runterzuschlucken, ehe sie weitersprach.

»Magda hat sich schon beim erfolglosen Anmachversuch durch Löscher in Grund und Boden geschämt. Die können wir vergessen.«

»Ich sehe nicht, wie wir mit den Ermittlungen weiterkommen sollen«, sagte Stephanie und schob den kaum halb geleerten Teller von sich. »Wir haben zwar die DNA der Täterin, aber was nützt uns das?«

»Wie wäre es mit einem Massentest?« Quandt deutete auf Stephanies Teller, die ihm mit einem Nicken zu verstehen gab, dass er sich gerne bedienen durfte.

»Wie stellst du dir das vor?«, fragte Bettina? »Alle blonden Frauen über einen Meter siebzig und mit Körbchengröße F sollen bei uns antanzen? Vergiss es!«

Thal wusste, dass sie recht hatte, so einem Test würde Schober niemals zustimmen.

»Was ist mit den Namen auf der Haut?«, wandte er sich an Quandt.

»Noch haben wir keine Übereinstimmungen gefunden, aber ich habe da ...«. Er verschluckte den Rest des Satzes und Thal verstand, dass er darüber nicht sprechen konnte. Er hatte gelernt, sich auch in solchen Dingen auf seine Mitarbeiter zu verlassen, also kam er auf den einzigen konkreten Hinweis, den das Gespräch mit David Löscher gebracht hatte.

»Der einzige Ansatzpunkt, den ich im Moment sehe, ist Löschers Hang zu Prostituierten. Zumindest vor vier Jahren muss er ja noch Reginas Gast gewesen sein, wenn er dort für seinen Sohn eine Art Initiationsritus organisiert hat.«

»Was für eine Regina«, fragte Quandt und schaufelte sich auch den letzten Rest von Stephanies Pastaportion hinein.

»Regina Angermeier, besser bekannt als ›Annabelle‹, Besitzerin und Chefin des gleichnamigen Edelpuffs. Sie hat uns schon mal bei Ermittlungen im Milieu geholfen.«

Thal grinste fröhlich und zog sein Smartphone aus der Tasche. »Ich werde sie gleich mal um eine Audienz bitten«

Bevor er die Nummer wählen konnte, zog Bettina die Liste mit den Medikamentennamen hervor, die sie in Löschers Zimmer eingesteckt hatte.

»Vielleicht trügt mich mein Gefühl, aber mir kam diese Auflistung seltsam vor.«

Die anderen drei beugten ihre Köpfe über das Blatt Papier, aber keiner konnte etwas damit anfangen. Thal trank den letzten Schluck des wirklich exzellenten Weißweins.

»Stephanie und ich fahren nach Wollmatingen zu Annabelle. Jonas und Bettina, ihr geht ins Präsidium und findet endlich heraus, was es mit diesen Namen auf der Haut auf sich hat. Außerdem beantragt ihr, eine DNA-Probe von Marion Löscher nehmen zu dürfen. Wir müssen ausschließen, dass sie ihren Gatten auf der Mainau befriedigt hat.«

Er tippte auf das immer noch auf dem Tisch liegende Papier. »Und dann ist da noch die Liste, da habt ihr beide genug zu tun. Wir sind eh in einer Stunde wieder da.«

Siebzehn

Zweiter Tag. Vierzehn Uhr dreißig

Wollmatingen zu erreichen, erforderte dieses Mal noch mehr Geduld als üblich. Der Konstanzer Vorort war wegen einer Baustelle fast vollständig vom Verkehr abgeschnitten. Sie kamen nur im Schneckentempo voran, ungeduldig schlug Stephanie Bohlmann immer wieder auf das Lenkrad des betagten Dienstwagens.

»Hatte deine flapsige Bemerkung über das Paarungsverhalten der Männer eine tiefere Bedeutung?«, fragte Thal und bemühte sich um einen möglichst unbesorgten Tonfall.

»Wenn du meinst, ob ich aus Erfahrung gesprochen habe, lautet die Antwort kurz und knapp: Ja.«

Sie schaute starr geradeaus, klimperte aber kein einziges Mal mit den Augen. Thal war erleichtert, dass ihm Tränen seiner Mitarbeiterin erspart blieben. Vielleicht war die Trennung schon länger her.

»Er war ein Schwein«, sagte Stephanie unvermittelt und mit einer seltsam tonlosen Stimme, als spräche sie zu sich selbst. »Ich habe ihn vor drei Wochen mit einer anderen beim Sex erwischt. In flagranti sozusagen. Und in meinem Bett.« Sie schluckte.

»Was ist das denn für ein Vollidiot!«, schrie sie, als ein Mittsechziger in einem Cabrio ohne Rücksicht auf Verluste in den Verkehr einfädelte. Das Beziehungsthema hatte sie eindeutig für beendet erklärt und Thal war froh darüber.

Zehn Minuten später parkte Stephanie den altersschwachen Golf auf dem Parkplatz neben ›Annabelles Studio‹. Der Name mochte eine gewisse Mondänität versprechen, die das schlichte Einfamilienhaus aber nicht im geringsten ausstrahlte. Eine mit Efeu berankte Palisade verhinderte, dass der Eingang von der Straße aus einsehbar war. Es sollte nicht jeder sehen können, welcher brave Bürger Einlass in das Etablissement verlangte. Stephanie betätigte den Klingelknopf und Thal lächelte in die Kamera der Gegensprechanlage. Wenige Sekunden später ertönte der Summer und er drückte die Tür auf.

»Schön, Sie mal wiederzusehen, Kommissar!«

Thal blinzelte in den dunklen Raum. Auf hohen Absätzen und in einen winzigen Bikini gekleidet, schritt Regina Angermeier auf ihn zu. Wäre er ihr in der Stadt begegnet, hätte er sie nicht erkannt. Er schaute sie von oben bis unten an. Sie schien ihm um Jahre verjüngt, nur das stark geschminkte Gesicht verriet die Spuren eines über fünfzig Jahre langen, anstrengenden Lebens.

»Schön, dass Ihnen gefällt, was Sie sehen.« Die Frau lachte ihn an und wandte sich an Stephanie. »Tut mir leid, dass ich Sie in Arbeitskleidung empfangen muss, aber da drin wartet ein Stammfreier.«

Stephanie schüttelte ihr die Hand. »Kein Problem.«

Die Frau führte sie in das sogenannte Wohnzimmer. Thal traute seinen Augen nicht. Hatte der Raum bei seinem letzten Besuch noch den Charme einer Amtsstube ausgestrahlt, wurde er jetzt von einer Designersitzgruppe dominiert, die mit Sicherheit einen fünfstelligen Betrag gekostet hatte.

»Die Geschäfte scheinen gut zu gehen.«

Die Bordellchefin nahm eine Stola von einem der Sessel und legte sich den Seidenschal um die Schultern.

»Ja und nein. Es war halt eine Totalrenovierung fällig, sonst wären wir schon lange weg vom Fenster.«

»Die Rundumerneuerung ist Ihnen auf jeden Fall gelungen.«

Thal hoffte, dass er nicht zu anzüglich grinste, aber die Angermeier nahm es gelassen.

»Danke für das Kompliment. Aber Sie haben sich wohl kaum durch den Stau gequält, um mir Honig ums Maul zu schmieren.«

Mit einer lässigen Handbewegung bot sie Thal und Bohlmann einen Sitzplatz an und ließ sich selbst elegant aufs Sofa gleiten.

»Danke, aber wir stehen lieber und es wird auch nicht lange dauern.«

Stephanie Bohlmann schien beeindruckt, versuchte aber, sich nichts anmerken zu lassen.

»Sagt Ihnen der Name Löscher etwas?«

Regina Angermeier schlug die Beine übereinander und wippte mit dem rechten Fuß.

»Ich glaube ... Das muss aber schon mindestens zwei Jahre her sein, aber warten Sie, wir müssten eine Karteikarte haben.«

Sie beugte sich in Richtung Zimmertür. »Angelique!«

»Oui.« Die Stimme war so tief, dass Thal sich nicht sicher war, ob sie zu einem Mann oder einer Frau gehörte.

»Such mal in den Kundendaten nach einem ...« Die Angermeier schaute Thal fragend an, aber Stephanie Bohlmann antwortete laut und übertrieben deutlich artikuliert: »Lennart Löscher«

»Sie führen eine Kundenkartei?«, wunderte sich Thal.

»Meine Damen wechseln wöchentlich, die Kunden verlangen Frischfleisch, müssen Sie wissen. Damit wir die Freier nicht immer wieder nach ihren Vorlieben fragen müssen, führen wir eben Buch.«

Es dauerte keine halbe Minute, bis eine große, dunkelhäutige Frau ins Zimmer kam. Auch sie trug High Heels und einen Bikini, für den der Schneider nur wenige Quadratzentimeter Stoff verwendet hatte. Anscheinend war das die neue Dienstkleidung in Annabelles Studio.

»Danke, Angelique«, flötete die Chefin und die schwarze Schönheit stöckelte wieder aus dem Raum, nicht ohne Thal einen eindeutig mehrdeutigen Blick zugeworfen zu haben.

»Na, was haben wir denn da?«

Regina Angermeier setzte sich eine Lesebrille auf.

»Tatsächlich, der Gute war länger nicht mehr hier. Steht auf Frauen mit Möpsen, aber ausschließlich natürlichen.«

Sie griff mit der rechten Hand nach oben und zog am Band ihres Bikinioberteils.

»Groß müssen sie sein und blond, Reizwäsche sollten sie tragen, leicht dominant sein. Dazu SIP.«

»Wie bitte?«, fragte Stephanie.

»Sex in public. Der Typ steht drauf, dass man es ihm in aller Öffentlichkeit besorgt.«

»Können Sie sich erinnern, dass er einmal seinen Sohn mitgebracht hat?«

Sie lachte schallend. »Das können Sie sich nicht vorstellen, oder? Kommt aber öfter vor, als Sie glauben.«

Sie schob sich die Brille ins Haar.

»Aber an den Typen erinnere ich mich, der machte eine Riesennummer daraus. Er wollte, dass sein Sohnemann richtig in die Freuden der Liebe eingeweiht wurde. Der Junge wusste gar nicht, wie ihm geschah, er war anscheinend tatsächlich noch unberührt. Wie immer in solchen Fällen war die Party schnell vorbei.« Sie lachte erneut.

»Dieses SIP-Ding, kennen Sie Prostituierte, die sich in Konstanz auf diesen Service spezialisiert haben?«

Regina Angermeier klopfte sich mit der Karteikarte auf den Oberschenkel.

»Viele sind es garantiert nicht, die meisten lehnen es ab, sich mit Freiern in der Öffentlichkeit zu zeigen.«

Sie nahm eine Zeitung aus einem Ständer neben dem Sofa, riss einen Streifen Papier ab und schrieb konzentriert.

»Bei den beiden Internetseiten könnten Sie fündig werden. Aber ohne Gewähr!«

Achtzehn

Zweiter Tag. Sechzehn Uhr zehn

Bettina war kurz davor, Quandt um einen Schluck von seiner thailändischen Wachmacherbrause zu bitten, die er täglich in größeren Mengen in sich hineinschüttete. Seit Tagen überfiel sie jeden Nachmittag eine Müdigkeit, der sie am liebsten nachgeben würde. Vielleicht sollte sie wirklich so langsam zu Hause bleiben, dann könnte sie sich jetzt hinlegen und schlafen.

»Hast du dich eigentlich in deiner neuen Wohnung eingelebt?«

Quandt schraubte das Fläschchen mit dem Etikett in fremdartigen Schriftzeichen zu und legte es in seine Schreibtischschublade zu den Dutzenden anderen, die darauf warteten, zum Glascontainer gebracht zu werden.

Bettina reckte sich, vielleicht vertrieb die Muskelanspannung die Müdigkeit.

»Als ich noch in meiner hässlichen Bleibe in Dettingen hauste, habe ich immer von so einer Wohnung geträumt. Groß, hell, mit riesigem Balkon und Seeblick! Und jetzt denke ich manchmal: Was tue ich hier? Es ist noch nicht real, verstehst du?«

Quandt nickte. »Ist aber schon eine große Geste von Alexander, seinem zukünftigen Enkelkind eine solche Wohnung zu schenken. Stell dir mal vor, du müsstest dafür die Miete bezahlen.«

Bettina schmunzelte darüber, dass der junge Kollege immer noch über die Wuchermieten in Konstanz entsetzt war. Er war noch nicht lange genug in der Stadt, um sich daran gewöhnt zu haben, dass man hier genauso viel zahlte wie in München oder Stuttgart.

»So ist er halt, der Herr Hauptkommissar. Dir hat er doch auch geholfen.«

Quandt nickte. Vor ein paar Monaten hatte Thal Jonas mit Hilfe seines Freundes Vince Abel eine Wohnung im Konstanzer Stadtteil Paradies vermittelt.

»Die Wohnung war wirklich paradiesisch und auch noch bezahlbar. Ich hatte von Anfang an das Gefühl, dass die Sache einen Haken hatte.«

Nach nur einem Monat verkaufte der Besitzer das Haus und ein paar Wochen später fand Quandt die Kündigung im Briefkasten. Die neuen Eigentümer meldeten Eigenbedarf an. Der Anwalt Abel meinte zwar, Quandt hätte beste Chancen, einen Prozess zu gewinnen, aber was sollte das bringen? Die Miete wäre auf jeden Fall ins Astronomische gestiegen.

»Aber ich sitze ja nicht auf der Straße.«Quandt klang kämpferisch. »Im Prinzip habe ich sogar die Ideallösung gefunden.«

Er hatte sich vor ein paar Wochen von seinen Ersparnissen einen alten Wohnwagen gekauft und lebte jetzt auf dem Campingplatz am Fließhorn. Der schloss allerdings in ein paar Wochen seine Pforten. Wohin er sein mobiles Heim dann stellen sollte, wusste er nicht. Bettina schämte sich fast, dass sie sich nicht an ihre hundertzwanzig Quadratmeter große Wohnung gewöhnen konnte. Das war nun wirklich ein Luxusproblem. Sie tippte gähnend auf ihrer Tastatur herum.

»Tatsächlich!«

Quandt schaute von seinem Tablet auf. »Was gefunden?«

»Alle auf der Liste genannten Präparate sind Anabolika.«

Sie lehnte sich in ihrem Schreibtischstuhl zurück und starrte auf den Bildschirm. »Warum hatte Löscher so eine Aufstellung in seinem Zimmer? Handelte er mit dem Zeug?«

»Zum Insulin würde es ja passen.«

»Was hat das mit Bodybuilding zu tun?«

»Insulin unterstützt die Wirkung von Anabolika wie Testosteron oder Wachstumshormonen, indem es den Muskelzuwachs stabilisiert. Die Anabolika bewirken, dass die Muskelzellen in der Dicke wachsen und Insulin verhindert, dass die gewonnene Masse wieder abgebaut wird.«

»Wow!« Bettinas Müdigkeit war wie weggeblasen. Die gerade gewonnene Erkenntnis wirkte besser als jeder Wachmacher.

»Du meinst, Löscher hat mit Dopingmitteln gedealt?«

»Das würde erklären, wie er an das Geld für die Luxusimmobilie, die Jacht und so weiter gekommen ist. Seine Praxis wirft schon seit Jahren kaum noch etwas ab.«

Quandt beugte sich vor und reichte Bettina das Tablet. Benutzte er ein neues Deo? Die Schwangerschaft hatte ihre Geruchsnerven deutlich sensibilisiert, oft zu ihrem Leidwesen, dieser Duft aber war sehr angenehm. Sie schaute auf den Bildschirm.

»Was ist das?«

»Löschers Steuererklärungen der letzten Jahre. Ich habe die Ergebnisse mal in einer Tabelle zusammengefasst. Im Grunde genommen ist er seit geraumer Zeit pleite, die Einnahmen reichen gerade noch, um die Löhne der Angestellten und die Miete zu bezahlen. In manchen Monaten klappte selbst das nicht, da verbuchte er dann Privateinlagen vor allem seines Vaters, aber auch von seiner Frau.«

»So, so, Privateinlagen«, murmelte Bettina. Quandt nickte zustimmend, anscheinend glaubte er auch nicht daran, allerdings musste er einräumen, dass er nicht mit Sicherheit behaupten könnte, dass Löscher das Geld selbst aus schwarzen Kassen in die Praxis pumpte.

»Auf jeden Fall sollten wir Löscher senior danach fragen.«

»Wonach sollen wir ihn fragen?« Stephanie Bohlmann stürmte ins Büro, in der Hand die unvermeidliche Thermoskanne, ohne die man sie nicht mehr sah. Direkt hinter ihr folgte Thal, der sich die Lippen leckte, Bettina vermutete, dass er sich einen Espresso gegönnt hatte.

»Wie es aussieht, handelte Löscher mit verbotenen Dopingsubstanzen.«

»Zu denen auch Insulin gehört«, ergänzte Quandt Bettinas Satz, bevor die anderen nachfragen konnten.

Thal ließ sich mit einem Seufzer auf einen Stuhl fallen. »Das ist ja endlich mal ein Ansatz.«

»Reich mir mal dein Tablet«, bat Stephanie Quandt und tippte nervös auf der virtuellen Tastatur herum. Jonas schaute ihr über die Schulter.

»Was sind das denn für Damen?«

»Regina Angermeier hat uns zwei Escort-Agenturen genannt, die auf Lennart Löschers Vorlieben spezialisiert sind. Mit den Damen sollten wir unbedingt mal reden.«

Stephanie hatte den Satz gerade beendet, als das Tablet einen durchdringenden Pfiff ausstieß, der sie dermaßen erschrak, dass sie das teure Teil beinahe fallen ließ. Quandt lachte und nahm es ihr ab. Nach einem Blick in sein E-Mail-Postfach stieß er selbst einen Pfiff aus.

»Unglaublich! Aber es passt perfekt.«

Neunzehn

Zweiter Tag. Neunzehn Uhr fünf

»Die Sache kommt endlich in Fahrt!« Thal lehnte sich zurück und legte ein angebissenes Stück Pizza zurück auf den Teller. Wenn die Ermittlungen endlich vorangingen, verließ ihn häufig der Appetit, als würde sich sein Körper gegen die Nahrungsaufnahme wehren, weil er voll und ganz damit beschäftigt war, die Informationen zu verdauen. Er schaute sich um. Stephanie hatte wie immer auf die Pizza verzichtet und angelte mit einem Stäbchen gekonnt Sojasprossen aus einer Portion gebratener Nudeln. Quandt hatte seine Pizza bereits verzehrt und nuckelte an einer Flasche Krating Daeng, während Bettina mit den Fingern Oliven aus einer Plastiktüte zog. Donato hatte ihr beim Abschied eine große Portion zugesteckt. Thal war stolz auf sein Team. Der Fall hatte am Anfang keinen einzigen hoffnungsvollen Ermittlungsansatz geboten und jetzt waren sie einen großen Schritt vorangekommen. Das Lob gebührte vor allem Quandt, der einen befreundeten Kollegen beim BKA auf die Namensliste angesetzt hatte. Alle Namen fanden sich auf einer im Internet veröffentlichten Aufzählung angeblicher Impf-Opfer, die ein Verein namens ›Die Impfwächter‹ ins Netz gestellt hatte, Hauptsitz Konstanz. Mit genau diesen Leuten hatte sich Löscher immer wieder gestritten, auf einer oder zwei Veranstaltungen waren die verbalen Scharmützel beinahe in Handgreiflichkeiten ausgeartet. Am liebsten hätte Thal sich einen Whisky genehmigt, aber Alkohol im Dienst gab es nur bei Donato.

»Habt ihr mir noch etwas übrig gelassen?« Keiner hatte Madlaina kommen gehört.

»Du kannst meine Pizza aufessen«, sagte Thal und legte ihr kurz die Hand auf den Unterarm. Madlaina setzte sich und begann, schweigend zu essen, während er die fragende Stille im Raum unterbrach.

»Ich habe Madlaina hergebeten. Ihr wisst, wie dünn unsere Personaldecke ist und wenn Bettina in Kürze in Mutterschutz geht, haben wir erst recht ein Problem. Deshalb habe ich dem Imam vorgeschlagen, Madlaina ins Team zu holen.«

Thal schaute in die Runde. Stephanie strahlte ihn an, sie bewunderte Madlaina als Polizistin, Frau und Musikerin. Quandt nickte anerkennend, als wollte er Thal zu seinem Coup beglückwünschen. Bettina war eindeutig pikiert. Thal konnte nach all den Jahren in ihrem Gesicht lesen wie in einem offenen Buch, und sie war sauer, daran gab es keinen Zweifel. Mit Sicherheit hatte es nichts mit Madlaina zu tun, Bettina kreidete ihm nur an, dass er sie nicht nach ihrer Meinung gefragt hatte. Er wusste selbst, dass das ein Fehler gewesen war, den er jetzt aber nicht mehr korrigieren konnte. Er versuchte, Augenkontakt zu Bettina herzustellen, aber sie wich ihm aus.

»Schober hat zwar noch nicht zugestimmt, aber ich glaube, das ist nur eine Frage der Zeit. Am besten schilderst du noch mal kurz die neue Faktenlage, Jonas, damit Madlaina auf dem gleichen Stand ist.«

»Gerne«, sagte Quandt und zog sein Tablet heran. Fünf Minuten später hatte er alles Wichtige im Schnelldurchgang referiert.

Madlaina schluckte den letzten Bissen Pizza herunter und leckte sich den Mittelfinger ab. »Das ergibt Sinn. Die Leiche fungiert als Mahnmal, auf dem die Namen unschuldiger Impf-Opfer für die Nachwelt erhalten werden. Löscher wird der Täterseite zugeordnet, ihm wird die Schuld am Tod der Kinder gegeben.«

Bettina räusperte sich, als müsste sie einen Kloß aus ihrem Hals vertreiben.

»Da muss aber jemand reichlich verquer denken.«

Thal hörte die Doppeldeutigkeit in diesem Satz und bewunderte Bettina genauso dafür, wie er sie für diese Stichelei am liebsten getadelt hätte. Madlaina schien es überhört zu haben, denn sie konzentrierte sich völlig auf die Sache.

»Die Täterin ist eine Frau, oder?«

Quandt nickte. »Davon gehen wir aus.«

»Ich bin mir ziemlich sicher, dass die Mörderin emotional beteiligt ist.«

Thal stöhnte auf. »Du meinst, sie ist die Mutter eines dieser Opfer?«

Madlaina stand auf und ging zum Sideboard, um sich eine Flasche Mineralwasser zu holen.

»Es läge zumindest nahe. Stammt eines der Kinder auf der Liste aus Konstanz.«

Quandt schlug mit der flachen Hand auf den Tisch und griff nach dem Tablet. Er ärgerte sich sichtlich, dass er diese Frage nicht selbst gestellt hatte. Die Ermittler im Raum hielten die Luft an, während er die Datenbank durchscrollte. Nach ein paar Sekunden hob er den Kopf und Thal konnte die Antwort in seiner Mimik ablesen, bevor er sie aussprach.

»Tatsächlich! Das letzte und jüngste Opfer ist aus Konstanz. Sie hieß Finja. Gebt mir drei Minuten und ich erzähle euch mehr dazu.«

Thal sah, dass Bettina lächelte. Die ungestüme Art des Kollegen amüsierte sie immer noch. Anscheinend war ihre

Verärgerung über seine einsame Entscheidung, Madlaina ins Team zu holen, dem Jagdfieber gewichen. Es gab endlich eine heiße Spur, der sie nachgehen konnten, da hatten Animositäten keinen Platz.

Quandt brauchte nur etwas mehr als eine Minute. Er hob die Hand wie ein Schüler, dem die Lösung einer schwierigen Aufgabe in kürzester Zeit gelungen war.

»Das ist ja mysteriös. Finja Lohbeck leidet an einer sogenannten demyelinisierenden Enzephalomyelitis, abgekürzt ADEM.«

»Nie gehört«, warf Stephanie ein und entschuldigte sich sofort mit einer besänftigenden Geste dafür, dass sie Quandts Ausführungen unterbrochen hatte. Der ließ sich davon aber nicht aus der Ruhe bringen.

»Allgemein gesagt, ist das eine Folge der körpereigenen Abwehr während und nach schweren Infektionen. Die Krankheit befällt vorwiegend Kinder und junge Erwachsene. Relativ plötzlich treten Fieber, Nackensteifigkeit, Bewusstseinsstörungen und epileptische Anfälle auf.«

»Und was hat das mit einer Impfung zu tun?«, fragte wieder Stephanie, aber diesmal nickte ihr Thal bestätigend zu.

»Im Prinzip erst mal nichts«, antwortete Quandt. »Im Fall der Finja Lohbeck machten die Eltern aber die Sechsfach-Impfung für die Erkrankung verantwortlich, die ihrer Tochter im Alter von sechs Monaten verabreicht worden war.«

»Gibt es Beweise für diese Anschuldigung?« Madlaina war mit jeder Faser ihres Körpers konzentriert. Thal freute sich, dass sie ihre Aufgabe angenommen hatte.

»Kann ich noch nicht sagen.« Quandt tippte wie wild auf dem Tablet herum. »Dazu muss ich noch ein paar Fakten überprüfen. Eine Sache können wir aber sofort klären.«

Er griff zum Telefon.

»Hallo, Hartmut! Schau mal, ob du in Löschers Patientenkartei eine Finja Lohbeck findest.« Er presste das Telefon zwischen Ohr und Schulter, während er weiter das Tablet bearbeitete. »Aha!« Er hörte weiter gespannt zu. »Gut. – Natürlich gebe ich es weiter. – Dir auch einen schönen Feierabend!«

Alle Augen waren auf Jonas Quandt gerichtet, der das gar nicht zu bemerken schien, sondern beiläufig sagte:

»Finja Lohbeck war Lennart Löschers Patientin. Die Patientenkartei liegt in Grendels Büro.«

Alle stöhnten gleichzeitig auf, was derart komisch war, dass sich die Anspannung in einem kollektiven Gelächter löste. Nur Quandt schaute irritiert in die Runde.

»Übrigens hatte Grendel noch etwas für uns.«

Wieder trat Stille ein.

»Der Speichel am Kondom stammte nicht von Marion Löscher.«

»Das wäre ja auch zu schön gewesen«, sagte Bettina und gähnte. Die Spannung fiel bei allen auf einen Nullpunkt. Thal wusste, dass sie eine Pause brauchten, und schaute auf die Uhr.

»Für heute reicht das. Schlaft euch aus. Morgen statten wir den Eltern dieses kranken Mädchens einen Besuch ab.«

Zwanzig

Dritter Tag. Sieben Uhr vierzig

Wie an jedem sonnigen Morgen war der erste Lichtstrahl auf ihn gefallen. Sie hatte die Fotografie nicht absichtlich so gestellt, dass die Morgensonne sein Gesicht beleuchtete. Als sie es zum ersten Mal bemerkte, hatte sie deshalb auch geweint vor Glück. Es war ein Zeichen, dass sie ihn noch nicht verloren hatte. Ihr Sohn lebte und der Herr beschützte ihn.

Zum Teufel damit, dachte sie und zog sich im selben Moment vor Scham die Decke über den Kopf. Wie konnte sie das nur denken. Der Herr war ihrer aller Hüter. Der ihres Mannes genauso wie Konstantins.

Es war Zeit für das Ritual. Sie setzte sich auf die Bettkante, zog das Nachthemd züchtig nach unten und schloss die Augen, bevor sie begann, den Namen zu buchstabieren. Es war ein guter Name voller Kraft, Stärke und Zuversicht. Sie hatte ihn ausgesucht und gegen den Willen ihres Mannes durchgesetzt. Konstantin! Der Klang schenkte ihr Ruhe. Sie sah den Traum des großen Kaisers vor ihrem inneren Augen vorbeiziehen. Unter dem Kreuzzeichen würde er seine Gegner besiegen und zum Stifter eines neuen Reiches werden. Wie oft hatte sie diese Geschichte gelesen?

Was für eine großartige Zukunft dieser Name verheißen hatte! Und jetzt? Das Kreuz war verschwunden und hatte Flamme und Schwert Platz gemacht. Die Krieger waren ausgezogen, um die Welt endgültig vom Bösen zu befreien. Ihr Mann war ein Teil dieses Heeres, beseelt vom Glück und der Ehre, in dieser Zeit des Heils leben zu dürfen. Sie würden siegen, daran gab es keinen Zweifel. Danach wäre die Erde ein besserer Platz für alle, die guten Willens waren.

Nur nicht für Konstantin. Für ihn sollte kein Platz mehr sein. Er stand nicht im Licht, sondern im Dunkel, behaupteten sie. Ihr Mann glaubte ihnen, aber sie wusste es besser. Jeden Morgen, den der Herr mit hellem Sonnenschein segnete, ließ er Konstantins Gesicht in seiner Gnade erstrahlen! Warum sahen sie das nicht? Warum glaubten sie, dass ihr Sohn vom Bösen gezeichnet sei. Nur weil er anders war? Weil er langsamer dachte als seine Kameraden? Warum sahen sie die Liebe nicht, zu der er fähig war?

Wann hatte sein Vater die Liebe verloren? Sie wusste es nicht, hatte es lange nicht bemerkt. Sie war glücklich, dass er ein Krieger geworden war. Er trank nicht mehr und er schlug sie nicht mehr.

Dafür würde er seinen Sohn dem Tod ausliefern!

Sie riss die Augen auf und starrte auf das Foto, das ihr plötzlich leblos erschien, als hätte der Herr seine Gnade entzogen.

Konstantin würde sterben, das wusste sie. Die Examination würde sein Ende bedeuten. Sie würden ihn in den ewigen Schlaf versetzen und sie könnte nie wieder in seine lebendigen Augen schauen. Sie! Seine Mutter!

Sie schluchzte auf. Zum ersten Mal seit Wochen konnte sie weinen. Um ihren Sohn, aber auch um ihren Mann und um sich selbst. Was war eine Mutter wert, die das eigene Kind nicht schützte? War sie überhaupt eine Mutter?

Aber was sollte sie tun? Sie wusste nicht einmal, wo Konstantin war. Nur eingeweihte Frauen durften den Tempel betreten, die anderen würden den Ort beschmutzen, hieß es.

Vorgestern hatten sie ihren Mann zum ersten Mal gefragt, wo der Tempel stünde.

»Warum interessiert dich das? Du wirst ihn doch niemals betreten!«

»Ich muss wissen, wo Konstantin auf die Examination wartet.«

Er schüttelte schweigend den Kopf. Sie hatte gebettelt und gefleht, erklärt, dass sie einen Ort brauche, um dem Jungen ihre Gedanken zu senden.

»Er braucht deine Gedanken nicht«, hatte er gesagt. »Der Doktor wird entscheiden, auf welche Reise er geht.«

»Macht es dir gar nichts aus, deinen Sohn nicht mehr wiederzusehen?«

Er hatte den Kopf abgewendet und geschwiegen. Sie hatte gehofft, dass er weinen könnte, aber er ging ohne ein weiteres Wort.

Sie konnte das nicht! Sie musste wissen, was mit ihrem Kind war! Aber welche Chance hatte sie als Frau gegen Uriel und sein Heer? Was sollte sie ausrichten gegen den Beschluss, Konstantin aus ihrer Welt zu nehmen und in eine andere zu geben. Sie würde nicht erfahren, welche Reise er angetreten hatte. Niemand sollte wissen, welche Kinder ins Land des Heils und welche in den Schlaf geschickt wurden. Sie wusste warum! Sie durften den Müttern nicht die Hoffnung nehmen, sonst bekämen sie es mit einer Armee zu tun, gegen die Uriel mit seinem Schwert keine Macht hatte. Die Armee liebender Mütter würde siegreich sein!

Sie atmete tief ein und aus. Wie aber sollte dieser Sieg zustande kommen, wenn keine der weinenden Mütter sich aufmachte, ihr Kind zu retten? Wenn sie alle in kraftloser Starre verharrten und dem Urteil entgegensahen, als wäre das Schicksal ihrer Kinder nicht auch ihr eigenes.

Eine musste den Anfang machen.

Sie schaute aus dem Fenster. Ein Rotkehlchen wippte auf einem Birkenzweig. Der Vogel drehte den Kopf, schaute sie an und flog davon.

Sie blickte ihm nach. Er ließ sich auf dem stabileren Ast einer Esche nieder, die seinem Federgewicht standhielt. Keine Bewegung verriet den Vogel. Wieder schaute er sie an. Anstatt erneut den Kopf zu neigen, öffnete er den Schnabel und begann mit einem perlenden Gesang.

Sie verharrte bewegungslos in ihrer Position und schaute dem kleinen Vogel zu. Sein Gesang war nur für sie bestimmt.

Sie wusste, was zu tun war.

Einundzwanzig

Dritter Tag. Neun Uhr fünf

Bettina schaute den hässlichen Kasten hinauf. Wie konnte man an einen so wunderbaren Platz so scheußliche Häuser bauen? ›Hofgarten‹ nannten Architekten und Kommunalpolitiker sie beschönigend, dabei waren es nur fantasielos an das Seerheinufer gesetzte Wohnkasernen ohne jeden Charme. Als hätte ein Kind Bauklötze aus seiner Spielkiste gekippt und anschließend wie Soldaten in Reih und Glied aufgestellt. Am absurdesten waren die Preise, die man für eine Wohnung in diesen seelenlosen Kästen zahlen musste.

Thal deutete schweigend auf den Eingang. Er hatte den ganzen Weg vom Präsidium hierher kaum geredet, die euphorische Stimmung von gestern war verflogen. Er wollte Stephanie Bohlmann mitnehmen, aber Bettina hatte darauf bestanden, ihn zu begleiten. Anscheinend war sie so bestimmt aufgetreten, dass Thal ihr nicht zu widersprechen wagte, dabei überkamen sie inzwischen selbst Zweifel, ob es eine gute Idee war, dass ausgerechnet sie diese Befragung führte. Sobald es um Kinder ging, reagierte sie seit einiger Zeit sehr emotional; der Gluckenreflex bildete sich anscheinend schon vor der Geburt. Sie würde sich in den kommenden Minuten zurückhalten müssen.

Thal studierte kurz das Klingelbrett, bevor er bei ›Lohbeck‹ drückte. Der Lage des Klingelknopfes nach zu urteilen, wohnten sie in der ersten Etage, was Bettina erleichtert ausatmen ließ. Tatsächlich waren es nur sieben Stufen bis zur Wohnungstür und so war sie gut bei Atem, als sie der hageren Frau im Türrahmen die Hand reichte. Inga Lohbeck war allein, schon am Telefon hatte sie darauf hingewiesen, dass ihr Mann nicht zu Hause wäre. Sie musterte Berg und Thal mit zusammengekniffenem Mund, ehe sie die beiden in die Wohnung bat. Bettina spürte schon in der ersten Sekunde das Bedürfnis, die Fenster aufzureißen, im Wohnzimmer stand die stickige Luft von Tagen. Abgestandener Zigarettenqualm mischte sich mit einem undefinierbaren Essensgeruch. Die Einrichtung war bunt zusammengewürfelt, die Sessel passten weder vom Stoff noch von der Farbe her zum Sofa, der davorstehende Tisch war viel zu niedrig, der Teppich abgewetzt. Auf der Fensterbank standen zwei vertrocknete Topfpflanzen, der Blick fiel über den Innenhof auf das gegenüberliegende Gebäude des u-förmigen Komplexes. Irgendwo schrie ein Kind.

»Entschuldigen Sie die Unordnung.« Inga Lohbeck räumte mit fahrigen Bewegungen zwei Bierflaschen vom Tisch und stellte sie neben das Sofa auf den Boden. Sie vertraute ihnen nicht, dachte Bettina, deshalb brachte sie die Flaschen nicht in die Küche.

»Mein Mann hatte gestern Abend noch Besuch.«

Sie drehte sich nach rechts, entschied sich dann aber, am äußersten linken Rand des Sofas Platz zu nehmen.

»Setzen Sie sich doch!«

Thal entschied sich für den Sessel gegenüber und Bettina ließ sich in das Sofa neben die Frau fallen. Hager war eine Untertreibung, die Frau war dürr. Die Jeans hing locker auf ihren Hüften und das ausgebleichte Sweatshirt schlackerte um ihren Oberkörper. Konturlos, dachte Bettina und bezog es nicht nur auf den Körper, auch ihre Stimme hatte keinerlei Festigkeit. Mit zitternden Fingern nestelte sie eine Zigarette aus einer in einem abgegriffenen Etui aus Lederimitat steckenden Schachtel und setzte sie an einer fast vollständig abgebrannten Kerze in Brand, deren Flamme im Inneren der Wachshülle verborgen war. Und wieder stirbt irgendwo ein Seemann, dachte Bettina an einen Spruch aus ihrer Kindheit. Inga Lohbeck legte den Kopf in den Nacken und inhalierte tief. Nach dem zweiten Zug wandte sie sich Bettina zu. Realisierte sie erst jetzt, dass sie es mit einer Schwangeren zu tun hatte? Jedenfalls hielt sie die Zigarette affektiert so weit wie möglich von ihr weg.

»Am Telefon haben Sie Andeutungen gemacht, dass es um Finja geht.« Keine Frage, nur eine Feststellung.

Thal rückte auf seinem Sessel nach vorne. »Stimmt. Der Name Ihrer Tochter tauchte bei den Ermittlungen im Mordfall Löscher auf.«

Inga Lohbeck lachte auf, was einen Hustenanfall auslöste. Als sie sich wieder beruhigt hatte, nahm sie noch einen Zug und drückte die erst halb gerauchte Zigarette in einem Aschenbecher aus Kristallglas aus, der von Kippen beinahe überquoll, die alle bis zum letzten Filter aufgeraucht waren.

»Ich sollte endlich damit aufhören.« Es klang resigniert.

»Der Name Ihrer Tochter steht auf einer Liste von Kindern mit vermeintlichen Impfschäden.«

»Was soll das heißen?« Inga Lohbecks Stimme hatte an Lautstärke gewonnen, klang aber immer noch niedergeschlagen.

»Finjas Krankheit kam eindeutig von der Impfung.« Sie kramte eine weitere Zigarette aus der Packung und entzündete sie auf die gleiche Weise.

»Und der Arzt, dieses Schwein, hat das nicht erkannt.«

»Welcher Arzt?«, fragte Thal.

Wieder lachte Frau Lohbeck auf, diesmal blieb sie aber vom Husten verschont. »Na, wer wohl. Dr. Lennart Löscher,

112

das selbstgefälligste Arschloch, dem ich jemals begegnet bin. Ich bin sicher, dass keine Mutter dieser Stadt ihm eine Träne nachweint.«

Bettina beugte sich trotz des Rauchs, der ihr in den Augen brannte, nach vorne, sie wollte die Aufmerksamkeit der Frau gewinnen. Sie hoffte, dass sie einer werdenden Mutter vertraute.

»Erzählen Sie uns bitte genau, was passiert ist.«

Inga Lohbeck schloss für eine Sekunde die Augen. Nach einem weiteren Zug an der Zigarette begann sie zu erzählen.

»Finja wurde geimpft, so wie es die Ärzte eben immer vorschlagen, damit sie sich ihre Prämie bei den Pharmakonzernen abholen können. Schon am nächsten Tag hatte sie hohes Fieber. Ich rief Löscher an, und was machte dieser Idiot?«

Sie starrte Bettina an, als erwartete sie von ihr die Antwort, die sie nach zwei Zügen an der Zigarette selber gab.

»Verordnet Paracetamol-Zäpfchen. Ein Wahnsinn!«

Bettina verzichtete auf die Frage, warum die Medizin schlecht für das Mädchen gewesen sein sollte, sondern nickte der Mutter nur aufmunternd zu.

»In den nächsten Tagen wurde es immer schlimmer. Zuerst konnte Finja den Blickkontakt mit uns nicht mehr halten, ihre Augen irrten umher. Nach ein paar Tagen starrte sie nur noch auf Lichtquellen und am Ende war sie überhaupt nicht mehr ansprechbar.«

Sie fuhr sich mit der rechten Hand durch die Haare, die Zigarette zwischen Zeige- und Mittelfinger geklemmt. Asche fiel herunter und verfing sich in einer Strähne oberhalb des Ohrs. Bettina widerstand dem Impuls, sie zu entfernen.

»Finja war vollständig apathisch, reagierte auf gar nichts mehr.«

»Sind Sie mit ihr noch mal zum Arzt gegangen?«

»Natürlich, was denken Sie denn? Löscher tippte auf eine Stoffwechselstörung, das würde sich schon wieder geben.«

»Aber es wurde nicht besser?«

Inga Lohbeck schüttelte den Kopf.

»Im Gegenteil. Aber erst zwei Monate später wurde endlich in der Kinderklinik ein MRT gemacht und dann dauerte es noch einmal Wochen, bis wir die Diagnose bekamen.«

Sie schloss die Augen, als könnte sie sich damit vor den Bilder der Vergangenheit schützen.

»Akute demyelinisierende Enzephalomyelitis.«

Sie spuckte die Worte ohne Stocken aus. Wie oft sie diesen Zungenbrecher wohl schon benutzt hatte, um ihn derart schnell und fehlerfrei über die Lippen zu bringen?

»Aber auch das war eine Lüge!«

»Wie kommen Sie darauf?«

Thals Frage brachte Inga Lohbeck für einen Moment aus dem Konzept. Bettina schaute ihn verärgert an, die Befragung lief doch gut, warum musste er sich einmischen. Zum Glück verschloss sich Finjas Mutter nicht.

»Wir wissen längst, was wirklich passiert ist. Finja wurde vergiftet.«

»Haben Sie dafür Beweise?«

»Natürlich, Herr Kriminalkommissar!«

Der Satz war verpestet. Bettina wusste, dass sie das Gespräch wieder an sich ziehen musste.

»Wie haben Sie die Vergiftung Ihrer Tochter festgestellt?«

Inga Lohbeck drehte den Oberkörper so weit sie konnte in Bettinas Richtung. Thal war von nun an nicht mehr Teil des Gesprächs. »Wir haben eine Haaranalyse machen lassen. Finja hatte eine deutliche Anreicherung von Quecksilber.«

»Und das ist eine Folge der Impfung?«

»Natürlich!«

Inga Lohbeck schien überrascht, dass Bettina diese Tatsache neu zu sein schien. »Quecksilber ist noch immer Bestandteil des Impfstoffs. Natürlich völlig ungefährlich ...« Sie lachte wieder auf. »Aber zum Glück gibt es alternative Heilmethoden.«

»Finja wird behandelt?«

»Selbstverständlich. Wir tun alles für unsere Tochter!«

»Wo ist Finja jetzt?«

»In einer Gruppe.«

Bettina spürte, dass Inga Lohbeck sich verschloss, fragte aber trotzdem nach Finjas genauem Aufenthaltsort.

»Das geht Sie nichts an«, giftete die Mutter. »Wir wollen nicht, dass der Fall an die Öffentlichkeit gezerrt wird. Es war schon schlimm genug, als ihr Name auf der Internetseite dieser Impfwächter stand. Wir hatten keine ruhige Minute mehr. Ständig bedrängte man uns. Auch Löscher rief mitten in der Nacht an, sein Vater drohte uns mit einer Anzeige. Furchtbar!«

Sie rieb sich mit den Handballen die Schläfen, eine rührende Geste, die Bettina fast die Tränen in die Augen trieb. Sie hatte in letzter Zeit zu nahe am Wasser gebaut. Oder war es der Zigarettenrauch? Sie blinzelte und sah aus den Augenwinkeln, dass Thal ein Buch vom Tisch genommen hatte. Er zog ein Stück Papier zwischen den Seiten hervor und steckte es in die Jackentasche, ohne dass Inga Lohbeck das bemerkt hatte. Vorsichtig legte er das Buch zurück und räusperte sich.

»Wir müssen Sie das fragen, Frau Lohbeck. Wo waren Sie vorgestern Nacht?«

»Als Löscher ermordet wurde?«

Thal nickte.

»Zu Hause. Mit meinem Mann.«

»Um Sie zu entlasten, würde ich gerne eine Speichelprobe von Ihnen nehmen.«

Thal zog ein Teströhrchen aus der Innentasche des Jacketts und grinste Bettina an, die ihm anerkennend zunickte. Er überraschte sie manchmal immer noch.

»Darf ich?«

Inga Lohbeck zögerte einen Moment, ehe sie den Kopf in den Nacken legte und den Mund öffnete.

»Sauerstoff!« Bettina atmete theatralisch ein. »Ich dachte schon, ich bekomme eine Rauchvergiftung.«

»Mich hat eher die vergiftete Atmosphäre gestört.«

Bettina verstand nicht, was er damit meinte, bevor sie nachfragen konnte, sagte er: »Zu viel Geheimniskrämerei für meinen Geschmack. Warum machen sie aus dem Aufenthaltsort des Mädchens so ein Geheimnis?«

Er zog das Papier aus der Tasche, das er aus dem Buch gezogen hatte. Jetzt erkannte Bettina, dass es sich um eine Visitenkarte handelte. Sie drehte den Kopf zur Seite und entzifferte den Namen.

›Eva-Maria Engl. Heilpraktikerin‹.

Zweiundzwanzig

Dritter Tag. Zehn Uhr vierzig

Bettina war hart im Nehmen, das musste er ihr lassen. Sie hatte darauf bestanden, dass sie den Weg von den Hofgärten am Seerhein in die Niederburg zu Fuß gingen. Zugegeben, es hätte keinen Zweck gehabt, mit dem Auto zu fahren, denn einen Parkplatz hätten sie bestimmt nicht gefunden.

»Ein Spaziergang tut mir gut nach dieser Räucherkammer«, hatte sie gesagt, war allerdings nach kurzer Zeit schon leicht kurzatmig. Thal hatte das Tempo verlangsamt, war gelegentlich sogar stehen geblieben und hatte mit geheucheltem Interesse eine Speisekarte studiert oder Paddlern auf dem Rhein nachgesehen. In einer dieser Pausen stellte sie die Frage, die ihn beschäftigte, seit sie Inga Lohbeck verlassen hatten.

»Glaubst du, dass die Frau zu einer solchen Tat fähig ist?«

Nein, das glaubte er nicht, er konnte es sich nicht einmal vorstellen.

»Allerdings hat sie uns etwas verschwiegen, da bin ich mir sicher.«

Sie schlenderten hundert Meter weiter die Steigung der Fußgängerbrücke hinauf. Thal lehnte sich oben an das Geländer und deutete Richtung Untersee. »Man sollte mal wieder aufs Boot gehen.«

»Nicht man, sondern du.« Bettina lachte. »Madlaina würde sich freuen.«

Sie stellte sich neben ihn und hielt das Gesicht in die Sonne.

»Auf jeden Fall sind wir ein Stück weitergekommen. Zwischen Löscher und den Impfgegnern gab es eine tiefe Feindschaft. Damit hätten wir ein starkes Motiv für die Tat und Madlainas Theorie von der Leiche als Mahnmal würde auch dazu passen.«

Bettina stieß sich vom Geländer ab und ging weiter. Thal hielt sich immer einen halben Meter hinter ihr und ließ sie das Tempo bestimmen, so kamen sie ohne weitere Pause in die Konradigasse. Die Praxis lag in einem der für die Niederburg typischen, kleinen Häuser. Neben dem Eingang ein im Verhältnis dazu viel zu großes Messingschild. ›Eva-Maria Engl. Heilpraktikerin. Praxis für Homöopathie und Naturheilkunde. Termine nach Vereinbarung‹.

Sie hatten ihr Kommen telefonisch angekündigt, auf ihr Läuten öffnete allerdings ein höchstens zwanzig Jahre alter Mann.

»Frau Engl ist leider noch in einer Behandlung.«

Er führte sie ins Wartezimmer. Fünf Stühle, ein Zeitungsständer, abstrakte Gemälde an der Wand. Der Raum wirkte trotz der sparsamen Möblierung beengt, die Decke war niedriger als üblich, die dunklen Holzbohlen auf dem Fußboden taten ihr Übriges. Thal blätterte die Zeitschriften im Ständer durch. Mehrere Ausgaben von ›Globuli – Magazin für Patienten und Freunde der Homöopathie‹, dazu ein paar ›Geo‹-Hefte und zwei ›Merian‹-Reiseführer, einer über den Bodensee und einer über Schottland. Bettina öffnete die Tür in die Diele.

»Ist das stickig hier drin«, sagte sie und fächerte sich mit einer der Zeitschriften Luft ins Gesicht. Eine Tür wurde geöffnet, Thal spähte in den Flur. Ein großer, dünner Mann kam aus einem der Zimmer. Er trug eine seltsame Kluft, die der eines Zimmermanns auf Wanderschaft ähnelte, war aber nicht schwarz, sondern braun. Der Hut hatte allerdings die gleiche, breite Krempe. Der Mann wandte kurz den Kopf nach hinten. »Wir sehen uns morgen!«, sagte er und ging mit ausholenden Schritten Richtung Ausgang.

Aus dem Raum, den der Typ in der eigenartigen Tracht verlassen hatte, kam eine große, schlanke Frau.

»Tut mir leid, dass Sie warten mussten, aber das war ein Notfall.«

Sie begrüßte erst Bettina und dann Thal mit Handschlag.

»Engl. Grüß Gott!«

Thal konnte sich ein Schmunzeln nicht verkneifen.

»Kommen Sie«, sagte die Frau und führte sie in den gegenüberliegenden Raum. Thal schätzte sie auf Mitte dreißig. Er hatte ein Kräuterweiblein erwartet, aber die Heilpraktikerin war alles andere als das. Ihr dunkles Haar hatte sie zu einem Pferdeschwanz gebunden, sie trug ein leichtes Sommerkleid mit großen Mohnblumen.

Das Sprechzimmer war etwa gleich groß wie das Wartezimmer, hatte ebenfalls eine tief hängende Decke, allerdings war der Raum dank eines großen Fensters wesentlich heller. Eva-Maria Engl umrundete den Schreibtisch und nahm auf einem dieser Gesundheitshocker Platz, die angeblich die Wirbelsäule entlasten, während Berg und Thal sich auf bequeme Schwingstühle setzten.

»Ich nehme nicht an, dass Sie wegen eines medizinischen Problems zu mir gekommen sind.«

Engls Stimme stand in einem wohltuenden Gegensatz zu der von Inga Lohbeck. Klar, fest und sympathisch. ›Vertrauen erweckend‹ war der erste Begriff, der Thal in den Sinn kam. Er entschloss sich, mit der Tür ins Haus zu fallen.

»Kennen Sie ein Mädchen namens Finja Lohbeck?«

Die Heilpraktikerin zögerte eine Sekunde.

»Natürlich. Sie ist meine Patientin.«

»Was fehlt ihr denn?«

Engl lächelte Thal bestimmt, aber gewinnend an.

»Sie wissen, dass ich Ihnen das nicht sagen kann. Diese Information fällt eindeutig unter meine Schweigepflicht.«

Thal hatte keinen blassen Schimmer, ob das ärztliche Zeugnisverweigerungsrecht auch für Heilpraktiker galt, aber er entschloss sich, in die Offensive zu gehen.

»Sie wissen, dass Sie sich darauf nicht berufen können.«

Ein kurzes Zucken von Engls Mundwinkel verriet, dass er ins Schwarze getroffen hatte.

»Worum auch immer es geht«, sagte sie mit leicht erhöhter Stimme, »bringen Sie die Sache vor Gericht und ich sage aus. Hier und jetzt werden Sie mich nicht dazu bewegen.«

Thal stand kurz davor loszupoltern, aber Bettina ging dazwischen.

»Inga Lohbeck, die Mutter, hat uns erzählt, dass Sie die kleine Finja behandeln, weil sie aufgrund eines Impfschadens erkrankte.« Sie streichelte über ihren Bauch. »Ich stehe ja selbst gerade vor der Frage ...«

»Impfen ist Mord. Und wenn nicht das, dann wenigstens Totschlag. Und wenn nicht das, dann Körperverletzung.«

Thal hatte das Gefühl, diesen Spruch schon einmal gehört zu haben und wollte danach fragen, aber Eva-Maria Engl war noch nicht fertig.

»Sie müssen selber wissen, was Sie tun. Meine Kollegen und ich sind später die Reparaturbetriebe, die alles wieder in Ordnung bringen sollen.« Sie schnaufte auf, als hätte sie eine körperliche Anstrengung hinter sich.

Thal wollte sich noch nicht geschlagen geben.

»Wo ist Finja Lohbeck jetzt?«

»Fragen Sie die Eltern.«

Die Heilpraktikerin verschränkte die Arme vor der Brust.

»Wissen Sie denn, wo sie sich aufhält?«, probierte Thal es noch ein Mal.

»Das spielt keine Rolle!«

Engl stand auf und wie auf Kommando erschien der junge Mann in der Tür, der sie hereingelassen hatte.

»Louis, bitte führe die Herrschaften heraus.«

Dreiundzwanzig

Dritter Tag. Zwölf Uhr zehn

So langsam nervte Thal. Als sie die Praxis der Heilpraktikerin verließen, bestand er darauf, dass sie nicht zu Fuß ins Präsidium gehen konnten. Zugegeben, sie war etwas verschwitzt und ja, sie geriet inzwischen schnell außer Atem, aber bis ein Kollege mit dem Auto in der Niederburg eintreffen würde, wären sie längst im Büro. Es kostete sie alle Überredungskunst, ihn davon abzuhalten, Stephanie Bohlmann mit einem Wagen herzubeordern. Mindestens vier Mal hatte sie ihren Standardspruch aufgesagt, sie sei nicht krank, sondern nur schwanger, von dem sie wusste, wie sehr er Alexander nervte. Schließlich stapfte er, seinem Missmut schweigend Ausdruck verleihend, hinter ihr her.

Im Befragungsraum des Präsidiums warteten bereits Marion und Waldemar Löscher samt seinem Anwalt. Berg und Thal hatten die beiden fast vergessen, zu sehr beschäftigten sie die Gespräche mit Inga Lohbeck und Eva-Maria Engl. Quandt hatte den Dreien Kaffee und Gebäck hingestellt, von dem sie allerdings nichts angerührt hatten. Als Bettina vor Thal den Raum betrat, hatte sie das Gefühl, in einen eisigen Sturm geraten zu sein. Marion Löscher wirkte wie immer abwesend, als stünde sie unter Drogen, dafür war ihr Schwiegervater umso kampfeslustiger. Er versuchte sofort, in die Offensive zu gehen, als Thal nach den Erträgen der Praxis seines Sohnes fragte.

»Ich weiß nicht, was Sie die wirtschaftliche Lage der Praxis angeht«, blaffte er und wehrte den Versuch seines Anwalts, ihn zu beruhigen, mit einer barschen Geste ab.

»Nun ja«, versuchte Bettina die Situation zu entspannen, in dem sie möglichst ruhig und freundlich reagierte. »Wie wir das sehen, war Ihr Sohn nahezu pleite.«

Marion Löscher, die bisher auf die Tischplatte gestiert hatte, hob ruckartig den Kopf, als wäre das Stichwort gefallen, mit dem sie ein Hypnotiseur aus der Trance holte. »Quatsch! Lennart hatte immer Geld. Seit ich ihn kenne.«

»Halt den Mund, Schlampe!«

Bettina erschrak bei Waldemar Löschers Ausbruch. Er selbst merkte auch sofort, was ihm da herausgerutscht war. Er entschuldigte sich mit der Trauer um seinen Sohn, da könnte man schon mal die Nerven verlieren.

»Zumal Sie anscheinend jetzt sogar versuchen, ihn in ein schlechtes Licht zu stellen.«

Thal grinste den alten Löscher an, als freute er sich über seine emotionale Entgleisung.

»Wir wissen, dass Ihr Sohn in finanziellen Schwierigkeiten war. Sie beide haben ihm häufig mit hohen Geldbeträgen ausgeholfen.«

Marion Löscher lachte so herzhaft auf, wie Bettina es ihr gar nicht zugetraut hätte.

»Das ist lächerlich. Ich habe kein Geld. Keinen Cent. Ich musste jedes Mal betteln, wenn ich mir nur ein paar Schuhe kaufen wollte.«

»Für die tägliche Ration Champagner und eine halbe Flasche Grappa der edelsten Sorte hat es aber immer gereicht«, zischte Waldemar Löscher und diesmal entschuldigte er sich nicht.

»Ja, Alkohol war immer genug da, dafür hat der liebe Lennart gesorgt.«

Bettina fand, dass die Sticheleien sie nicht weiterbrachten, auch wenn Thal ihnen fasziniert zu folgen schien.

»Sie bestreiten also, Einzahlungen auf das Konto Ihres Sohnes beziehungsweise Ihres Ehemanns getätigt zu haben?«

»Ganz entschieden!«, antwortete der Senior, während seine Schwiegertochter nur stumm nickte.

»Wenn es keinen unbekannten Spender gab, hat Ihr Sohn das Geld also selbst aus Barmitteln eingezahlt. Hat er sich vielleicht sein Engagement für die Impfpflicht von der Pharmaindustrie vergolden lassen?«

Bettina hatte diese Behauptung wie einen Dartpfeil quasi aus dem Handgelenk geschossen. Und das mitten ins Schwarze, denn Waldemar Löscher sprang von seinem Stuhl auf und brüllte mit puterrotem Kopf: »Was für eine unverschämte Unterstellung! Mein Sohn war der integerste Mediziner, den es am Bodensee gab!«

»Wie erklären Sie sich dann diese Liste?«

Thal schob Löscher die Auflistung der Anabolika zu. Er warf einen Blick darauf. »Was soll das sein?«

Ehe Thal antworten konnte, klopfte es an die Tür. Quandt kam herein und stellte sich neben Bettina. Er hatte die Befragung im Nebenraum verfolgt.

»Ich denke, Sie wissen ganz genau, um was es sich bei diesen Medikamenten handelt, Herr Doktor Löscher.«

Thal betonte den Doktortitel süffisant.

»Auch zu Ihrer Zeit wurde bereits gedopt.«

»Apropos Doping«, fiel Quandt ein, bevor Löscher etwas erwidern konnte. »Ich habe mich in Konstanzer Fitnessstudios umgehört. Es gibt hier einen Anabolika-Dealer mit dem Spitznamen Doktor. Könnte das Ihr Sohn gewesen sein?«

»Sind Sie wahnsinnig?« Der alte Löscher schlug mit der Faust auf den Tisch, während seine Schwiegertochter apathisch ins Leere starrte. »Das müssen wir uns nicht länger bieten lassen.«

Er zog Marion Löscher vom Stuhl und zerrte sie Richtung Tür. »Sie können mich hier nicht festhalten.«

»Das haben wir auch gar nicht vor«, sagte Bettina und zuckte zusammen, als die Tür krachend hinter den beiden Löschers und dem Anwalt ins Schloss fiel.

Es dauerte zwei Sekunden, bis sich die Spannung im Gelächter der drei Ermittler löste. Als sie sich wieder beruhigt hatten, fragte Thal, ob Quandt die Information über den Dealer für belastbar hielt.

»Ziemlich. Ich habe Löschers Bild in ein paar Studios rumgezeigt, zwei Zeugen haben ausgesagt, dass er sich häufiger dort aufgehalten hat.«

»Nach einem Bodybuilder sah er aber wirklich nicht aus«, sagte Bettina.

»Konkreter werden wir es allerdings kaum bekommen«, ergänzte Quandt. »Die Szene ist verschwiegen, Plaudertaschen findet man selten.«

Erneut klopfte es an der Tür. Stephanie Bohlmann steckte den Kopf in den Raum.

»Anruf in der Zentrale. Es gibt noch mehr Arbeit.«

Vierundzwanzig

Dritter Tag. Dreizehn Uhr fünf.

Das Boot der Wasserschutzpolizei schwankte leicht, als es sich in langsamer Fahrt der Mainau näherte. Thal war froh, Bettina im Präsidium gelassen zu haben, womöglich wäre sie noch seekrank geworden. Ohnehin war eine Wasserleiche kein Anblick für eine Hochschwangere. Sie sollte lieber mit Stephanie die Stellung halten, außerdem hatte er in der letzten Zeit viel zu selten direkt mit Quandt zusammengearbeitet. Sie hatten sich angewöhnt, in gemischten Doppeln aufzutreten, aber jetzt tat es gut, einen Mann neben sich stehen zu haben.

Die Bucht am nordwestlichen Ufer der Mainau war beliebt bei Seglern und Motorbootfahrern. Das Wasser war niedrig und warm, außerdem lag man geschützt und das Ufer und die Insel bildeten eine schöne Szenerie. Auch jetzt ankerten hier mehr als eine Handvoll Boote, deren Besatzungen die Bergung der Leiche aufgeregt beobachteten. Ihre Stimmen wurden über das Wasser getragen und waren auf dem Wapo-Boot als auf- und abschwellendes Gemurmel zu hören, das einen Eindruck davon vermittelte, wie aufgeregt man die Szene kommentierte.

Etwa dreißig Meter vom Polizeiboot entfernt trieb ein Frauenkörper mit dem Rücken nach oben im Wasser. Ihre blonden Haare bildeten einen Kranz um den Kopf, in der Kleidung hatten sich einige Schilfreste und Algen verfangen. Vorsichtig drehten die Taucher die Leiche um. Die Haut war bläulich verfärbt und an einigen Stellen gerissen. Blutgefäße traten ähnlich Krampfadern deutlich am Hals hervor. Die Lippen waren aufgeplatzt, der Kiefer sah aus, als wäre er ausgerenkt worden.

Die Frau trug einen engen Lederrock, einen roten Tanga und an den Beinen zerrissene, halterlose Strümpfe. Sonst nichts, ihr Oberkörper war nackt. Als die Taucher die Frau vorsichtig umdrehten, sah man ihre großen Brüste, auf denen ebenfalls die Adern deutlich hervortraten, wie nahezu kreisrunde Inseln, die aus dem Wasser ragen. Thal empfand den Anblick als seltsam obszön und schaute zur Seite, als Taucher die Leiche näher an das Boot bugsierten. Nach ein paar Minuten war es so weit und Tatortermittler hoben sie vorsichtig hinein. Von Litzelstetten näherte sich mit lautem Motorengeräusch ein Boot mit deutlich überhöhter Geschwindigkeit. Quandt schirmte die Augen gegen die Sonne ab.

»Restle«, sagte er verwundert. Als das Schnellboot seitlich am Wapo-Schiff festgemacht hatte, reichte Thal dem Rechtsmediziner die Hand und half ihm an Bord.

»Dass ihr hier immer am Wochenende Leichen finden müsst. Eigentlich habe ich mir meine Ferienwohnung am Bodensee gekauft, damit ich in Ruhe meine Freizeit genießen kann.«

Ohne ein weiteres Wort beugte er sich über die Frauenleiche. Thal wusste, dass man ihn in Ruhe lassen musste, und so vergingen einige Minuten, bis Restle Thal zu sich winkte.

»Ohne mich zu weit aus dem Fenster zu lehnen, kann ich sagen: Die Frau weist mehrere Messerstiche auf, und zwar auf dem Rücken und auf Brust und Bauch.« Er zeigte mit einem Finger auf die Einstichstellen und zählte sie. Es waren sieben.

»Das sieht nach einer Übertötung aus, oder?«, fragte Quandt, der neben die beiden getreten war.

»Könnte man so sagen«, antwortete Restle wortkarg.

»Das spricht für eine Tat im Affekt«, sagte Thal mehr zu sich selbst als zu den anderen. Ihn bewegte vor allem ein anderer Gedanke.

»Eine zweite Leiche auf oder vor der Mainau, es würde mich sehr wundern, wenn es da keinen Zusammenhang gäbe.«

Restle erhob sich aus der Hocke, in der er die Tote inspiziert hatte.

»Die gräfliche Familie ist ganz sicher nicht erfreut über diese Form der Publicity. Ich sehe schon die Schlagzeile von der Mordinsel vor mir.«

Thal schaute zur Mainau herüber und glaubte fast, den Pressesprecher am Ufer auf und ab hüpfen zu sehen. Er schüttelte den Kopf, als handelte es sich um ein Trugbild, das er nur zu verscheuchen brauchte.

»Ich weiß, dass es viel zu früh ist, Doktor, aber ...«

Restle reagierte gelassener, als Thal es erwartet hatte.

»Bei einer Wasserleiche ist der Todeszeitpunkt schwer zu bestimmen, aber die – wenn mir die Bemerkung gestattet ist – äußerst ansehnliche Dame hier dürfte nicht länger als zwei, maximal drei Tage im Wasser gelegen haben.«

»Das passt«, murmelte Thal und Restle schaute ihn fragend an. »Zum anderen Mord?«

Thal zuckte die Schultern.

Der Mediziner beugte sich noch einmal nach unten.

»Da ist noch etwas, das Sie interessieren wird.«

Er drehte die Leiche vorsichtig auf die Seite und führte eine Hand mit leichtem Druck über die nackte Haut.

»Wir haben Leichenflecken am Rücken und am Gesäß, die wegstreichbar sind. Im Wasser können die nicht entstanden sein, der tote Körper muss also zunächst am Boden gelegen haben und das für etwa drei bis vier Stunden.«

Er ließ die Leiche wieder in Rückenlage gleiten.

»Und jetzt so schnell wie möglich nach Freiburg mit der Dame.«

Thal nahm Quandt zur Seite. »Du fährst mit Stephanie zur Obduktion, ich werde hier am Tatort schon alleine fertig.«

Während die Tote in ein Transportbehältnis gelegt wurde, stieg Thal in ein kleines Beiboot, das ihn ans Ufer brachte. Vier Tatortermittler waren damit beschäftigt, den Uferbereich in der Nähe des Leichenfundortes Zentimeter für Zentimeter abzusuchen. Anscheinend waren sie fündig geworden, denn Grendel schwenkte eine Handtasche. Er öffnete sie und zog eine Brieftasche heraus.

»Heute ist unser Glückstag«, rief er Thal zu und hielt einen Personalausweis und eine visitenkartengroße Karteikarte mit einer Telefonnummer in die Höhe.

»Melanie Brandt«, sagte er und gab das durchweichte Stück Pappe an Thal, der sofort die darauf handschriftlich notierte Nummer wählte. Es meldete sich niemand, nicht einmal eine Mailbox.

»Wer hat die Frau gefunden?«, fragte Thal.

Grendel deutete auf eine Frau, die auf einem Baumstumpf am Ufer hockte. Es handelte sich um eine typische Mainau-Besucherin: jenseits der sechzig, in ebenso unauffälliger wie hässlicher Freizeitbekleidung.

»Die Frau ist mit einer Busreise aus dem Allgäu gekommen, wo sie in Kur ist«, erklärte Grendel. »Eine Befragung kannst du dir sparen, sie steht derart unter Schock, von der erfährst du heute nichts Brauchbares mehr.«

Thal schaute sich um und sah, dass Restle in das Schnellboot stieg, um sich ans Ufer bringen zu lassen. Wie aus heiterem Himmel hatte er eine Idee, zog das Smartphone heraus und rief den Rechtsmediziner an. Er sah, wie der Doktor das Handy aus der Tasche zog, erst aufs Display schaute und dann verwirrt in Richtung Mainau blickte. Thal winkte ihm zu. Erst nach einigen Sekunden begriff Restle, dass der Kommissar ihm tatsächlich etwas mitteilen wollte, und nahm das Gespräch an. Am Ende reckte er den Daumen. Anscheinend hatte Thals Gedankenblitz ihn überzeugt.

Fünfundzwanzig

Dritter Tag. Vierzehn Uhr dreißig

Bettina war fast erleichtert, dass Schober wieder zu alter Form auflief und kein gutes Haar an der Arbeit des Kommissariats ließ. Sie hatte sich schon Sorgen gemacht, ob die weichgespülte, verständnisvolle Art der letzten Tage auf eine Krankheit oder andere persönliche Tragödie hindeutete. Jetzt giftete er in altbekannter Manier und kritisierte Thal dafür, dass Madlaina bereits Teil des Teams war und in die Ermittlungsergebnisse einbezogen wurde, ohne dass er seine Zustimmung gegeben hatte.

»Wo kommen wir denn hin, wenn hier Hinz und Kunz rumlaufen und sich in die Ermittlungen einmischen.«

In Thal kochte es sichtlich, aber er schluckte die Erwiderung herunter, die ihm ohne Zweifel auf der Zunge lag. Stattdessen argumentierte er so ruhig und sachlich wie möglich.

»Wir arbeiten hier seit Monaten am Limit. Jetzt haben wir eine zweite Leiche und das heißt erst recht: Ohne Verstärkung schaffen wir das nicht.«

Schober war längst nicht besänftigt.

»Wenn Ihnen das zu viel wird, kann ich die Wasserleiche auch gerne dem KK 2 übergeben.«

Er schaute Thal herausfordernd an, mit dessen Gemütsruhe es nicht mehr so gut bestellt war.

»Das ist nicht Ihr Ernst! Die beiden Fälle hängen zusammen, die kann man nicht auseinanderdividieren.«

»Dafür gibt es nicht den geringsten Beweis.«

Bettina schmunzelte, denn Schober klang auf einmal deutlich vorsichtiger. Er spürte, dass er sich auf dünnes Eis begab und Thal ließ jetzt nicht mehr locker.

»Es widerspricht jeder Logik, dass innerhalb kürzester Zeit, möglicherweise sogar fast zeitgleich zwei Morde auf der Mainau passieren und diese Taten nichts miteinander zu tun haben. Insofern ...«

»Mainau ist ein gutes Stichwort«, fuhr Schober dazwischen. »Mein Telefon steht nicht mehr still, seit die Wasserleiche entdeckt wurde. Der Pressesprecher, dieser Abendroth, liegt mir minütlich in den Ohren, dass wir die Ermittlungen so diskret wie möglich führen sollten. Selbst die Gräfin hat mich schon angerufen und inständig gebeten, ihnen nicht das Geschäft zu verderben.«

Die Gräfin, dachte Bettina. Als spielten sie eine Rolle in einem Rosamunde-Pilcher-Roman. Sie hatte die Mainau-Chefin vor längerer Zeit mal im Fernsehen gesehen und hielt sie eher für eine taffe Managerin als eine blaublütige Dame. Aber dass der Imam vor Ehrfurcht fast im Boden versank, wenn ›die Gräfin‹ anrief, verstand sich von selbst. Thal wusste, dass er den Kriminaldirektor genau an dieser Stelle packen konnte.

»Wenn Sie das nächste Mal mit der Gräfin sprechen, können Sie ihr versichern, dass wir alles in unserer Macht Stehende tun, damit der Betrieb auf der Mainau nicht gestört wird.«

Er machte eine kurze Pause.

»Damit das klappt, brauchen wir aber mehr Leute!«

Vorsicht!, dachte Bettina, das könnte Schober auf falsche Gedanken bringen. »Nicht irgendwelche Leute, Alexander.«

Thal drehte sich erstaunt zu ihr um, bevor sie erklärend hinzusetzte. »Wir brauchen jemanden von Madlainas Format, Anfänger oder unmotivierte, alte Brummbären helfen uns nicht weiter.«

Über Thals Gesicht huschte ein Lächeln.

Madlaina, die auf einem Stuhl am Fenster saß, hatte sich während des gesamten Gesprächs zurückgehalten. Bettina schien es fast so, als beobachtete sie das Geplänkel zwischen Thal und Schober mit spöttischem Lächeln. Als ihr Name fiel, setzte sie einen unbeteiligten Gesichtsausdruck auf. Schober drehte sich zu ihr um.

»Stehen Sie überhaupt zur Verfügung, Frau Veicht?«

»Jederzeit, Herr Kriminaldirektor.«

Schober nickte stumm. Mehr Zustimmung durften sie in diesem Moment nicht von ihm erwarten. Er war es seiner Position schuldig, dass er noch einen Tag verstreichen ließ, bis er die offizielle Genehmigung erteilte, Madlaina an den Ermittlungen zu beteiligen. Bettina hatte aber keinen Zweifel mehr, dass es dazu käme.

»Wo stehen wir überhaupt?«, fragte Schober, unvermittelt zum Sachstand zurückkommend. »Was ist mit dem toten Kinderarzt?«

Thal lehnte sich zurück und strahlte vor Zufriedenheit. Er weiß auch, dass er gewonnen hat, dachte Bettina und hielt es für besser, selber den Ermittlungsstand zusammenzufassen, bei Thal klang es möglicherweise zu selbstgefällig.

»Lennart Löscher scheint in den Handel mit Anabolika und Dopingmitteln verstrickt gewesen zu sein. Anscheinend hat er mit den Gewinnen aus diesen Geschäften seinen aufwendigen Lebensstil außerhalb von Konstanz finanziert.«

»Und seinen Hang zu käuflichem Sex«, ergänzte Thal.

Auf einmal hatte Schober, der ansonsten ein großer Schwadroneur war, es eilig. Selten brachte er einen Sachverhalt so schnell auf den Punkt. »Es könnte also sein, dass er deshalb sterben musste.«

Zum ersten Mal mischte sich Madlaina ein.

»Das glaube ich nicht. Warum sollte ein Mörder aus der Bodybuilder-Szene dem Toten die Namen von Impf-Opfern in die Haut ritzen? Nein, da muss es einen anderen Zusammenhang geben.«

Anscheinend hatte Schober Spaß daran gefunden, immer wieder neue Hauptverdächtige aus dem Hut zu ziehen.

»Was ist mit der Mutter dieses Mädchens? Die hat doch ein erstklassiges Motiv, schließlich macht sie Löscher für den Tod ihrer Tochter verantwortlich.«

»Frau Lohbeck?«, mischte sich Bettina ein. »Ihr traue ich die Tat auf keinen Fall zu.«

Thal hatte das Wortgeplänkel amüsiert verfolgt, jetzt schüttelte er aber energisch den Kopf.

»So einfach finde ich das nicht, Bettina. Ich bin sicher, dass die Frau etwas vor uns verbirgt.«

»Möglich«, stimmte Bettina zu. »Mir ist auch diese Heilpraktikerin Engl suspekt. Ihr Umfeld sollten wir uns unbedingt genauer ansehen.«

Madlaina sprang von ihrem Stuhl auf. »Das können wir beide doch machen, Bettina. Ich könnte als deine Freundin auftreten, die dir zugeredet hat, dass du dich schon vor der Geburt um eine alternative, medizinische Betreuung für dein Kind kümmerst.«

»Ob sie euch das abnimmt?« Thal schien das für ausgeschlossen zu halten.

»Du glaubst gar nicht, was für grandiose Schauspielerinnen wir sind«, sagte Bettina und Madlaina ließ ihr tiefes Lachen hören.

In die einsetzende allgemeine Ausgelassenheit klingelte Thals Handy. Er meldete sich mit Namen und Dienstgrad, kannte also die auf dem Display angezeigte Nummer nicht.

»Wo sind Sie?« – »Gut!« – »Bleiben Sie dort, wir sind in zehn Minuten bei Ihnen.«

Sechsundzwanzig

Dritter Tag. Fünfzehn Uhr zehn

»Muss ich Ihnen wirklich meinen richtigen Namen sagen?«

Die höchsten zwanzig Jahre alte Frau schien im Boden versinken zu wollen, so sehr duckte sie ihren großen, fast knabenhaften Körper nach unten. Sie wirkte beinahe kindlich in ihrem kurzen, hellblauen Kleid und den dazu völlig unpassenden Sandalen. Bisher hatte sie nur ihren Künstlernamen Doreen verraten. Bettina fasste sie vorsichtig am Arm, als könnte sie ihr damit Halt geben. »Ja, das müssen Sie!«

Die Frau sackte noch ein paar Zentimeter mehr in sich zusammen.

»Köpke«, flüsterte sie. »Ramona Köpke.«

Sie hob den Kopf und schaute Thal aus geröteten Augen an. »Aber bitte verraten Sie mich nicht.«

»An wen?«, fragte Thal, obwohl er die Antwort kannte, und sie bestätigte seine Vermutung.

»An meine Eltern. Sie dürfen nie erfahren ...« Den Rest des Satzes schluckte sie herunter, als wäre nicht existent, was nicht ausgesprochen wurde.

Thal bat Ramona Köpke um ihren Personalausweis, den sie umständlich aus ihrer Handtasche nestelte und ihm mit zitternder Hand reichte. Nach einem Blick war er beruhigt, immerhin hatten sie es nicht mit einer Minderjährigen zu tun.

»Warum haben Sie Angst vor Ihren Eltern? Sie sind neunzehn Jahre, da dürfen Sie tun und lassen, was Sie wollen!«

»Aber meine Eltern denken, dass ich brav mein Studium durchziehe, nur dass ich das gar nicht will.«

»Und was wollen Sie wirklich?«, fragte Bettina. Thal wäre lieber gleich zur Sache gekommen, aber ihr schien etwas daran zu liegen, die junge Frau genauer kennenzulernen.

»Reisen, unterwegs sein, neue Menschen kennenlernen.«

»Und warum machen Sie das dann nicht?« Thal brummte die Frage genauso unfreundlich, wie sie gemeint war.

Ramona Köpke lachte hämisch auf.

»Was sind Sie denn für einer? Was glauben Sie, wie teuer so ein freies Leben ist?«

Obwohl Thal sich gar nicht auf eine philosophische Diskussion über den Zusammenhang von Freiheit und Reichtum einlassen wollte, nervte ihn die Konsumhaltung, die er immer häufiger bei jungen Menschen bemerkte, zu sehr, um den Mund zu halten.

»Reisen kostet nicht viel Geld.«

Die Frau machte eine abwertende Handbewegung.

»Allein das Flugticket nach Australien!«

»Fangen Sie doch mal kleiner an! Wie wäre es mit Italien? Das geht sogar per Anhalter!«

Thal sah Bettinas tadelnden Blick. In solchen Momenten merkte er, dass sie beide einer anderen Generation angehörten. Es war Zeit, zur Sache zu kommen.

»Warum haben Sie mich am Telefon sofort gefragt, ob es um Ihre Freundin Melanie Brandt geht?«

»Sie ist nicht meine Freundin.« Es klang patzig.

»Was ist sie dann?«

»Mein Buddy.«

»Wenn das englische Wort besser ist – meinetwegen.«

Thal merkte, dass er zu viel Gift versprühte, aber die Frau ging ihm auf die Nerven. Sie schüttelte heftig den Kopf.

»Nein, nein, so meine ich das nicht. Wir arbeiten bei der Agentur ...«

»Sie meinen die Escort-Agentur Constance, richtig?«, fragte Bettina dazwischen.

Ramona Köpke nickte ihr zu, sichtlich froh darüber, dass Bettina das Gespräch an sich gerissen hatte.

»Genau. Also wir arbeiten immer mit dem Buddy-Prinzip.«

»Das müssen Sie uns erklären.«

»Jede von uns bekommt einen Buddy zugeteilt. Die wechseln regelmäßig und in dieser Woche war Melanie – ihr Künstlername ist übrigens Yvette – mein Buddy.«

»Gut«, beeilte sich Bettina zu sagen, Thal begriff, dass er sich zurückhalten sollte. »Was bedeutete das konkret?«

»Wenn eine von uns einen Freier hatte, haben wir die andere informiert, wann und wo sie ihn trifft.«

Die junge Frau machte eine Pause und schaute zu Boden.

»Haben Sie den Buddy auch angerufen, wenn das Treffen mit dem Freier beendet war?«

Ramona Köpker nickte schweigend.

»Wann haben Sie das letzte Mal etwas von Melanie Brandt gehört?«

»Vorgestern am späten Nachmittag.«

»Sie hatte einen Freier?«

Wieder nickte Köpke stumm. Thal platzte der Kragen.

»Nun lassen Sie sich doch nicht alles aus der Nase ziehen. Wer war der Typ?«

»Ein Stammfreier«, flüsterte die Zeugin.

»Hat der Mann auch einen Namen?«

Bettina hüstelte, um Thals Blick zu erhaschen. Sie zog die Augenbrauen zusammen und schüttelte leicht den Kopf. ›Lass den Blödsinn!‹, sollte das heißen, so wird die Frau uns gar nichts sagen. Thal musste zugeben, dass sie recht hatte. Ramona Köpke schaute von Berg zu Thal und zurück, dann entschloss sie sich, ins Nichts zwischen den beiden Ermittlern zu sprechen.

»Ich weiß nicht, wie der Mann hieß, sie nannte ihn nur den Doktor. Er hatte sie auf die Mainau bestellt. Ich fand das komisch, schließlich war es schon nach fünf und irgendwann machen die da ja zu. Melanie meinte, es ginge um SIP, wenn Sie verstehen, was ich meine.« Sie schaute kurz fragend zu Bettina, die ihr aufmunternd zunickte. »Sex in Public.«

»Genau«, fuhr Ramona Köpke fort. »Für manche Männer ist es der Kick, wenn sie dabei beobachtet werden. Melanie sagte, es bestünde überhaupt keine Gefahr. Der Doktor war der absolut passive Typ, er ließ sich von ihr fesseln.«

Die junge Frau schluckte und Thal fürchtete, sie würde anfangen zu weinen, aber sie bekam sich wieder in den Griff.

»Ich wäre nie auf die Idee gekommen, dass der Mann gewalttätig werden könnte.«

»Wie funktioniert das mit dem Buddy-Prinzip genau?«, wollte Bettina wissen.

»Man ruft an, wenn der Termin zu Ende ist, damit die andere Bescheid weiß, dass alles in Ordnung ist.«

»Hat Ihre Kollegin Melanie angerufen?«

»Nein«, flüsterte Köpke.

»Und warum haben Sie dann nichts unternommen?«

Thals Frage kam zu laut und zu heftig, aber er war das Getue leid. Die Frau hatte sich auf einen gefährlichen Job eingelassen und die einfachsten Grundregeln zur Sicherheit missachtet.

Es kam, wie es kommen musste. Sie schluchzte und brach in Tränen aus.

»Meine Mutter hatte Geburtstag«, stammelte sie. »Ein großes Fest. Ich war zu Hause.« Weiter kam sie nicht. Bettina warf Thal einen vernichtenden Blick zu und nahm sie in den Arm. Die entscheidende Frage musste er aber noch stellen.

»Haben Sie den Doktor je getroffen?«

Die junge Escort-Dame wand sich aus Bettinas Umarmung und wischte sich die Tränen mit dem Handrücken ab.

»Nein. Leider, denn der Typ war echt großzügig. Er hatte ein paar Mädchen aus der Agentur und hat alle nach dem Date zum Essen eingeladen. Ganz fein, verstehen Sie? Als ich Melanie fragte, ob sie mich nicht mal mitnehmen könnte – wir haben manchmal als Doppel gearbeitet ...« Ein neuer Heulkrampf schüttelte sie und erstickte ihre Stimme.

»Was hat Melanie Ihnen geantwortet?«

Ramona Köpke holte einmal tief Luft.

»Sie hat gesagt, dass ich nicht sein Typ wäre.«

Siebenundzwanzig

Dritter Tag. Fünfzehn Uhr fünfzig

»Verdammt! Jetzt können wir noch mal bei null anfangen!«

Thal fluchte vor sich hin. Dieser Fall wurde von Tag zu Tag komplizierter. Immer, wenn sie glaubten, ein Mosaiksteinchen an die richtige Stelle gesetzt zu haben, zeigte sich eine riesige Lücke an einer anderen Stelle. Es war zum Heulen. Grendel war vor zwei Minuten mit dem Ergebnis des DNA-Schnelltests aus dem Labor gekommen. Der Speichel auf dem Kondom stammte von Melanie Brandt. Die Escort-Dame hatte Löscher oral befriedigt, bevor er mit Insulin vollgepumpt das Zeitliche segnete und sie selbst als Wasserleiche vor der Mainau endete. Eines war klar: Der Ablauf des Tatabends dürfte anders gewesen sein, als sie sich das bisher vorgestellt hatten. Schleppend und mit leiser Stimme memorierte Thal, was sie bisher wussten oder mit einiger Wahrscheinlichkeit vermuten konnten.

»Lennart Löscher bucht Melanie Brandt alias Yvette für ein Stelldichein im Schmetterlingshaus. Sie fesselt ihn an einen gusseisernen Stuhl und befriedigt ihn oral.«

»Safer Sex, zum Glück«, brummte Grendel. Thal verstand nicht, worauf der Techniker hinaus wollte und zuckte mit den Schultern.

»Hätte die Lady kein Kondom benutzt, hätten wir noch weniger Spuren«, sagte Grendel. Thal winkte genervt ab und fuhr mit seiner Zusammenfassung fort.

»Irgendwann kurz danach kommt eine dritte Person dazu, tötet vermutlich zuerst die Prostituierte, bevor er oder sie dem Doktor das Insulin in den Körper jagt. Anschließend ritzt er oder sie die Namen in die Haut, entfernt

141

die Fesseln, nimmt die Leiche von Melanie Brandt, schleppt sie zum Ufer und entsorgt sie im See.«

Madlaina, die eine Liter Flasche Coke Zero in kleinen Schlucken bereits fast zur Hälfte geleert hatte, klopfte mit der Hand auf die Tischplatte.

»Der Täter handelte absolut kaltblütig. Überlegt euch mal, wie lange er im Schmetterlingshaus mit seinen beiden Opfern alleine gewesen sein muss. Es gibt doch bestimmt nachts eine Security auf der Insel.«

Bettina griff nach ihrem Füllfederhalter und machte sich eine Notiz. Thal fragte sich, warum er diese altmodische Art, einen Gedanken festzuhalten, viel sympathischer fand als Quandts ständiges Rumgehacke auf seinem Tablet.

»Wie weit ist es eigentlich vom Schmetterlingshaus zum Seeufer?«, fragte Madlaina.

Grendel wiegte den Kopf hin und her. »Mindestens zweihundert Meter, wenn er den kürzesten Weg zum Ufer genommen hat. Eher mehr, würde ich sagen. Wir sind noch dabei, nach Schleifspuren zu suchen. Vielleicht hat er aber auch eine Karre benutzt, stehen ja genug für die Gärtner rum.«

Madlaina prüfte mit kritischem Blick den Inhalt ihrer Colaflasche, als müsste sie sich vergewissern, eine geforderte Menge getrunken zu haben, und schraubte die Flasche zu.

»Auf dem Weg zum Ufer bestand ständig die Gefahr, entdeckt zu werden. Der Typ hat entweder Nerven wie Drahtseile oder war sich seiner Sache absolut sicher.«

Sie machte eine kurze Pause. »Bevor ihr fragt: Ich bin absolut sicher, dass es ein Mann war.«

Bettina nickte. »Das glaube ich auch. Für meinen Geschmack hat er sich nur ein bisschen zu sicher gefühlt.

Warum soll er keine Komplizen auf der Insel gehabt haben?«

»Vielleicht war er selbst ein Wachmann.«

Thal war der Gedanke spontan gekommen und er sprach ihn unmittelbar aus. Im Grunde genommen hatte er laut gedacht, aber Bettina nahm erneut den Füller und notierte etwas.

»Das sind jetzt schon zwei Fragen, auf dich ich mal Antworten suchen werde.«

»Kann das nicht jemand anders machen?« Madlaina klang genervt.

»Ich finde, wir beide sollten uns um diese Heilpraktikerin kümmern. Was ihr von der Frau erzählt habt, macht mich richtig neugierig.«

Thal war zwar nicht wohl dabei, Madlaina und Bettina mit einer derart hanebüchenen Legende in eine Befragung gehen zu lassen. Andererseits gab es nur wenige Strohhalme, an denen sie sich derzeit festklammern konnten, um nicht im Sumpf totaler Unwissenheit zu versinken. Wer weiß, vielleicht kaufte Eva-Maria Engl den beiden die Geschichte von der Freundschaft und der Angst der Schwangeren vor der Schulmedizin ab, und sie erfuhren ein bisschen mehr über die kleine Finja, deren Name wie ein Menetekel auf der Haut des toten Kinderarztes stand. Seufzend griff Thal nach dem Notizblock. »Na gut, dann kümmere ich mich mal um diese Fragen.«

Madlaina strahlte ihn an, als hätte er ihr ein Geschenk gemacht. Sie drückte ihm einen Kuss auf die Wange. Als sie an der Tür war, rief Thal ihnen nach: »Aber passt auf euch auf!«

Achtundzwanzig

Dritter Tag. Sechzehn Uhr dreißig

Eva-Maria Engl verschränkte die Arme. Ihre Lippen waren aufeinandergepresst und eine Ader an ihrem Hals trat deutlich hervor. Bettina glaubte sogar, sie pulsieren zu sehen. Vor ihnen saß das personifizierte Misstrauen. Dabei hatte Madlaina eine richtig gute Show hingelegt. Sie hatten auf dem Weg zur Praxis der Heilpraktikerin noch einmal alles durchgesprochen. Madlaina sollte die Rolle der besorgten Freundin spielen, die der hochschwangeren Bettina klarzumachen versuchte, dass sie ihr Kind keinesfalls in die Hände der Schulmedizin geben darf. Sollte das alleine nicht reichen, hatten sie noch eine Steigerung in der Hinterhand.

»Weiß doch jeder, dass vor allem die Impferei für die Säuglinge die größte Bedrohung ist.«

War dieser Satz zu dick aufgetragen gewesen? Engls Sinne waren angespannt wie die eines Tieres, das gejagt wird. Sie traute den beiden Frauen nicht, Bettina war die Polizistin, die im Fall eines toten Arztes ermittelte, der eine ihrer Patientinnen auf dem Gewissen hatte. Kein Wunder, dass sie jedes Wort und jede Geste auf die Goldwaage legte. Wenn sie hier Erfolg haben wollten, mussten sie noch eine Schippe drauflegen. Bettina richtete sich kerzengerade in dem bequemen Stuhl auf und schaute die Heilpraktikerin direkt an. »Eigentlich hat mich meine Freundin längst überzeugt.« Sie machte eine Pause und blickte zu Madlaina. Hoffentlich macht sie jetzt keinen Fehler, dachte sie.

»Wenn ich deine Johanna so sehe ...«

144

Sie ließ offen, was dann passierte. Sie hatte ohnehin keine Ahnung, woher der Name auf einmal gekommen war. Sie kannte keine Johanna und irgendwie schien er ihr für Madlainas Tochter unpassend. Erfunden, wie er es ja auch in Wirklichkeit war. Madlaina war dreiundfünfzig, eine Tochter musste also über zehn Jahre alt sein. Nannte man Mädchen damals Johanna?

Engl schaute von einer zur anderen. Sie war hellwach, das stand fest. So einfach würden sie die Heilpraktikerin nicht überzeugen. Bettinas Gedanken rasten, wie könnte sie ihrer Behauptung Nachdruck verleihen?

Madlaina schlug die Beine übereinander.

»Johanna ist meine Tochter, Frau Engl. Ich spreche nicht gerne darüber.«

Sie zog ein Taschentuch heraus und schnäuzte sich.

»Sie ist gerade elf geworden. Manchmal denke ich, es wäre besser, sie wäre tot.«

Bettina richtete den Kopf nach unten und starrte auf einen kreisrunden Fleck auf dem Boden. Ziemlich starker Tobak, was Madlaina da zusammenfantasierte.

Eva-Maria Engl aber war auf einmal ganz Ohr. Sie drehte ihren Schreibtischstuhl in Madlainas Richtung. »Was fehlt Ihrer Tochter denn?«

Madlaina seufzte.

»Was ihr fehlt? Eigentlich alles. Sie ist mehrfach behindert, ihre Beine sind verkrüppelt, ihre Handgelenke stehen falsch und geistig ist sie auf dem Niveau einer Vierjährigen stehen geblieben.«

Bettina hatte Mühe, nicht dazwischenzugehen. Am liebsten hätte sie Madlaina gesagt, dass sie nicht so dick auftragen sollte. Vorsichtig hob sie den Kopf. Engl nickte.

»Sie glauben gar nicht, wie viele ähnliche Fälle mir in den letzten Jahren untergekommen sind. Die Ursachen sind vielfältig, es liegt keineswegs immer ein Impfschaden vor. Aber das Risiko ist immens. Und wenn es passiert ist, wird es vertuscht und die Eltern werden allein gelassen und gehen oft genug an der Situation zugrunde.«

Madlaina seufzte. Bevor sie etwas sagen konnte, ergriff Bettina das Wort.

»Sie engagieren sich in diesem Verein gegen das frühkindliche Impfen, richtig?«

Engl schien es schwerzufallen, sich von Madlaina ab- und Bettina zuzuwenden.

»Sie meinen die Impfwächter?«

Ohne Bettinas Antwort abzuwarten, redete sie weiter und fiel bald in einen belehrenden Ton. Wie ein Dozent, der es für unter seiner Würde hält, Erstsemester unterrichten zu müssen.

»Am wichtigsten ist die Aufklärung. Wir müssen den Eltern klarmachen, dass sie nicht auf die Ärzte hören dürfen, die nichts als willfährige Instrumente der Pharmakonzerne sind.«

»Sie meinen, die Kinderärzte lassen sich schmieren?« Bettina versuchte, so entrüstet wie möglich zu klingen.

»Mehr als das!« Engl lehnte sich zurück und musterte ihr Gegenüber eingehend. Bettina hatte das Gefühl, einer genauen Prüfung unterzogen zu werden. Nach ein paar Sekunden lächelte die Heilpraktikerin.

»Die Existenz der Ärzte hängt vom Wohlverhalten innerhalb des Systems ab. Wehe, sie treten aus der Reihe! Die wenigen Ärzte, die sich mit der Lobby angelegt haben, wurden schnell beseitigt.«

»Sie wollen doch nicht sagen ...«

Bettinas Entsetzen war halb gespielt und halb echt. Auf der einen Seite erkannte sie das typische Muster aller Verschwörungstheorien. Man stelle eine Behauptung ohne jeden Zweifel auf, dann wird sie sich verselbstständigen und irgendwann von vielen Leuten als bewiesene Tatsache angesehen werden. Je mehr Menschen die frei erfundene Behauptung für die Wahrheit halten, desto schwieriger wird es, sie wieder aus der Welt zu schaffen. Andererseits gab es so viele Meldungen über die üblen Praktiken der Pharmaindustrie … Bettina merkte, dass sie gerade selbst Opfer der Verschwörungstaktik wurde. Was waren Tatsachen? Was hatte sie nur von anderen gehört? Und wie vertrauenswürdig waren diese Gewährsleute? Sie musste sich eingestehen, dass sie im Grunde genommen keine Ahnung von diesem Thema hatte, weil ihr die Fakten fehlten.

Madlaina schien sich nicht so viele Gedanken zu machen, sie entwickelte ihre Legende weiter.

»Das Schlimmste ist, dass ich mir bald keinen Rat mehr weiß. Ich will der Kleinen ja die beste Pflege angedeihen lassen, aber ich kann mich unmöglich selbst den ganzen Tag um sie kümmern.«

Eva-Maria Engl schaltete wieder in den Modus der mitfühlenden Therapeutin.

»Es gibt sehr gute Einrichtungen, in denen die Opfer der Gier der Pharmakonzerne betreut werden. Und den verzweifelten Eltern wird dort ebenfalls geholfen.«

»Ich bin eine alleinerziehende Mutter«, spann Madlaina den Faden weiter. Bettina blickte wieder zu Boden, sie musste sich konzentrieren, um im Zweifel im richtigen Moment eingreifen zu können. Außerdem musste sie möglichst viele Details behalten, damit sie sich später nicht in ihrem eigenen Geflecht verfingen.

»Der Vater des Kindes zahlt keinen Pfennig und ich bin Freiberuflerin, Sie wissen, was das heißt.«

Gefährliches Terrain, dachte Bettina und hoffte, dass Engl nicht nach Madlainas Beruf fragte, aber sie nickte ihr nur aufmunternd zu.

»Ich weiß wirklich nicht mehr, was ich tun soll.«

Madlaina nahm erneut das Taschentuch und tupfte sich über die Augen. Sie war eine gute Schauspielerin. Die Resignation einer Alleinerziehenden, die ihre behinderte Tochter seit Jahren pflegte, legte sich wie ein Leichentuch über die Menschen im Raum. Bettina hatte Mühe zu atmen, obwohl sie wusste, dass nichts von der Geschichte stimmte. Eva-Maria Engl aber stand auf, ging langsam um den Schreibtisch herum und nahm Madlaina in den Arm. Ein paar Sekunden verharrten die beiden eng umschlungen und schweigend. Dann löste sich die Heilpraktikerin und nahm den Kopf der Schweizerin zwischen ihre Hände.

»Lassen Sie sich helfen. Seien Sie endlich auch einmal gut zu sich selbst.«

Madlaina schluchzte. Bettina schaute auf. Tatsächlich, sie weinte. Woher hatte sie nur diese schauspielerischen Fähigkeiten?

»Wenn Sie meinen!« presste Madlaina heraus. Engl umarmte sie noch einmal, ehe sie etwas auf einen Zettel schrieb.

»Rufen Sie hier an. Sagen Sie, dass Sie die Telefonnummer von mir haben, und erzählen Sie von Ihrer Tochter. Man wird sie nicht alleine lassen.«

Neunundzwanzig

Wie lange war es her, dass Thal allein ermittelt hatte, während alle anderen Mitglieder des Teams unterwegs waren? Stephanie und Jonas hatten angerufen, sie waren auf dem Rückweg von Freiburg. Die Obduktion hatte nichts Sensationelles ergeben, aber das hatten sie auch nicht erwartet. Sorgen bereitete ihm Madlainas und Bettinas Einsatz. Welcher Teufel hatte ihn bloß geritten, dieser Befragung zuzustimmen? Madlaina war viel zu euphorisch gewesen, so etwas konnte leicht nach hinten losgehen. Außerdem hatten sie keine Beweise, dass die Heilpraktikerin in irgendwelche Machenschaften verstrickt war. Auf Madlainas Gespür war zwar meistens Verlass, aber in diesem Fall schien ihm der Verdacht zu weit hergeholt. Hoffentlich wurde das Ganze nicht zum Fiasko. Wenn sich die Engl über Madlaina offiziell beschwerte, knickte Schober mit Sicherheit ein und er konnte sich ihre Mitarbeit endgültig abschminken.

Immerhin hatte er herausgefunden, welchen Wachdienst die Mainau beschäftigte. Na ja, allzu schwer war das nicht gewesen, ein Anruf beim Pressesprecher hatte gereicht, allerdings hatte es ihn fast zehn Minuten gekostet, Abendroth zu versichern, dass der Betrieb auf der Insel ab morgen wieder ungestört laufen konnte. Thal wusste nicht, ob das überhaupt stimmte. Grendel hatte doch irgendetwas von Schleifspuren gesagt. Untersuchungen an einem derart weitläufigen Tatort konnten oft Tage dauern.

Die Firma ›SeeCurity‹ hatte ihre Büroräume nur wenige Hundert Meter vom Präsidium entfernt. Thal hatte mit dem Geschäftsführer telefoniert und seinen Besuch angekündigt. Der Mann hieß Gery Asselborn und war der erste Luxemburger, den Thal persönlich kennenlernte. Sein Deutsch war von einem kaum merklichen Akzent gefärbt, wegen seiner Statur und seinen harten Gesichtszügen hatte er zunächst auf einen Osteuropäer getippt. Vielleicht lag das aber auch an dem Vorurteil, dass eher ein Bulgare als ein Luxemburger bei einem Wachschutz arbeitete. Die Firma ›SeeCurity‹ existierte seit vier Jahren und beschäftigte mittlerweile über vierzig Mitarbeiter. Wie stolz der Geschäftsführer über diese Entwicklung war, sah man ihm deutlich an. Die Mainau gehörte zu den wichtigsten Kunden, nicht wegen der Zahl der Wachleute, die dort Nacht für Nacht patrouillierten, sondern wegen des Prestiges, das mit diesem Auftrag verbunden war. In der Mordnacht hatten zwei Mitarbeiter Dienst auf der Insel, Asselborn rückte ohne Zögern mit den Namen heraus. »Äußerst zuverlässige Leute, auf die kann man sich hundertprozentig verlassen.«

Thal wunderte sich, dass der Mann nicht nach dem Grund für das Interesse an seinen Mitarbeitern fragte, aber Asselborn klärte ihn selbst auf. »Ich hatte mich schon gewundert, dass hier niemand von eurer Truppe auftaucht. Ein Mord auf der Mainau, das muss doch Wellen schlagen.«

Eine interessante Sichtweise, fand Thal. Für die meisten Leute stand eher der angesehene Tote im Mittelpunkt, für den Wachmann war der Ort wichtiger, den er zu bewachen hatte. So hatte jeder seine Prioritäten.

Thal hatte Glück. Einer der beiden Wachmänner hatte Innendienst, der Firmenchef führte ihn in ein winziges Büro mit einem ebenso kleinen Fenster. Die Luft war zum Schneiden, Thal begann, schon nach einigen Sekunden zu schwitzen. Asselborn machte keine Anstalten, den Raum zu verlassen, bis Thal ihn bat, mit dem Wachmann alleine reden zu können und der Geschäftsführer mit beleidigter Mine abzog.

Ivica Horváth war höchstens einen Meter fünfundsechzig groß, aber drahtig. Er machte trotz seines Alters, Thal schätzte ihn auf mindestens sechzig Jahre, einen durchtrainierten Eindruck, die Oberarmmuskeln zeichneten sich deutlich unter dem Uniformhemd ab. Warum mussten nur alle Wachdienste ihre Leute mit Kleidung ausstatten, die einen an die dunkelsten Zeiten der deutschen Geschichte erinnerten? Wenigstens trug Horváth keine Springerstiefel, sondern hatte Flipflops an den Füßen. Als er Thals erstaunten Blick bemerkte, schob er die Füße schnell unter den Schreibtisch.

»Hoffentlich hat der Chef das nicht gesehen, er verlangt, dass wir selbst im Innendienst korrekt gekleidet sind.«

Er deutete mit einer ruckartigen Kopfbewegung in die Ecke des Raums. Vor einem Metallspind stand ein Paar schwarze, auf Hochglanz polierte Bikerboots.

»Dienstkleidung?«, fragte Thal, dem die Stiefel zu edel und teuer aussahen.

Horváth lachte auf. »Wo denken Sie hin! Bis auf das Hemd mit dem Logo müssen wir unsere Klamotten selber kaufen.«

»Sind Sie Motorradfahrer?«

Horváth nickte.

»Harley-Davidson?«, fragte Thal, weil das die einzige Marke war, die ihm spontan einfiel und er das Gespräch noch eine Weile im Privaten plätschern lassen wollte, um das spürbare Misstrauen des Mannes zu überwinden.

»Gott bewahre«, antwortete Horváth lachend. »Ich will doch mit der Maschine fahren und nicht an Werkstätten rumstehen.«

Er machte eine kurze Pause, bis er ergänzte: »Deauville«

Thal dachte zuerst an eine französische Stadt, aber anscheinend meinte der Wachmann eine Motorradmarke. Er hockte sich auf den Rand des schäbigen Holzschreibtisches. »Sie wissen, warum ich hier bin?«

Horváth schluckte und senkte den Blick. »Wer hat es Ihnen gesagt?«

Thal hatte keine Ahnung, was der Mann meinte. »Was soll mir jemand gesagt haben?«

Der Wachmann riss den Kopf nach oben. »Sie sind doch wegen des toten Mannes auf der Mainau hier, oder?«

Thal nickte.

»Und ich hatte an diesem Abend Dienst.«

»Aber Sie waren nicht da«, sagte Thal einem Gedankenblitz folgen.

»Sie wissen es also doch! Noch mal: Wer hat es Ihnen verraten? Kröger war es garantiert nicht.«

»Sie selbst haben sich verplappert«, sagte Thal und versuchte, seine Schadenfreude zurückzuhalten. »Und wer ist dieser Kröger?«

Eine Schweißperle lief die Nase des Wachmanns herunter. Thal schaute fasziniert zu, wie sie sich an der Nase zu einem Tropfen formte, der sekundenlang an der Spitze herunterhing, bis die Schwerkraft siegte. Horváth schien beschlossen zu haben, von jetzt an gar nichts mehr zu sagen. Er verschränkte die Arme und setzte einen grimmigen Gesichtsausdruck auf, dem allerdings eine gewisse Komik eigen war.

»Nun kommen Sie schon, Mann! Sie waren in der Tatnacht nicht an Ihrem Arbeitsplatz auf der Mainau. Warum?«

»Wegen ihr!« Horváth deutete auf ein mit Tesafilm an die Wand neben dem Schreibtisch geheftetes Foto. Die brünette Frau war höchstens halb so alt wie der Wachmann, und obwohl es nur ein Brustbild war, vermutete Thal, dass sie auch zehn Zentimeter größer war.

»Ihre Freundin?«

»Kann man so sagen.«

»Und wo waren Sie mit ihr?«

»›Metallica‹ in Ravensburg«, antwortete Horváth, was ihm als Erklärung absolut ausreichend zu sein schien.

»Das heißt ...«

»Ich war mit Julika auf einem Konzert, verdammt noch mal! Die Jungs spielen echt nicht oft in der Gegend und ich hatte von einem Kumpel günstig Tickets bekommen. Haben Sie überhaupt eine Vorstellung, was die Eintrittskarten zu so einem Konzert heute kosten?«

Nein, hatte Thal nicht, obwohl er dank Madlaina und ihrer ›Olsenbande‹ im letzten Jahr mehr Life-Auftritte erlebt hatte als in zehn Jahren zuvor.

»Auf gut Deutsch: Sie haben Ihren Dienst geschwänzt!«

»Ja und! Auf dieser Insel ist noch nie etwas passiert. Was gibt es da auch zu klauen? Blümchen! Und das Schloss ist mit Alarmanlagen gesichert, da kommt nicht mal eine Maus rein, ohne dass fünf Minuten später eine Bullenwanne vorm Portal steht.«

Thal überhörte das Schimpfwort, Nebenkriegsschauplätze konnte er nicht gebrauchen. »Und Ihr Kollege?«

»Kröger? Der ist in Ordnung. Für den war es kein Problem, mal eine Nacht allein über die Insel zu latschen.«

»Ganz schön viel Vertrauen, das sie diesem ...«

»Kröger«, warf Horváth ein. »Erik Kröger.«

Thal verzichtete darauf, seinen Satz zu Ende zu bringen und fragte stattdessen, was für ein Typ der Kollege wäre.

»Auf Kröger ist Verlass, ich hatte noch nie Ärger mit ihm und wir waren schon oft zusammen unterwegs. Okay, er ist ein bisschen verpeilt, rennt irgendeiner merkwürdigen Sekte hinterher. Harmlose Spinner sind das. Eins steht fest: Der Kröger hätte mich nie verraten. Niemals!«

Dreißig

Dritter Tag. Siebzehn Uhr fünfzig

Thal schaute in die Runde und lächelte. Bettina hatte seit Längerem das Gefühl, dass er eine Art Geborgenheit im Team suchte und besonders zufrieden war, wenn alle seine Leute am Tisch saßen. Wurde er mit zunehmendem Alter harmoniesüchtig? Früher hatte er verständnislos den Kopf geschüttelt, wenn Kollegen von ihrer Familie sprachen und dabei ihr Kommissariat meinten.

Bettina stand immer noch unter dem Eindruck des Besuchs bei der Heilpraktikerin. Es war lange her, dass sie eine Befragung derart intensiv erlebt hatte. »Ihr hättet Madlaina mal erleben sollen. Ganz großes Kino!«

»Acht Jahr Theatergruppe an der Schule haben sich eben bezahlt gemacht. Die dramatischen Rollen waren mir immer die liebsten und meine ›Julia‹ war legendär.« Madlaina lachte und warf ihre pechschwarze Mähne nach hinten. Bettina bemerkte, dass Thal seine Freundin verliebt ansah. Besser war es, sie kamen langsam zur Sache.

»Die Privatvorführung bei der Engl hat sich aber auch gelohnt. Wir wissen jetzt, dass sie mehr mit der kranken Finja zu tun hat, als sie bisher zugegeben hat. Irgendetwas läuft da mit behinderten Kindern.«

»Und Mediziner sind ihre Erzfeinde«, ergänzte Madlaina. »Sie werden in ihren Augen ohne Ausnahme von der Pharmaindustrie kontrolliert. Löscher passt perfekt in dieses Feindbild hinein.«

Sie zog einen Zettel aus der Tasche.

»Und das Beste: Wir haben einen Kontakt zu dieser Gruppe, die sich um die behinderten Kinder kümmert.«

Bettina nickte heftig. »Wir wissen zwar nicht, was da läuft, aber irgendetwas ist nicht koscher.«

Thal schaffte es, den Blick von Madlaina ab- und Bettina zuzuwenden. »Nur wissen wir nicht, ob es irgendeinen Zusammenhang mit den Morden an Lennart Löscher und Melanie Brandt gibt.«

Die Euphorie war wie weggeblasen. Wie auf ein Stichwort begann Jonas Quandt, von der Obduktion der Leiche der Prostituierten zu berichten. Viel Erhellendes hatte sie nicht ergeben. Die sieben Stiche, von denen drei tödlich waren, wurden ihr mit einem spitzen Gegenstand beigebracht.

»Hat Restle was zur Tatwaffe gesagt?«, fragte Bettina ohne große Hoffnung auf eine detaillierte Angabe.

»Hat er«, antwortete Stephanie Bohlmann und grinste, weil sie wusste, wie selten sich der Doc Restle in dieser Frage festlegte.

»Es handelte sich um eine spitze, schmale, dabei lange Klinge, vermutlich dreikantig.«

»Dreikantig?«, fragten Bettina und Madlaina im Chor und prusteten los. Das Adrenalin war immer noch nicht aus ihrem Körper verschwunden.

Stephanie schaute leicht irritiert, sprach dann aber ruhig und sachlich weiter. »Restle hatte sogar eine Vermutung parat.«

»Wobei ich glaube, dass er uns nur mit seinem profunden Allgemeinwissen beeindrucken wollte«, warf Quandt ein.

»Möglich«, stimmte Stephanie zu. »Er sprach von einer ›Misericordia‹.«

»Barmherzigkeit«, murmelte Thal.

»Da sieht man den alten Lateiner«, scherzte Quandt. »So nannte man in Italien ein Stilett, in Deutschland hieß es in einigen Gegenden ›Gnadenbringer‹.«

»Und wie kommt Restle darauf, dass es sich um so einen Gnadenbringer handelt?« Bettina konnte sich keinen Reim darauf machen, dass der Rechtsmediziner sich so weit aus dem Fenster lehnte. Normalerweise war er die Vorsicht in Person und überließ Spekulationen den Ermittlern.

Stephanie und Jonas sahen sich an, als müssten sie untereinander abstimmen, wer die Frage beantworten durfte. Schließlich gab Quandt der Kollegin den Vorzug.

»Ein derartiger Schliff mit drei Kanten ist heute wohl nicht mehr in Gebrauch, insofern liegt eine historische Waffe nahe.«

»Wurden die Namen mit der gleichen Waffe in die Haut geritzt?« Thal beugte sich vor und schaute ein Foto der Leiche an, das wie eine Mahnung auf dem Tisch lag.

Stefanie schüttelte den Kopf. »Dazu hat Restle nichts gesagt.«

»Passen würde es ja«, sagte Thal. »Das Wort Stilett kommt vom Lateinischen ›stilus‹, was Griffel oder Stift heißt.«

Für einen Moment schwiegen alle, als müssten sie Thals Allgemeinbildung auf diese Weise würdigen. Bettina traute sich schließlich, nach weiteren Ergebnissen der Obduktion zu fragen.

Quandt schaute kurz auf sein Tablet. »Es gab keine Abwehrverletzungen beim Opfer. Melanie Brandt muss überrascht worden sein, Restle vermutet einen Angriff von hinten. Der Täter sticht auf den Rücken der Frau ein, sie fällt zurück, anschließend folgen drei von oben ausgeführte Stiche in die Brust.«

Bettina stößt einen vernehmbaren Seufzer aus. »Und das alles vor den Augen von Löscher. Der muss doch geschrien haben wie am Spieß. Warum hat das niemand gehört, der Wachmann zum Beispiel?«

Thal wollte sein Stichwort nutzen, aber Quandt hielt ihn zurück.

»Das hätte ich fast vergessen. Fiona Lee hat uns noch was zu Löscher mitgeteilt. In seinem Mund fanden sich Faserspuren, vermutlich war er geknebelt. Das Material war relativ grobes Leinen.«

Thal schaute sich in der Runde um. »Seid ihr fertig?« Als niemand etwas sagte, rückte er sich auf seinem Stuhl zurecht und erzählte von seinem Besuch bei der ›SeeCurity‹ und der Befragung von Ivica Horváth, der in dieser Nacht Dienst auf der Mainau hatte, stattdessen aber in Liebesdingen unterwegs war.

»Folglich war zur Tatzeit nur ein Wachmann auf der Insel, sieht man von dem Posten an der Zufahrt zum Inseldamm ab. Der Mann heißt Erik Kröger, ist erst seit ein paar Monaten bei dem Wachdienst beschäftigt. Viel mehr war über ihn nicht rauszubekommen, sein Kollege Horváth meinte nur, er wäre ein schräger Vogel, aber man könne sich total auf ihn verlassen. Ich habe ihn leider bisher noch nicht erreicht. Wenn wir Pech haben, müssen wir bis zum Abend warten, er hat wieder Nachtschicht auf der Mainau. Aber vielleicht meldet er sich ja auch noch, ich habe ihm auf die Mailbox gesprochen.«

Er warf einen Notizzettel mit einer Telefonnummer auf den Tisch. Madlaina kniff die Augen zusammen und starrte auf Thals Handschrift. Sie drehte den Zettel um, zog ihr Smartphone aus der Tasche und verglich die Nummer auf ihrem Display mit der auf der Notiz. Überrascht hob sie den Kopf.

»Das ist ja vielleicht mal ein Ding!«

Einunddreißig

Dritter Tag. Achtzehn Uhr fünfzehn

Wie oft hatte er das schon erlebt! Da plätschern die Ermittlungen über Tage so vor sich hin, um dann durch eine einzige Information eine ungeheure Dynamik zu entwickeln. Die Heilpraktikerin Engl hatte Madlaina die Telefonnummer von Erik Kröger gegeben, er könne ihr bei der Pflege ihrer angeblich schwerbehinderten Tochter helfen. Eben jener Kröger hatte als einziger Wachmann in der Mordnacht Dienst auf der Mainau geschoben. Quandt hatte sofort sein Tablet aktiviert und Kröger in verschiedenen Suchmaschinen und Datenbanken abgefragt. Anscheinend war er ein höheres Tier bei einer dubiosen Sekte namens ›Uriels Krieger‹. Außerdem saß er im Vorstand der Impfwächter. Endlich hatten sie eine Spur, bei der mehrere Fäden zusammenliefen. Thal hatte Bohlmann und Quandt mit einer möglichst genauen Recherche über die Sekte und Kröger beauftragt.

Madlaina hielt es wie so oft nicht auf ihrem Stuhl. Sie sprang auf und ging aufgeregt im Raum umher. »Wir haben viel mehr als eine Spur, denn wir können diesen Kröger direkt kontaktieren, ohne uns als Polizisten zu erkennen zu geben. Eva-Maria Engl hat uns mit Sicherheit angekündigt. Diese Sekten sind doch in der Regel paranoid und sehen überall Feinde. Mir nichts, dir nichts würde niemand von denen auch nur mit uns sprechen.«

Thal sah zwar keinen Beweis für diese These. Noch wussten sie nicht genug über ›Uriels Krieger‹, trotzdem konnte Madlaina richtig liegen. Zufall konnte das alles jedenfalls nicht mehr sein. Aber wie sollte sie das weiterbringen?

Bettina tat das, was in solchen Fällen das einzig Richtige war: Sie begann, an einem losen Ende den Faden aufzunehmen.

»Seit ein paar Minuten ist jetzt diese Sekte im Spiel. Wie heißen sie noch mal.«

»Uriels Krieger.« Thal sprach es aus wie der Vorleser eines Schauermärchens, wenn die Zuhörer sich gruseln sollten. Bettina ließ sich aber nicht aus der Ruhe bringen.

»Madlaina hat es schon gesagt, die Angehörigen solcher Sekten sind Geheimniskrämer.«

»Vor allem, wenn sie was zu verbergen haben, was wir aber noch gar nicht wissen. Wir müssen zuerst diesen Kröger befragen.«

Thal hatte den Satz völlig emotionslos ausgesprochen, aber Madlaina reagierte, als hätte er sie persönlich angegriffen.

»Wir wissen es nicht, wir werden es aber auch nicht herausbekommen, wenn wir bei dem Verein gleich mit der Kavallerie anrücken. Wir sollten wirklich die Chance nutzen, die sich durch das Gespräch mit dieser Engl ergeben hat. Sie hat uns unsere Geschichte abgekauft.«

Sie strahlte Bettina an, die zustimmend nickte.

»Besser gesagt: Sie hat es dir dank deiner Schauspielkunst abgenommen.«

Die beiden hatten recht, das wusste Thal. Mit der Konsequenz, die sich daraus ergab, war er aber überhaupt nicht einverstanden. Madlaina hatte es zwar noch nicht ausgesprochen, aber er und auch Bettina wussten, wie sie sich das weitere Vorgehen vorstellte. Dem konnte er nicht zustimmen.

»Du bist verrückt! Die Sache ist viel zu gefährlich und außerdem bist du offiziell noch gar nicht im Team.«

»Umso besser!« Madlaina war aufgedreht, als hätte sie nicht nur die übliche Ration von einem Liter Coke Zero intus.

»So ist es wenigstens kein amtlicher, verdeckter Einsatz, den du mit Schober abstimmen müsstest.«

»Auf keinen Fall gehst du allein irgendwohin.«

Madlaina wedelte Thals Argument mit beiden Händen weg.

»Ich sehe keinen, der mich zu einer Befragung von Kröger begleiten könnte, ohne dass wir sofort auffliegen.«

Sie deutete auf Thal.

»Du zum Beispiel. Das Gesicht des KHK Alexander Thal kennt in Konstanz fast jeder. Wie oft war dein Foto im ›Südkurier‹? Da kannst du dir auch gleich den Dienstausweis ans Revers hängen.«

»Dann begleitet dich eben Jonas!«

Thal hatte es wie eine Anweisung an Madlaina ausgesprochen und war erstaunt, als sich Bettina widersetzte.

»Kommt nicht infrage. Jonas hat doch schon beim Barbie-Fall genug Ärger gehabt wegen seines Alleingangs.«

Thal ahnte, worauf Bettina hinauswollte.

»Du bewegst dich keinen Meter aus dem Präsidium, verstanden?«

Er hatte den Satz kaum ausgesprochen, da schämte er sich dafür. Es war nicht seine Art, Kollegen derart barsch Befehle zu erteilen. Diese ganze Debatte drohte zu entgleisen. Dass Madlaina sauer war, erkannte er an der vorgeschobenen Unterlippe. Zum Glück reagierte Bettina besonnen, obwohl er wusste, wie sehr ihr sein ruppiger Ton missfiel.

»Es bleibt uns doch gar nichts anderes übrig, Alexander. Madlaina und ich müssen diesen Kröger aufsuchen. Wir beide haben Eva-Maria Engl überzeugt, uns seine Telefonnummer zu geben. Ich als besorgte Schwangere und Madlaina als angebliche Mutter einer behinderten Tochter. Wenn du nicht willst, dass Madlaina diesen Kröger alleine aufsucht, kann nur ich sie begleiten.«

»Woher wollt ihr wissen, ob ihn nicht längst jemand informiert hat, dass wir ihn als Zeugen in den beiden Mordfällen suchen? Sein Kollege Horváth zum Beispiel? Nein, es führt kein Weg daran vorbei, Kröger offiziell zu vernehmen.«

»Ja, vielleicht weiß er Bescheid, dass du nach ihm gefragt hast«, sagte Bettina, »aber was macht das schon? Engl wusste auch, dass ich von der Polizei bin und trotzdem hat das am Ende keine Rolle gespielt.«

Sie streichelte mit kreisenden Bewegungen ihren Bauch.

»Du vergisst dein Enkelkind hier. So eine Schwangerschaft beeindruckt die Menschen, einer werdenden Mutter traut man keine Arglist zu. Ein dicker Bauch macht glaubwürdig. In dem Zustand sieht niemand in mir die Polizistin, glaub mir!«

Bettina lächelte ihn an, aber Thal sah in ihren Augen noch etwas, das er zu gut kannte: Jagdfieber. Er bezweifelte, dass sie sich an seinen Befehl halten würde, das Büro nicht zu verlassen. Sie wollte diesen Fall lösen, bevor sie in Mutterschaftsurlaub ging. Koste es, was es wolle. Wenn er jetzt seinen Segen zu diesem Einsatz gab, war er wenigstens ein Teil davon und konnte im Zweifel eingreifen, wenn etwas schiefgehen sollte. Er schaute noch ein paar Sekunden auf die Tischplatte, als könnte er dort einen Ausweg finden, aber sein Schweigen war beredt genug.

Madlaina schob Bettina das Telefon zu und nickte ihr aufmunternd zu.

Zweiunddreißig

»Schon wieder Wollmatingen«, stöhnte Bettina. Zum Glück war der Stau nicht mehr ganz so schlimm, trotzdem kamen sie nur langsam voran. Kröger hatte einem sofortigen Treffen zugestimmt, um acht musste er allerdings seine Nachtschicht auf der Mainau antreten, es blieb ihnen also nicht mehr viel Zeit.

»Anscheinend hat der Chef von ›SeeCurity‹ noch nicht mitbekommen, dass Horváth eine Schicht geschwänzt und Kröger ihn dabei gedeckt hat.« Madlaina saß völlig entspannt am Steuer ihres Chevrolets, eine Hand auf dem Lenkrad, mit der anderen eine Cola zum Mund führend.

»Wie kommst du darauf?«, fragte Bettina.

»Sonst hätte der Chef die beiden Männer entlassen. Unzuverlässige Mitarbeiter in einer Sicherheitsfirma, das geht gar nicht.«

Sie hatte recht. Bettina bewunderte die Schweizerin für ihre Lässigkeit. Wie immer ganz in Schwarz gekleidet, wie immer der Rock eine Spur über dem Knie endend, wie immer die Füße in schwarzen Stiefeletten mit mörderischen Absätzen. »Die Frau ist eine Wucht«, hatte Jonas Quandt gesagt, als er Madlaina zum ersten Mal getroffen hatte. In seinen Augen blitzte etwas auf, das Bettina lange nicht mehr bei einem Mann gesehen hatte. Der Gedanke versetzte ihr einen Stich. Sie blickte an sich herunter. So sehr sie sich auch bemühte, sich nicht matronenhaft zu kleiden, der Bauch machte nicht gerade sexy. Es wurde Zeit, dass ihr Baby auf die Welt kam. Es ging ihr auf den Geist, die Schwangere zu sein, auf die man Rücksicht zu nehmen hatte, die ansonsten aber Luft war. Sie legte ihre Hand auf das kühle Leder der Sitzbank. Manchmal hatte Bettina das Gefühl, sie liebte diesen Oldtimer mehr als Madlaina, die in dem über fünfzig Jahre alten Straßenkreuzer einfach nur das zu ihr passende Auto sah.

Kröger wohnte in einem der Wohnklötze in der Schwaketenstraße. Bettina schwang sich aus dem Auto, was bei dem ›Bel Air‹ deutlich leichter war als bei ihrem altersschwachen ›Golf‹. Sie schaute an dem neunstöckigen Gebäude hoch und war froh, dass sie vermutlich nie wieder in so einem Wohnsilo leben musste – Thal und seinem Erbe sei Dank. Ihre Wohnung gehörte zwar formell seinem Enkelkind, aber sie genoss lebenslanges Wohnrecht. Was für ein Luxusleben!, dachte sie und folgte Madlaina in Richtung Eingang. Sie hatte die Haustür erreicht, als sie die Schweizerin fluchen hörte. Am Aufzug hing ein Pappschild, auf das jemand mit dickem Filzstift ›Außer Betrieb‹ geschrieben hatte.

Madlaina drehte sich zu Bettina um.

»Vierter Stock, schaffst du das?«

»Was bleibt mir anderes übrig!« Es kam nicht infrage, dass Madlaina allein zu Kröger ging, dafür war es zu schwer gewesen, Thal zu überzeugen.

Drei Minuten später schleppte sie sich die letzten Treppenstufen nach oben. Der Schweiß perlte ihr den Nacken herunter. Madlaina drückte ihr kurz den Arm.

»Komm erst mal wieder zu Atem.«

Nach einer weiteren Minute und einem Kontrollgriff in ihre Haare nickte sie Madlaina zu, die den Klingelknopf drückte. Es dauerte keine zwei Sekunden, bis die Tür aufgerissen wurde. Hatte Kröger sie etwa durch den Spion beobachtet?

»Ich dachte schon, Sie kommen nicht mehr.«

Bettina taxierte Erik Kröger mit geübtem Blick. Vierzig bis fünfundvierzig Jahre alt, schlank und durchtrainiert, das längliche, hagere Gesicht wurde von deutlich sichtbaren Wangenknochen dominiert, die Augenbrauen schienen gezupft, was in einem merkwürdigen Kontrast zur sonstigen Erscheinung stand. Der Kopf war kahl geschoren, die letzte Rasur konnte nur wenige Stunden zurückliegen. Kröger trug bereits die Uniform des Wachmanns einschließlich der unvermeidlichen Springerstiefel, die auf dem Laminatboden der Wohnung deplatziert wirkten. Soweit Bettina das sehen konnte, handelte es sich um eine Zweizimmerwohnung, die Einrichtung war mit dem Begriff ›karg‹ am ehesten umschrieben. Das Wohnzimmer, in das Kröger die beiden Polizistinnen führte, dominierte ein riesiges Fernsehgerät, das hellbraune Leder der Sitzgruppe war an vielen Stellen aufgeraut, rissig und gebleicht. Second Hand, vermutete Bettina. Nichts deutete auf eine Sekte hin, nicht einmal ein Kreuz war zu sehen.

Madlaina und Bettina nahmen auf dem Sofa Platz, während Kröger sich breitbeinig in den Sessel gegenüber lümmelte. Der Mann schien die beiden Frauen von Kopf bis Fuß zu scannen, besser begannen sie von sich aus mit dem Gespräch.

»Sie wissen, dass wir Ihre Telefonnummer von Frau Engl bekommen haben«, sagte Bettina.

»Die Gute!« Was für eine merkwürdige Aussage für einen Mann wie Kröger.

»Ja, sie ist wirklich eine Seele von Mensch«, fuhr Bettina fort und strich sich über den Bauch. »Sie macht sich Sorgen um mein Kind.«

Sie wartete, ob Kröger etwas sagen wollte, aber er schwieg.

»Man hört ja jetzt auch so viel über Impfschäden und so ...«

Bettina brach den Satz ab. Sie war sich mit Madlaina einig gewesen, dass sie nicht zu beliebig argumentieren durften, vermutlich sprang Kröger nur auf konkrete Fälle an.

»Wann ist es denn soweit?«, unterbrach der Wachmann ihre Gedanken.

»In ein paar Wochen.« Schon wieder zu unkonkret. »Also spätestens in drei!«

»Haben Sie schon einen Arzt?«

Bettina überlegte einen Moment. Nur jetzt keinen Fehler machen. Sie blickte zur Seite, aber Madlaina schien damit beschäftigt, ihre Fingernägel einer eingehenden Inspektion zu unterziehen.

»Brauche ich denn einen Arzt? Ich dachte, eine Hebamme reicht.«

Kröger nickte. »Wenn Sie da eine Empfehlung brauchen ...«

»Gerne«, beeilte sich Bettina zu antworten. »Aber was ist mit der Nachsorge, da gibt es doch diese Untersuchungen beim Kinderarzt.«

Kröger stützte seine Arme auf die Oberschenkel und beugte sich vor. »Vergessen Sie diesen Unsinn. Diese angeblich so unverzichtbaren Untersuchungen dienen nur einem Zweck: Das Neugeborene so schnell wie möglich in den Verwertungskreislauf einzubinden.«

Der Mann sprach gewandter, als sie es von einem Wachmann erwartet hätte, dachte Bettina. Sie tat so, als verstünde sie nicht recht, worauf er hinauswollte. Er tat ihr den Gefallen und wurde konkret.

»Anders ausgedrückt: Es geht darum, das Baby an die Spritze zu bekommen.«

»Sie meinen ...« Bettina tat immer noch unwissend.

»Natürlich! Ich spreche von der Pharmaindustrie, von wem denn sonst?«

Kröger lehnte sich entspannt zurück wie jemand, der wusste, dass er sich jetzt auf sicherem Terrain bewegte. »Glauben Sie wirklich, dass es auch nur das Geringste mit Heilung oder Schutz vor Krankheit zu tun hat, ein gerade auf die Welt gekommenes Menschenkind mit Giften zu traktieren? Nichts anderes sind diese ganzen Medikamente und Impfstoffe. Gift!« Ein feiner Spuckenebel kam aus seinem Mund, in dessen winzigen Tropfen sich das Licht auf faszinierende Weise brach. Für den Bruchteil einer Sekunde entstand ein Regenbogen vor Erik Krögers Gesicht. Er schüttelte kurz den Kopf, als müsste er ihn zerstören.

»Viele dieser Gifte sind für die kleinen Körper sogar tödlich. Was glauben Sie, wie viele Babys auf der Welt durch die Verabreichung von angeblich heilenden Medikamenten sterben?«

Berg wusste nicht, was die richtige Antwort war, um ihn in Sicherheit zu wiegen. Sie zögerte.

»Na kommen Sie, schätzen Sie einfach.«

»Ein paar Hundert?«

Kröger lachte laut auf. »Sie sind wirklich völlig ahnungslos! Zehntausende sind es! Wenigstens!«

Er hatte sich bei den letzten Sätzen so ereifert, dass er eine Pause brauchte, um tief Luft zu holen. Leiser und ruhiger fuhr er fort.

»Wenn Sie Ihrem Kind etwas Gutes tun wollen, halten Sie es von Ärzten, aber auch von Erziehern und Lehrern fern. Die einen träufeln das Gift in die Adern, die anderen in die

Seele. Beides führt zum Tod. Das eine auf Erden, das andere im Jenseits.«

Kröger zuckte sichtlich zusammen. Ihm war anscheinend klar geworden, dass er gerade eine Grenze überschritten hatte. Er musterte Bettina mit stählernem Blick. »Sie als Mutter wissen, was Ihrem Kind guttut. Der Schutz der Brut ist in Ihrem genetischen Code verankert. Es ist Teil Ihres Seins, Sie müssen nur darauf hören, was Ihnen die Natur sagt.«

»So habe ich das noch gar nicht gesehen«, sagte Bettina und versucht, ihrer Stimme die richtige Mischung aus Freude und Überraschung zu geben.

Kröger schlug sich mit der flachen Hand auf die Oberschenkel, als wäre es das Signal, dass die Unterhaltung beendet war. Bevor er irgendetwas sagen konnte, ergriff Madlaina das Wort.

»Ich finde das sehr überzeugend, was Sie gerade meiner Freundin erklärt haben. Darf ich Sie auch noch etwas fragen?«

Kröger schien für einen Augenblick irritiert und musterte Madlaina noch einmal, wobei er eine Sekunde zu lang auf ihre Beine schaute. Der Rock war noch etwas nach oben gerutscht, und anscheinend gefiel ihm, was er sah. Er nickte Madlaina aufmunternd zu, die daraufhin erneut die Geschichte von der behinderten Tochter erzählte, die schon Eva-Maria Engl gerührt hatte. Kröger hörte sich die Erzählung ohne erkennbare Regung an. Bettina spürte, dass er auf der Hut war. Er stellte mehrere Zwischenfragen, die Madlaina aber präzise und ohne nachzudenken beantwortete. Wann zum Teufel hatte sie die Zeit gefunden, diesen Auftritt zu proben? Oder war sie einfach eine schauspielerische Naturbegabung. Bettina war jedenfalls schon wieder beeindruckt.

Auch Kröger schien Madlaina die Geschichte abzunehmen. »Haben Sie schon einmal darüber nachgedacht, Ihre Tochter in ein Heim zu geben?«

»Natürlich! Mehr als einmal!« Madlaina schaute zu Boden. »Irgendwann habe ich mir sogar mal eine Einrichtung angesehen, die mir mein Kinderarzt empfohlen hatte. Als ich die ganzen Würmchen dort sah, war mir klar, dass ich es nie übers Herz bringen würde, Johanna dorthin abzuschieben.«

»Das wäre auch ein Verbrechen!« Kröger richtete sich in seinem Sessel auf, die entspannte Haltung war verschwunden.

»Diese sogenannten Heime sind nichts als Lager, in denen man die Opfer unseres von Geldgier getriebenen Krankheitssystems versteckt! Aus den Augen, aus dem Sinn, heißt die Devise!«

Madlaina schluckte und Bettina fürchtete, sie könnte tatsächlich zu weinen beginnen.

»Also bleibt mir nichts anderes übrig, als mich ein Leben lang um meine Tochter zu kümmern.« Sie atmete tief ein und aus.

»Es gibt Alternativen.« Kröger beugte sich in Madlainas Richtung, für einen Moment glaubte Bettina, er könnte seine Hand auf ihr Knie legen, aber sie saß zum Glück zu weit entfernt.

Madlaina schniefte noch einmal und schaute Kröger dann mit einem flehenden Blick an. »Wie meinen Sie das?«

»Es gibt einen Verein, der sich zum Ziel gesetzt hat, sowohl den Eltern wie den Kindern der Pharma-Opfer zu helfen.«

171

»Verein?«

»In Wirklichkeit ist er weit mehr als das, aber für den Augenblick spielt das keine Rolle.«

»Und dieser Verein betreibt ein Heim?«

»Wir sprechen von einer sicheren Burg für die kleinen Würmer. Sie kommen in der Welt nicht zurecht, deshalb müssen wir ihnen einen geschützten Raum geben.«

Kröger wartete anscheinend auf eine Reaktion, aber Madlaina nickte nur schweigend. Schließlich sprach er weiter.

»Für Sie und Ihre Tochter ist das vielleicht nicht genug. Dann zeigen wir Wege auf.«

»Wege?« Madlaina hob den Kopf, diesmal war die Neugier nicht gespielt.

»Viele der bemitleidenswerten Wesen sterben sehr früh durch ihre Behinderung.«

Madlaina seufzte. »Das hatte man mir auch prophezeit, aber es kam ganz anders.«

Kröger ging nicht darauf ein. »Leider akzeptiert unsere Gesellschaft diese Gnade der Natur nicht immer, stattdessen pfuschen wir ihr ins Handwerk. Wir sehen das anders. Wir stehen auf der Seite der Natur.«

Bettina hielt den Atem an, aber Madlaina schien derart in ihrer Geschichte aufzugehen, dass sie keine Mühe hatte zu antworten.

»Drei Mal hat man meine Tochter praktisch vom Tod wieder ins Leben geholt. Zuletzt wäre sie vor ein paar Wochen beinahe gestorben, wenn nicht ...«

Sie ließ offen, was das Mädchen vor dem Tod gerettet hatte, aber Kröger machte das anscheinend nicht skeptisch, im Gegenteil.

»Sie sollten mit anderen Eltern reden, die sich bewusst für den natürlichen Weg entschieden haben. Es wird Ihnen helfen«

Er stand auf und ging zu einem Sekretär aus Kiefernholz, den Bettina aus dem Ikea-Katalog kannte. Sie spürte, wie stark ihre Nerven angespannt waren. Um sich abzulenken, rätselte sie über den Namen des Möbelstücks. Die Schweden hatten ja immer so komische Bezeichnungen. Irgendwas mit HEM.

Kröger reichte Madlaina einen Zettel. »Ich habe Ihnen hier den Namen und die Telefonnummer einer Familie aufgeschrieben, die den Weg der Natur gegangen ist. Sprechen Sie mit ihnen, es wird Ihnen helfen.«

Er klopfte sich auf die Hosentaschen wie ein Raucher, der überprüfte, ob er auch seine Zigaretten eingesteckt hatte.

»Die Leute werden vielleicht erst misstrauisch sein, sie sind Kummer gewohnt. Berufen Sie sich auf Uriel, dann wird man Ihnen einen Weg weisen.«

Der letzte Satz ließ Bettina erschauern. Sie war froh, dass Madlaina aufstand und sich bei Kröger bedankte. Dabei hielt sie den Zettel so, dass Bettina den Namen lesen konnte, den der Wachmann ihr aufgeschrieben hatte. Sie glaubte es erst nicht, aber es stimmte. Ohne Zweifel stand dort Florian Lohbeck.

Dreiunddreißig

Dritter Tag. Zwanzig Uhr dreißig

»Das Ganze wird immer verrückter!« Thal gestikulierte wild mit den Armen. Er hatte es im Büro nicht mehr ausgehalten und etwas getan, das es bisher noch nicht gegeben hatte. Das komplette Kommissariat 1 samt Schweizer Verstärkung spazierte seit zehn Minuten die Seestraße entlang. Wobei ›spazieren‹ der falsche Ausdruck für das Tempo war, das Thal vorgab. Die anderen hatten ihn zunächst mit Unverständnis und schließlich amüsiert angesehen. Vermutlich glaubten sie, dass er nun doch alt würde und den einen oder anderen Spleen entwickelte. Ihm war es egal, er musste raus und dem Denken die Freiheit geben. Die wenigen Spaziergänger, die zu dieser Zeit unterwegs waren, starrten dem eigenartigen Grüppchen hinterher, das in einer Art Polonaise mit einem älteren Herrn an der Spitze und einer Hochschwangeren am Ende über die Flaniermeile der Stadt zog. Thal hoffte, dass niemand etwas von ihrer Unterhaltung mitbekam, es könnte Albträume bereiten.

»So geht das nicht, Alexander!« Bettina war hörbar außer Atem. »Wenn dir irgendetwas an meiner Mitarbeit gelegen ist, solltest du ein Tempo anschlagen, das mir nicht den Atem raubt. Ich schleppe schließlich noch dein Enkelkind mit mir rum.«

Thal stoppte abrupt. »Tut mir leid.« Er klang nicht nur zerknirscht, er sah auch so aus. Madlaina bot Bettina ihren Arm und sie hakte sich mit einem dankbaren Lächeln ein.

»Am besten gibst du das Tempo vor«, sagte Thal und ließ die beiden Frauen vorbei.

Stephanie Bohlmann nahm den Faden wieder auf, den Thal längst verloren hatte.

»Du hast recht, Alexander. Dieser Fall nimmt eigenartige Züge an. Wir werden ständig von einem zum anderen weitergereicht.«

»Und das auch noch im Kreis«, sagte Madlaina über ihre Schulter nach hinten. »Von Inga Lohbeck zu Eva-Maria Engl zu Erik Kröger zu Florian Lohbeck.«

Es war wirklich wie verhext. Ständig tauchten die gleichen Namen auf, wenn auch in unterschiedlichen Zusammenhängen, und trotzdem kamen sie keinen Schritt weiter. Wer hatte Melanie Brandt und Lennart Löscher im Schmetterlingshaus der Mainau ermordet? Der Beantwortung dieser Frage waren sie nicht einen Hauch näher gekommen. Dabei hatte sich die Zahl der Verdächtigen nicht erhöht. Thal zählte sie in Gedanken auf. Da war die Familie, wobei er trotz ihres Motivs Marion Löscher für unfähig hielt, die grausame Tat begangen zu haben. Anders sah es bei den beiden Söhnen und beim alten Löscher aus. Die drei strich er nicht von der Liste. Als Nächstes kamen die Lohbecks. Ihre Tochter Finja war nach einer Behandlung durch Löscher schwer erkrankt, sie hatten ohne Frage ein Motiv. Anscheinend gehörten sie außerdem zu einer Sekte namens ›Uriels Krieger‹, zu der auch Maria Engl und der Wachmann Erik Kröger in Beziehung standen. Kröger war im Übrigen der Einzige, von dem sie sicher wussten, dass er in der Tatnacht in unmittelbarer Nähe des Tatorts war. Man konnte fast glauben, dass alle Fäden bei dieser Sekte zusammenliefen. Allerdings, die Löschers hatten damit sicher nichts zu tun. Im Gegenteil, Lennart Löscher war der ausgemachte Feind von ›Uriels Kriegern‹. Warum sollten die anderen Mitglieder der Familie mit den Typen unter einer Decke stecken?

»Wir sind da in einen richtigen Scheißhaufen getreten«, sagte Quandt. »Das musst du dir ansehen.«

Er reichte Thal sein Tablet, der es mit der Hand gegen das Licht abschirmte. Die anderen drängten sich um ihn, damit sie auch einen Blick auf das Video erhaschten, das Quandt auf der Internetseite von ›Uriels Kriegern‹ entdeckt hatte. Der Film war erst zwei von zwölf Minuten gelaufen, als Thal ihn stoppte. Länger ertrug er das nicht. Das Video zeigte nichts als die Bestrafung von Kindern unterschiedlichen Alters. Sie wurden mit Ruten geschlagen, einmal mit einer Peitsche. Im Off kommentierte ein Sprecher die Gewaltexzesse. Sachlich, fast lakonisch, als ginge es um die Abrichtung von Hunden. Thal dröhnte es noch in den Ohren. »Wenn Sie Ihr Kind lieben, schlagen Sie es. Setzen Sie dabei aber niemals die Hand ein, mit der sie es füttern. Es könnte sonst zu ungewollten Abwehrreaktionen kommen.«

»Was für Unmenschen denken sich denn so etwas aus?« Bettina spürte Übelkeit aufsteigen.

»Das geht noch die ganze Zeit so weiter, wobei die Bestrafungen immer subtiler werden. Nicht nur Schläge mit Rute, Stock oder Schlimmerem werden den Eltern als probate Erziehungsmittel geraten, vielmehr werden andere Methoden als noch wirkungsvoller angepriesen. Das meiste ist regelrecht Psychoterror: Isolation in dunklen Räumen oder eine Art Pranger, an dem die Kinder stundenlang stehen und sich die Beschimpfungen ihrer Kameraden anhören müssen.«

»Zum Kotzen«, sagte Stephanie und niemand widersprach.

Thal spürte wieder den Bewegungsdrang, der ihn nach draußen getrieben hatte, und er nahm den Spaziergang wieder auf.

Jonas und Stephanie hatten bei ihren Recherchen noch viel mehr herausgefunden. ›Uriels Krieger‹ waren den Schulbehörden bestens als Schulverweigerer bekannt. Dabei wendeten sie immer neue, perfide Tricks an, um die Kinder dem Zugriff der Behörden zu entziehen. Eltern übertrugen das Sorgerecht auf Mitglieder der Sekte, die wiederum die Kinder aus der Stadt, möglicherweise sogar außer Landes brachten.

»Gibt es dafür Beweise?« Bettina war schon wieder leicht außer Atem.

»Nein«, antwortete Stephanie. »Ich habe zum Glück einen Mitarbeiter des Jugendamtes zu Hause erreicht, um die Zeit ist außer uns ja kein Beamter mehr im Dienst.«

Ein kurzes Gelächter entspannte die Situation, aber sofort waren alle wieder konzentriert.

»Er wusste von fünf Fällen, in denen Kinder, die als Schulverweigerer aktenkundig waren, auf rätselhafte Weise verschwanden.«

»Und die Eltern?«

»Mit ihnen.«

»Möglicherweise sind sie untergetaucht«, ergänzte Quandt. »Ihr dürft euch ›Uriels Krieger‹ nicht als einen zwar durchgeknallten, aber harmlosen Verein christlicher Spinner vorstellen. Die nennen sich nicht umsonst Krieger, die sind auch so martialisch.«

»Haben die eigentlich auch Inhalte zu bieten, außer Gewalt gegen Kinder?« Bettinas Empörung war unüberhörbar.

»Wie man's nimmt«, sagte Stephanie. »Viele Inhalte, die sie vertreten, kennt man von anderen fundamentalistischen Sekten. Selbstverständlich lehnen sie die Evolutionstheorie ab und nehmen die Schöpfungsgeschichte der Bibel beim Wort. Sex vor der Ehe ist genauso verboten wie jede Form von Drogen.«

»Um Gottes willen«, stöhnte Madlaina auf. »Ein absolut spaßbefreiter Verein also. Das sind die Schlimmsten!«

»Damit hat du völlig recht«, stimmte Quandt zu. »Das Gefährliche an ›Uriels Kriegern‹ ist, dass sie nicht nur reden, sondern handeln. Ihre komplette Theorie stammt aus dem Mittelalter und ist menschenverachtend. Nun gibt es Hunderte von Vereinigungen, die den gleichen Quatsch predigen. ›Uriels Krieger‹ meinen es aber ernst, wenn sie sagen, dass der Mensch Gott nicht ins Handwerk pfuschen darf. Mit dieser Begründung lehnen sie nicht nur Sexualkundeunterricht ab, sondern auch jede medizinische Betreuung, die über das Verabreichen irgendwelcher Kräuter oder Bäder hinausgeht.«

»Das passt!«, sagte Bettina und alle drehten sich zu ihr um. »Es stimmt überein mit dem, was dieser Kröger Madlaina und mir erzählt hat. Man müsse der Natur ihren Lauf lassen und so Zeug. Jetzt verstehe ich erst, was er damit meinte.«

»Genau«, nahm Stephanie den Faden auf. »Interessanterweise gibt es personelle Verknüpfungen zwischen ›Uriels Kriegern‹ und den Impfwächtern, zumindest Kröger ist in beiden Gruppen aktiv.«

»Ich wette, dass auch die Lohbecks zu den Kriegern gehören«, sagte Madlaina. »Warum sollte Kröger uns sonst an sie verweisen?« Sie tätschelte Bettinas Arm, bevor sie ihn losließ und ihr Handy aus der Tasche zog.

»Am besten fangen wir mit Florian Lohbeck an.«

Sie wählte eine Nummer und entfernte sich ein paar Schritte von der Gruppe. Eine halbe Minute später kam sie zurück. »Heute Abend hatte er keine Zeit, aber morgen will er sich mit mir treffen.«

Vierunddreißig

Dritter Tag. Zweiundzwanzig Uhr fünf

»Was sind das nur für Menschen!«

Thal gab sich keine Mühe, seine Verachtung zu verbergen. Seit sie in ihrer Wohnung angekommen waren, redeten er und Madlaina über ›Uriels Krieger‹ und was eine Sekte aus Menschen machen konnte.

»Das sind doch vermutlich alles vernünftige Leute gewesen, die ihre Kinder liebten und ihnen das Beste wünschten. Wie kommen sie dann dazu, ihre Misshandlung quasi zum göttlichen Auftrag zu erheben?«

Er schob den Teller beiseite. Der Appetit war ihm vergangen. Er hatte in den letzten Jahrzehnten viel erlebt, aber je älter er wurde, desto weniger ertrug er, was Menschen anderen Menschen antaten. Kamen Kinder ins Spiel, entdeckte er Gefühle von Rache in sich, die mit seiner Rolle als Polizist nicht in Einklang zu bringen waren.

Madlaina fischte eine Scheibe Schinken vom Teller und riss mit den Fingern ein Stück ab, das sie genüsslich aß. Sie hatte nicht oft von ihrer Zeit als Profilerin beim FBI erzählt und Details stets ausgelassen. Da es aber in der Regel um Serienmörder mit ausgefallenen Tötungs- und Foltermethoden ging, konnte sich Thal vorstellen, welche Bilder sie nachts heimsuchten, wenn sie sich stöhnend im Bett wälzte. Jetzt aber war sie nur professionelle Ermittlerin und hatte einen Fall zu lösen. Den Appetit raubte ihr das nicht.

»Die meisten Sektenideologien im christlichen Umfeld folgen bestimmten Mustern, das ist bei ›Uriels Kriegern‹ nicht anders. Die Kinder der Gemeinschaft sollen unbeeinflusst von modernen Strömungen streng nach biblischen

Grundsätzen aufwachsen. Das ist der Hauptgrund, warum sie ihren Sprösslingen den Besuch staatlicher Schulen verweigern. Am meisten stören sie sich natürlich am Sexualkundeunterricht, aber auch die Evolutionslehre wird abgelehnt.«

Thal goss beide Gläser noch einmal voll. »Du meinst, die erzählen ihren Kindern allen Ernstes, dass die Welt von Gott erschaffen wurde, und zwar vor sechstausend Jahren?«

Madlaina trank einen Schluck und nickte. »Genau! Alles andere widerspricht der biblischen Schöpfungsgeschichte und würde die Seelen der Kinder vergiften. Deshalb darf Schulunterricht nur in der Gemeinschaft selbst stattfinden.«

»Gut, das habe ich verstanden. Aber warum prügeln sie ihre Kinder halb zu Tode, wo sie ihre Sprösslinge doch angeblich so lieben.«

»Weil auch das in der Bibel steht.« Madlaina nahm das Tablet vom Tisch, was Thal einen leichten Widerwillen spüren ließ. Fing sie jetzt auch schon an, diese Geräte als Notizzettel zu benutzen? Sie wischte ein paar Mal über den Bildschirm, bis sie gefunden hatte, was sie suchte.

»Hier«, sagte sie und hielt Thal das Display entgegen. »Sie schreiben es klipp und klar auf ihrer Internetseite. *Wer seine Rute schont, der hasst seinen Sohn, wer ihn aber liebhat, der züchtigt ihn bald.*«

»Und so ein Quatsch steht in der Bibel?«

Madlaina schaute erneut auf ihr Tablet. »Altes Testament, Sprüche 13,24. Du würdest dich wundern, was für haarsträubendes Zeug man da findet. Schau dir doch nur die Fotos dieser vermeintlichen Krieger an. Fast alle Männer haben lange Bärte, die Frauen langes Haar. Steht garantiert in der Bibel. Genauso wie die Vorschrift, dass die männlichen Krieger weite Hosen und die weiblichen Röcke oder Kleider zu tragen haben.«

»Na ja, die Mönche tragen auch merkwürdige Kutten«, sagte Thal und winkte ab. »Unwichtige Äußerlichkeiten.«

»Nein, mein Lieber, hier geht es nicht um Folklore. Alles hat seinen Sinn und deutet letztendlich auf die totale Unterwerfung hin. Die Krieger müssen hart und lange arbeiten, bekommen keinen Lohn und verzichten auf persönliches Eigentum. Ich wette, dass jede Form staatlicher Vorsorge wie Renten- oder Krankenversicherung strikt abgelehnt wird. ›Uriels Krieger‹ sind eine Gütergemeinschaft, in der es eine strenge Hierarchie gibt. Das gilt innerhalb der Gruppe selbst, aber auch in jeder einzelnen Familie. Die Frau hat sich dem Mann zu unterwerfen und die Kinder haben unausweichlich der elterlichen Autorität Folge zu leisten. Dazu gehört auch die körperliche Züchtigung mit der Rute, womit wir wieder beim Thema wären.«

Thal räumte die Teller vom Tisch, während Madlaina weiter durch die Internetseite dieser Verrückten surfte. Nachdem er das Geschirr in die Spülmaschine geräumt hatte, setzte er sich neben sie auf die Couch. Sie lächelte ihn an und kuschelte sich an ihn. Er spielte mit einer ihrer Haarsträhnen. »Weißt du, was ich nicht verstehe?«, fragte er. »Was hat das alles mit der Impfgegnerschaft und der Pflege behinderter Kinder zu tun?«

»Das passt schon«, sagte Madlaina und schmiegte sich noch enger an ihn. »Die christlichen Fundamentalisten sind strikte Gegner jeden menschlichen Eingriffs. Sie lehnen selbstverständlich die Abtreibung ab, akzeptieren aber auch medizinische Therapien nur, wenn sie in ihren Augen gottgewollt sind. Das gilt für die moderne Medizin so gut wie nie, womit wir bei der Weigerung sind, die Kinder impfen zu lassen. Sich um die Opfer zu kümmern ist altes, tradiertes Verhalten im Sinne von Caritas und behinderte Menschen werden in der Gemeinschaft aufgefangen.«

»Das hört sich an, als handelte es sich um eine soziale Einrichtung, die sehr viel Gutes tut.«

»Das könnte grundsätzlich auch so sein. Das Problem ist nur, dass sie allen Menschen, die sie in ihre Fänge bekommen, den freien Willen nehmen. Und vor allem: Sie verhindern eine sinnvolle Behandlung Kranker. Kröger hat das zwar nicht wörtlich gesagt, aber zwischen den Zeilen war es klar zu hören. Sie lassen der Natur ihren Lauf und sie lehnen es ab, dass behinderte Kinder durch die moderne Medizin länger leben.«

»Was für Menschenverachter!« Thal spuckte die Worte aus und Madlaina schaute ihn besorgt an.

»Am meisten Sorge bereitet mir die Geheimniskrämerei, die sie um ihre Einrichtung für behinderte Kinder machen. Ich fürchte, da passieren Dinge, die auf keinen Fall an die Öffentlichkeit dürfen.«

»Auf jeden Fall sind diese Typen gefährlich, darüber sind wir uns ja wohl einig, oder?«

Thals Stimme klang ein wenig zu schrill und er räusperte sich. »Auf gar keinen Fall kannst du da weiter mit Bettina ermitteln.«

»Du hast recht«, sagte Madlaina und beugte sich zur Seite, um ihr Glas vom Tisch zu nehmen. »Bettina müssen wir aus der Sache raushalten, in ihrem Zustand kann sie unmöglich weitermachen.«

Thal war froh, dass sie ihm in dieser Frage zustimmte, fürchtete aber, dass Madlaina eine andere Konsequenz zog als er selbst.

»Es kommt aber auch nicht infrage, dass du alleine mit den Lohbecks redest. Das wäre unverantwortlich.«

»Hast du eine bessere Idee?«, fragte Madlaina schnippisch.

Die Haare auf Thals Unterarm richteten sich auf.

»Jonas könnte dich begleiten, er hat Erfahrung mit verdeckten Ermittlungen.«

Das war zwar reichlich übertrieben, denn der Kollege hatte erst einen Undercover-Einsatz hinter sich und den hätte er um Haaresbreite nicht überlebt.

Madlaina überlegte nicht eine Sekunde, sondern winkte sofort ab. »Vergiss es. Der Gute ist einfach zu jung, um mein Freund zu sein, allenfalls ginge er als mein Sohn durch. Ein Filius passt aber nicht zu meiner Legende.«

»Ein erwachsener Sohn würde dir aber gut stehen«, neckte Thal.

»Das Leben hat es nicht gewollt«, antwortete Madlaina. Thal hörte die Vibration in ihrer Stimme und ärgerte sich über seine locker hingeworfene Bemerkung. Es war nicht so, dass sie es bedauerte, keine Kinder zu haben, zumindest sprach sie nicht davon. Trotzdem hatte er manchmal das Gefühl, dass sie ihn um seinen Sohn Tobias beneidete, auch wenn der sich gerade wie ein Nichtsnutz und Tunichtgut benahm. Sie sollten darüber einmal ausführlich reden, aber nicht jetzt. Jetzt musste er verhindern, dass Madlaina sich in Gefahr begab.

»Okay, dass Quandt zu jung für dich ist, sehe ich ein.«

»So habe ich das nun auch wieder nicht gemeint!« Madlaina lachte spöttisch und Thal war froh über diese Neckerei.

»Ich habe schon bemerkt, mit was für einem Blick dich der junge Kollege von unten bis oben beäugt.«

Madlaina schlang einen Arm um Thals Hals, zog seinen Kopf nach unten und küsste ihn. »Jonas doch nicht! Oder hast du vergessen, dass er schwul ist?«

Sie streichelte über seine Wange. »Ich liebe dich!«, flüsterte sie. Für einen Moment versank er in der Zärtlichkeit, aber er musste das Thema erst noch zu Ende bringen.

»Was sollen wir also deiner Meinung nach tun.«

»Ich muss alleine gehen, aber ich brauche eine hieb- und stichfeste Legende«

»Wie meinst du das?«

»Meine angebliche Tochter Johanna ...« Sie machte eine kurze Pause, als müsste sie sich das Kind vor Augen holen. »Fotos von ihr wären zum Beispiel gut. Vielleicht ein Kinderausweis. Irgendwelche medizinischen Unterlagen. Alles, was meine Geschichte glaubwürdig macht.«

Manchmal machte Madlaina ihm Angst mit ihrer Klarheit und ihrem Mut. Sie überlegte nie, warum etwas nicht funktionieren konnte, sondern beschäftigte sich von Anfang an damit, was es brauchte, damit eine Aktion zum Erfolg führte. Wahrscheinlich war das der amerikanische Einfluss. Just do it!

Thal schaute auf die Uhr. »Vielleicht ist Jonas noch wach.«

Fünf Minuten später hatte er dem Kollegen den Plan erklärt. Quandt hatte zwei, drei Fragen gestellt, die letzte lautete: »Ihr braucht es bis morgen früh?«

»Ja«, lautete Thals knappe Antwort.

»Gut. Das schaffe ich.«

Fünfunddreißig

Vierter Tag. Sechs Uhr fünfzig

Diese Tage waren anstrengend. Er war schon um sechs Uhr aufgestanden, weil er Zeit brauchte, um sich einzustimmen. Dabei half ihm die routinierte Arbeit. Die Schwere der Aufgabe machte es unmöglich, ohne Vorbereitung an sie heranzugehen. Die meisten Menschen wären ihr ohnehin nicht gewachsen. Er kannte keinen, dem er sie zutraute. Sie alle würden kapitulieren.

Er nicht!

Dabei merkte er sehr wohl, wie es an ihm zerrte. Es war nicht leicht, das Unvermeidliche zu tun. Es brauchte einen starken Charakter, der sich nicht verbiegen ließ vom Geschrei der Masse. Ja, er hörte sie brüllen da draußen. Mit Schaum vor dem Mund tobten sie. Nannten ihn einen kaltblütigen Verbrecher. Einen Mörder! Dabei war er alles andere als das!

Er war ein Liebhaber. Er liebte Gott und die Menschen. Über Gott musste er sich keine Gedanken machen. Er war ewig und er war da, mehr musste er nicht wissen. Gottes Gesetzte galten von Anbeginn der Zeit bis zum Ende der Welt. Des Menschen Aufgabe war es nicht, über die Regeln zu urteilen. Er sprach auch kein Recht über andere.

Seine Aufgabe war eine weit schwerere, deren Bedeutung über alles hinausging, was die geifernde Masse da draußen bewegte.

Er stellt sich Monat für Monat der Überprüfung seiner eigenen Standfestigkeit. Das verlangte Courage. Und ein Rückgrat, das niemand brechen konnte. Versucht hatten es viele und immer wieder.

Er verscheuchte die Gedanken. An diesem Tag war keine Zeit für Reminiszenzen. Er durfte nicht zurückschauen, es ging nur um die Zukunft. Seine eigene. Die der Krieger. Die des Volkes. Die Zukunft der Welt.

Alles hing davon ab, dass er das Gleichgewicht wiederherstellte. Das Universum war durch Menschenhand aus den Fugen geraten, nur die Hand eines Menschen konnte ihm die Perfektion zurückgeben. Seine Hand!

Er schaute herunter, wie er sie im warmen Wasser badete. Er wusch seine Hände in Unschuld, denn Schuld war keine Größe, die ihn betraf.

Er war der Doktor, der die Examination vorzunehmen hatte. Nicht weniger, aber auch nicht mehr.

Er hatte in der Natur zu lesen wie in einem Buch.

Hatte zu erkennen, was Zukunft hatte und was nicht.

Hatte zu entscheiden, wer in das Land des Heils ging und wen er in die Hand Gottes gab.

Denn Gott traf die Entscheidung. Nicht er, der Doktor.

Er gab nur der Natur eine Chance. War der Prüfling stark genug, trat der die lange Reise in den Osten an. War er zu schwach, siegte die Natur und holte ihn in den ewigen Schlaf.

Heute war es ein Junge. Konstantin. Er examinierte lieber Jungs als Mädchen, das war das einzige Gefühl, das er sich zugestand, obwohl er wusste, dass auch diese Emotion bei seiner Aufgabe keinen Platz hatte.

Konstantin war zehn Jahre alt.

Wie konnten die Eltern so lange zusehen? Wie konnten sie es über so viele Jahre ertragen, dass die Natur geschändet wurde?

Konstantin war körperlich und geistig behindert.

Nur diese Tatsache interessierte ihn, die Ursachen waren ihm gleichgültig. Mochten andere darüber diskutieren und sich die Köpfe heißreden, ob und in welchen Fällen man der Natur ins Handwerk pfuschen durfte. Seine Antwort war klar: Das hatte Gott zu entscheiden, nicht der Mensch.

Konstantin. Seltsam, dass die Eltern heute ihren Kindern derart altertümliche Namen gaben. Am Anfang hatte er es abgelehnt, die Namen zu kennen. Aus Angst, die Aufgabe würde schwerer, wenn er zu viel von dem Prüfling wusste.

Das war falsch! Er wusste alles von ihnen. Ihm entging nichts, was für die Entscheidung von Bedeutung war.

Im Fall Konstantin war das Urteil längst gefällt. Geistig und körperlich behindert. Nicht nur ein Krüppel, sondern auch ein Idiot.

Die Natur konnte nicht wollen, dass Konstantin lebte.

Gott konnte das nicht wollen, denn Gott war Perfektion.

Die Natur war perfekt. Eines griff vollendet in das andere.

Konstantin hingegen war das Inbild der Unzulänglichkeit. Sein Weg war vorbestimmt. Das Land des Heils war unerreichbar. Nur ein Gottesurteil konnte ihn vor dem ewigen Schlaf retten.

Darin lag das Heil für ihn selbst und Heilung für die Gesellschaft.

Langsam entkleidete sich der Doktor und legte das weiße Gewand zurecht. Er durfte sich nicht in seinen Gedanken verlieren.

Die Zeit war gekommen, den Raum vorzubereiten und das Lager zu richten. Zuvor aber blieb ihm das Wichtigste zu tun.

Er öffnete das hölzerne Kästchen und entnahm ihm die Spritze, die seit Generationen in seiner Familie war. Langsam stieß er die Nadel durch die Folie in die Flasche und zog die klare Flüssigkeit auf.

Jetzt war alles bereit für das Doktorspiel.

Sechsunddreißig

Vierter Tag. Acht Uhr zehn

Dieses Mal hatte Bettina sich früh aus dem Bett gequält, um mit den anderen im Büro anzukommen. Auf dem Weg zur Bushaltestelle kaufte sie einen Liter Milch, denn sie hatte auf das Frühstück und vor allem auf ihren Erdbeertrunk verzichtet.

»Das wird immer schlimmer mit euch«, sagte Quandt. »Die eine trinkt seit neuestem Fencheltee, die andere diesen Chemie-Mist.«

»Ich bin entschuldigt.« Bettina klopfte sich lachend auf den Bauch. »Die Hormone.«

»Und mir schmeckt's einfach.« Stephanies Antwort ließ keinen Zweifel daran zu, dass sie nicht bereit war, eine Diskussion über ihre Vorlieben zu führen. »Außerdem solltest du selber über deinen eigenen Getränkekonsum nachdenken.«

Auf dem Tisch standen fünf leere Flaschen Krating Daeng.

»In manchen Nächten ist es eben nötig, den Schlaf zu besiegen«. Bettina wunderte sich über Quandts Ausdrucksweise, es klang, als rezitierte er aus einem klassischen Theaterstück.

Madlaina und Thal betraten als Letzte den Besprechungsraum. In kurzen Worten unterrichteten sie die anderen über die Notwendigkeit, Madlainas Legende zu untermauern.

»Dann lass mal sehen«, bat Madlaina Jonas, der breit grinsend Fotos und Papiere auf dem Tisch ausbreitete.

»Darf ich vorstellen: Johanna Veicht.«

Bettina zog ein Foto zu sich heran. Es zeigte ein vielleicht zehnjähriges, dunkelhaariges Mädchen. Die Kleine war spindeldürr, ihr Oberkörper steckte in einem schwarzen Sweatshirt und ihre merkwürdig verdrehten Beine in einer ebenfalls dunklen Jeans mit modischen Löchern. Sie saß in einem Elektrorollstuhl, die rechte Hand auf den Steuerelementen.

Das Gesicht wirkte starr wie eine Maske, der Kopf war leicht nach links geneigt, der Mund stand offen und die Augen blickten ins Leere. Ein Speichelfaden hing vom Kinn herunter.

Die Haare waren gepflegt und zu einem Zopf gebunden.

Weitere Bilder wurden herumgereicht. Alle zeigten das Mädchen, auf zwei Fotos saß sie mit anderen Behinderten an einem Esstisch. Einmal lag sie unter einer Wolldecke auf einer Couch. Daneben gab es noch einen Kinderreisepass und einen Impfpass.

Madlaina studierte alles eingehend. »Ist das nicht ein bisschen zu dick aufgetragen?«

»Wieso?« Stefanie schob Madlaina das Impfdokument zu. »Auf mich wirkt das absolut glaubwürdig.«

»Woher hast du die Bilder, Jonas?«, fragte Thal.

»Aus dem Netz natürlich.«

Thal warf zwei Fotos, die er gerade noch betrachtet hatte, auf den Tisch. »Dann kannst du das vergessen!«

»Warum das denn?« Madlaina klang leicht verärgert.

»Selbst wenn die Gefahr nur minimal ist, besteht immerhin die Möglichkeit, dass Lohbeck oder seine Frau die Bilder schon gesehen haben. Ihr dürft nicht vergessen, dass die beiden sich intensiv mit Impf-Opfern beschäftigt haben. Da werden sie mit Sicherheit viel im Internet unterwegs gewesen sein.«

»Keine Sorge!« Quandt packte die Fläschchen zusammen, deren Inhalt ihn durch die Nacht getragen hatte. »Es ist nahezu ausgeschlossen, dass die beiden das Kind schon gesehen haben.«

»Das musst du uns aber erklären, Jonas!« Thal war noch immer beunruhigt, wie Bettina an seiner nicht ganz festen Stimme bemerkte.

»Ich habe euch doch schon mal erzählt, dass ich einen Freund beim Bundeskriminalamt habe. Die Bilder stammen von einer internen Seite des BKA. Bei dem Kind handelt es sich um ein Mordopfer. Das Mädchen wurde vor vier Jahren von der Großmutter erschlagen, es gibt keinerlei Zusammenhang mit irgendwelchen Sekten oder Impfgegnern. Es war einfach eine Familientragödie.«

»Die Fotos sehen aber nicht aus wie Polizeiaufnahmen.«, sagte Bettina.

»Das sind sie auch nicht. Die Kleine war verschwunden und die Kollegen haben sich von den Eltern Fotos besorgt. Dass die im internen Netz des BKA nicht gelöscht wurden, ist purer Zufall, der uns jetzt zugutekommt. Selbstverständlich habe ich die Bilder stark bearbeitet. Das Mädchen trug zum Beispiel scheußliche, bunte Pullover, so etwas hätte Madlaina ihrer Tochter niemals angezogen.«

Alle im Raum lachten los und die Spannung löste sich.

»Die Fotos sind perfekt.« Madlaina stand auf und drückte Quandt schmatzend einen Kuss auf die Wange, was er mit einem breiten Grinsen quittierte.

»Dann können wir ja gehen!«, sagte Bettina und trank den letzten Rest Erdbeermilch.

»Moment!« Thal hob die Hand und lächelte sie an. »Dein Aktionismus in Ehren, aber du verlässt diesen Raum heute nicht.«

»Und wer begleitet Madlaina?« Bettina merkte, dass die Frage patzig gestellt war, aber das war ihr egal.

»Niemand«, antwortete die Schweizerin.

Bevor sich Widerspruch regen konnte, griff Thal ein. »Wir haben gestern Abend noch lange darüber geredet. Auch wenn es nicht ungefährlich ist, es gibt keine andere Möglichkeit.«

»Ich könnte ...«, rief Jonas.

»Ich weiß, was du sagen willst, aber als Madlainas Freund bist du einfach zu jung, das kaufen sie euch nicht ab.«

»Und wenn ich ...?«, sagte Stephanie mit vor Aufregung leicht geröteten Wangen.

»Und wie sollen wir das begründen?« Madlaina sprach ruhig und sachlich. »Erst tauche ich mit meiner Freundin Bettina bei der Engl und bei Kröger auf und jetzt bringe ich eine andere Freundin zu einer vertraulichen Besprechung mit.« Sie schüttelte den Kopf.

»Eben«, rief Bettina. »Es kommt niemand außer mir infrage.«

Thal schlug mit der flachen Hand auf die Tischplatte. »Schluss jetzt! Madlaina geht allein. Um das Risiko zu minimieren, wird sie verkabelt, Grendel ist schon auf dem Weg. Jonas und ich werden hinter ihr herfahren und vor Lohbecks Haus warten. Dort können wir alles mithören. Wenn es zu einem Ortswechsel kommt, fahren wir hinterher. Stephanie und Bettina bleiben im Präsidium.« Er drehte sich zu den beiden Frauen um. »Wenn es brenzlig wird, koordiniert ihr von hier den Einsatz.«

Bevor jemand etwas sagen konnte, betrat Grendel den Raum. Er trug ein verpacktes Kommunikationsset, bestehend aus einem Mikrofon und einem Minisender.

»Bevor ich dich verkable, Madlaina, muss ich etwas loswerden.«

Er schaute in die Runde und Bettina hatte das Gefühl, er
wollte eine feierliche Ansprache halten.

»Ihr wisst, dass ich euch schon bei der einen oder anderen nicht ganz koscheren Aktion gedeckt habe. Das hier
aber geht zu weit.«

»Komm, Hartmut«, versucht Thal ihn zu beschwichtigen.
»Ohne dich kriegen wir das technisch nicht hin.«

Grendel nickte. »Wie immer«, sagte er lakonisch. »Nur
eins muss klar sein. Sollte die Sache schiefgehen, werde ich
meinen Kopf nicht dafür hinhalten.«

Er riss die Verpackung des Mikros auf. »Ich habe mit
dem hier nichts zu tun.«

»Schon gut«, sagte Thal und wirkte fast kleinlaut.

Grendel seufzte. »Nun denn! Dann mach mal den Oberkörper frei, Madlaina.«

Siebenunddreißig

Vierter Tag. Neun Uhr fünfzehn

»Ich kann nicht mehr! Wirklich nicht!«

Madlaina verbarg das Gesicht zwischen den Händen und schluchzte.

»Ich liebe Johanna«, flüsterte sie zwischen den Fingern hindurch, »aber sie zerstört mein Leben.«

Seit einer Viertelstunde saß sie jetzt in Lohbecks Wohnung. Sie war allein mit Florian Lohbeck, seine Frau erwähnte er mit keinem Wort und sie fragte nicht nach. Die Luft war zum Schneiden, es stank nach kaltem Zigarettenrauch, als hätten sie seit Tagen nicht gelüftet.

Lohbeck war ein hagerer, großer Mann mit knochigem Gesicht, das durch den langen, wild gewachsenen Bart ein urtümliches Aussehen bekam. Das Angenehmste an ihm war seine Stimme: Tief und warm, dabei durchaus fest, aber niemals schnarrend. Madlaina konnte sich vorstellen, dass er allein damit die Frauen erobern konnte.

Er hatte ihr auf dem Sofa Platz angeboten und anschließend den Sessel herangezogen, damit er ihr direkt gegenübersaß. Wenn er sich nach vorne beugte, kam er ihr eine Spur zu nahe, aber sie riss sich zusammen, damit er ihre Abwehr nicht bemerkte. Am besten schauspielerte sie, dann ging sie in der Rolle auf und gab der Angst keine Chance, sie zu beherrschen.

Lohbeck reichte ihr ein Tempotuch. »Manche Kinder zerstören noch viel mehr als die Leben ihrer Mütter oder Väter. Sie sind eine Gefahr für die Gemeinschaft.«

Madlaina schniefte. Ihre Sinne waren aufs Äußerste gespannt. Zum ersten Mal gab Lohbeck etwas anderes als einen Allgemeinplatz von sich, der genauso auf der Internetseite jeder x-beliebigen Beratungsstelle stehen könnte. Jetzt kam er langsam aus der Deckung.

»Ich würde nicht direkt sagen, dass Johanna mein Leben zerstört, aber ...«

Sie musste auf der Hut sein. Nicht zu früh auf seine Linie einschwenken, das könnte ihn misstrauisch machen. Andererseits musste sie Interesse signalisieren, durfte ihm nicht gleichgültig vorkommen.

»Aber Sie haben recht, es ist eine enorme Belastung. Ich weiß schon gar nicht mehr, wann ich das letzte Mal einen Abend für mich allein hatte. Und an einen Freund ist nicht zu denken.«

Sie schaute Lohbeck von unten an. Sein Blick war starr auf sie gerichtet, als scannte er sie. »Aber was meinen Sie damit, dass Johanna eine Gefahr für die Gesellschaft ist?«

Er wandte den Blick eine Sekunde von ihr ab und schaute nach oben, als fände er die Antwort an der Decke.

»Nehmen Sie das nicht persönlich, Madlaina. Es kommt darauf an, das Große und Ganze im Blick zu halten.«

»Mir würde es im Moment reichen, wenn sich jemand meines kleinen Problems annähme.«

Vorsicht, Madlaina!, sagte sie sich. Du darfst nicht zu forsch auftreten und nicht zu vorsichtig, nicht zu skeptisch und nicht zu devot. Immer schön auf dem Mittelstreifen gehen! Nicht, dass du seine Alarmglocken läuten lässt. Sicherheitshalber schluchzte sie zwei Mal. Es schien zu wirken.

»Natürlich! Sie haben völlig recht. Wir müssen uns um Sie und Ihre Tochter kümmern, das ist das Wichtigste. Aber es kommt darauf an, dass wir dabei den richtigen Weg einschlagen. Wir schützen die Gemeinschaft, wenn wir die

Kinder schützen. Und wir schützen die Kinder, in dem wir verhindern, dass der Natur ins Handwerk gepfuscht wird.«

Was für ein krudes Geschwätz, dachte Madlaina. Sie verstand den Sinn hinter diesen Worten nur zum Teil, aber es machte ihr Angst. Wie lange konnte sie die Rolle aufrecht halten, bis Lohbeck misstrauisch wurde? Sie musste die Sache beschleunigen, Druck aufbauen.

»Wissen Sie, was das Schlimmste ist?«

Lohbeck richtete sich auf, was die Entfernung zwischen ihnen vergrößerte und ihr Luft zum Atmen gab. Er schüttelte den Kopf.

»Johanna verbaut mir gerade die größte Chance meines Lebens.«

Sie spürte, dass sie ihn hatte. Er war voll und ganz auf sie konzentriert.

»Ich habe ein Angebot bekommen, in den USA zu arbeiten.«

Sie machte eine Pause, um den Satz wirken zu lassen und hoffte, dass Lohbeck zu den vielen gehörte, für die ›Chance‹ und ›USA‹ Schlüsselwörter waren, die einen großen Sog ausübten. Leise setzte sie hinzu. »Aber wie soll das gehen mit Johanna?«

Jetzt lag der Ball bei ihm und er nahm ihn auf.

»Das hört sich gut an. Was ist denn das für eine Arbeit?«

In ihrem Hirn liefen die Gedanken heiß. Fast hätte sie sich verplappert und das naheliegendste gesagt, dass sie als Polizistin dort arbeiten könnte. Das hätte sie glaubwürdig rüberbringen können, denn wenn sie wollte, würden die Jungs vom FBI sie mit Kusshand nehmen. Journalistin ging auch nicht, darauf reagierte Lohbeck garantiert hysterisch. Sie brauchte etwas Unverfängliches.

»Haben Sie schon etwas von ›Kirche der Kinder der letzten Tage‹ gehört?«

»Nein, das sagt mir nichts.«

Wie sollte es auch? Sie hatte die Gemeinschaft gerade erfunden. Also weiter im Text.

»Sie sollten Pater Georges treffen. Ein wunderbarer Mann. Er hat mir klar gemacht, dass diese Welt Menschen braucht, die für den Glauben kämpfen, sich für das Heil einsetzen und nicht nur für ihren eigenen Vorteil.«

Lohbeck lehnte sich zurück, schlug die Beine übereinander und hörte aufmerksam zu.

»Ich habe mich entschlossen, Missionarin zu werden.«

Sie lehnte sich nach hinten und tupfte sich die Augen ab.

»Jetzt wissen Sie's! Sie sind der Einzige, ich hab's noch niemandem erzählt!«

Hoffentlich war das nicht zu dick aufgetragen, dachte sie. Aber über Lohbecks Gesicht huschte ein Lächeln, das sie sofort zerstören musste.

»Aber daraus wird ja ohnehin nichts.«

Sie hatte alle Enttäuschung, derer sie fähig war, in diesen Satz gelegt. Lohbecks Mine verfinsterte sich.

»Können Sie Ihre Tochter nicht mitnehmen?«

Sie öffnete ihre Handtasche und zog die Fotos heraus. Wortlos überreichte sie Lohbeck die Bilder, der eins nach dem anderen konzentriert betrachtete.

»Impfschaden?«

»Ja!« Madlaina wollte möglichst wenig zu medizinischen Details sagen, das Terrain war zu unsicher.

»Anerkannt?«

Sie lachte kurz auf. »Natürlich nicht.«

»Wer war der Arzt?«

Madlaina überlegte eine Sekunde, dann riskierte sie es.

»Löscher!«

Lohbeck atmete einmal tief ein. »Das Schwein hat auch unsere Finja auf dem Gewissen.«

Sie wartete, ob er noch etwas sagen wollte, aber er schwieg.

»Wo ist die Kleine jetzt?«

»Ihr geht es gut. Besser, als es ihr jemals gegangen ist.«

Es entstand eine Pause, in der Madlaina fürchtete, alles verloren zu haben. Wenn er sie jetzt nach Hause schickte, hatten sie den ganzen Aufwand umsonst betrieben. Sie mussten noch einen Versuch starten.

»Wissen Sie, diese Einladung in die USA ist wirklich meine große Chance. Ich habe in meinem Leben nicht viel richtig gemacht, aber das ... Ich weiß, dass ich damit zum ersten Mal etwas Gutes schaffen könnte.«

Sie sackte in sich zusammen und schaute zu Boden. Tränen wären zu viel gewesen, Lohbeck musste ihre Verzweiflung auch so spüren.

»Wann sollen Sie fahren?«

»In zwei Wochen.«

Er saß im Sessel, sein Körper starr mit Ausnahme der Kiefer, die aufeinander malmten wie zwei Mühlsteine.

»Schauen Sie mich an, Madlaina!«

Ein Satz wie ein Peitschenhieb. Er blickte ihr in die Augen. Die Kiefer mahlten weiter.

»Ich vertraue Ihnen.«

Er stand auf und ging zum Telefon. Madlaina wagte nicht, sich zu rühren. Sie saß auf der Couch und starrte an die Wand gegenüber. Lohbeck sprach mit jemandem. Leise und ruhig. Sie verstand nur Wortfetzen, ohne geringste Ahnung vom Inhalt. Als er aufgelegt hatte, stellte er sich neben die Couch.

»Gut.«

Er reichte ihr die Hand. »Sie werden erwartet.«

»Wann?«, fragte Madlaina und spürte, dass ihre Hände feucht waren.

»Jetzt.«

Achtunddreißig

Vierter Tag. Zehn Uhr zwanzig

»Was für eine geniale Schauspielerin!« Quandt schlug mit der Faust auf das Lenkrad. Thal saß vornübergebeugt und starrte aus dem Fenster. Sie durften auf keinen Fall verpassen, wenn Lohbecks Auto aus der Tiefgarage kam.

Der Dienstwagen – Quant hatte sich für einen ›VW Passat‹ entschieden – parkte hundert Meter von Lohbecks Haus entfernt verkehrswidrig am Straßenrand. Jonas hatte recht, dachte Thal. Madlaina hatte eine perfekte Show hingelegt. Wenn er jemals daran gezweifelt hatte, dass sie eine herausragende Polizistin war, heute hatte sie es bewiesen. Außerdem war jetzt auch klar, warum die Ausbildung beim FBI als die beste der westlichen Welt galt. Wenn jeder amerikanische Bundespolizist über so viel Improvisationstalent und Schlagfertigkeit verfügte, waren sie dem typischen deutschen Beamten um Meilen voraus. Er glaubte das aber ehrlich gesagt nicht. Madlaina war einfach etwas Besonderes. Wie bezeichnete sie sich selbst? Als Rampensau! Thal lächelte still in sich hinein, während Quandt die beeindruckendsten Passagen der Unterhaltung, deren Ohrenzeuge sie gerade geworden waren, aus dem Gedächtnis zitierte.

Thal hob die Hand. »Still«, zischte er und presste die Kopfhörer fester ans Ohr. Auch Jonas konzentrierte sich auf die Geräusche.

»Da!« Thal zeigte durch die Frontscheibe und zog das Fernglas aus dem Handschuhfach. Er erkannte Madlaina auf dem Beifahrersitz, am Steuer ein großer, hagerer Mann. Sie fuhr sich mit der Hand durchs Haar und ließ die Bewegung in ein kurzes Winken auslaufen. Thal lächelte, flüsterte aber gleichzeitig »Vorsicht!«

Quandt bezog das auf sich. »Klar, Chef. Ich halte schon Abstand.«

Lohbeck fuhr stadtauswärts, bog dann in die Schneckenburgstraße. Weiter ging es in die Markgrafenstraße, von dort in die Alemannenstraße. Er fuhr einen Zickzackkurs, der ihn an den Ausgangspunkt zurückführte. Thal starrte durch das Fernglas. Der Typ wollte kontrollieren, ob ihm jemand folgte.

»Da folgt uns ein Auto. Was ist denn das für eine Scheiße!«

Thal presste die Kopfhörer gegen die Ohren und sah, dass Lohbeck sich umdrehte.

»Journalistenpack, elendes! Die sind schon seit Wochen hinter mir her wegen Finja. Können sie uns nicht einfach in Ruhe lassen.«

Er riss das Steuer herum und bog mit quietschenden Reifen in die Bruder-Klaus-Straße ein. Quandt hatte keine Mühe zu folgen. »Langsam, Jonas«, rief Thal.

»Der hat uns doch eh bemerkt, jetzt kommt es nur darauf an, dass er uns nicht abhängt.«

Lohbeck beschleunigte immer mehr. Quandt folgte.

»Der fährt in die Innenstadt«, rief Quandt, als der Wagen vor ihnen auf die Rheinbrücke zupreschte. Quandt schaffte es gerade noch, bei Dunkelgelb über die Ampel. Lohbeck hielt sich an keine Geschwindigkeitsbegrenzungen, raste über die verkehrsberuhigte Bahnhofstraße, an deren Ende er nach links abbog.

»Wo zum Teufel will der hin?«, schrie Thal.

»Ins ›Lago Parkhaus‹«, antwortete Quandt und behielt recht.

Was wollte Lohbeck in dem Einkaufszentrum? Das ›Lago‹ lag mitten in der Stadt und um diese Zeit waren die täglichen Massen von Schweizer Einkaufstouristen noch auf dem Weg. Die Deckung war alles andere als perfekt. Thal spürte, wie die Angst seine Gedanken lähmte. Hier spielte sich etwas ab, das er nicht einordnen konnte. Er drohte, die Kontrolle zu verlieren.

Sie sahen gerade noch Lobecks Wagen in der Parkhauseinfahrt verschwinden. Als sie einen Parkschein gezogen hatten, war von dem Auto nichts mehr zu sehen. Zum Glück stand die Funkverbindung.

»Was wollen wir hier?«, fragte Madlaina.

»Wir hängen die Pressefuzzis ab«, antwortete Lohbeck und er klang ruhig und gefasst.

Quandt steuerte den Wagen von Stockwerk zu Stockwerk. Sie sahen Lohbecks Auto nicht mehr. Thal atmete tief durch. »Wir dürfen nichts riskieren, Jonas. Halt an!«

Quandt steuerte eine Parklücke in der fünften Etage an. Den Geräuschen im Kopfhörer nach zu urteilen, fuhr Lohbeck noch. Dann erstarb das Motorgeräusch.

»Raus!«, schrie Lohbeck.

Sie hören die Autotür zuknallen. Madlaina atmete schwer, sie schien zu rennen. »Sechs«, flüstert sie.

»Was?«, brüllte Lohbeck. Madlaina schwieg.

Quandt steuerte den Wagen aus der Parklücke und raste eine Etage nach oben. Lohbecks Auto stand nicht weit von der Zufahrt entfernt. Thal sprang aus dem Wagen und rannte zur Tür zum Treppenhaus. Quandt folgte ihm. Sie liefen nach unten. »Du überprüfst die fünfte Etage, ich die vierte und so weiter.« Sie mussten jede Ebene durchkämmen.

Thal rannte, so schnell er konnte. Die Lungen brannten, die Beine schmerzten. Das Parkhaus war riesig. Sie hatten keine Chance, das wusste er. Sie hätten mehr Leute gebraucht, ein ganzes Einsatzteam – so, wie es sich für ordentliche Polizeiarbeit gehörte. Das hier war Dilettantismus. Und Madlaina war in Gefahr. Vielleicht sogar in Lebensgefahr.

Quandt lief an ihm vorbei und zog ihn am Ärmel. »Das ist sinnlos, Alexander. Wir müssen raus, wenn überhaupt, können wir sie nur am Ausgang stellen.«

Sie rannten die Treppen herunter. Thal nahm zwei Stufen auf einmal, vertrat sich den Fuß, aber das Adrenalin ließ den Schmerz nicht ins Bewusstsein kommen. Er taumelte atemlos durch das Einkaufszentrum. Rannte die Rolltreppe herunter und ins Freie. Der Vorplatz vor dem ›Lago‹ füllte sich langsam, die ersten Kunden schlenderten Richtung Eingang. Auf der Bodanstraße staute sich der Verkehr vor der Ampel. Wo zum Teufel konnten die beiden sein? Wo wollte Lohbeck mit Madlaina hin?

Thal rannte von einem Ende des Gebäudes zum anderen. Keine Spur von ihnen. Der Kopfhörer hatte sich von den Ohren gelöst und baumelte an seinem Hals. Er setzt ihn auf. Rauschen. Kein Wort. Kein klarer Ton. Nichts.

Sie hatten sie verloren.

Neunnunddreißig

Vierter Tag. Zehn Uhr vierzig

Der Taxifahrer schaute auffällig oft in den Rückspiegel. Madlaina fragte sich, ob er etwas gemerkt hatte. War ihm aufgefallen, dass zwischen seinen Fahrgästen eine besondere Spannung herrschte? Oder glotzte er nur auf ihren Busen?

Aus dem Autoradio plärrte orientalische Musik, der Fahrer stammte aus dem Nahen Osten. Sein Deutsch war mäßig, aber das Fahrtziel hatte er verstanden. Vorsichtig schwamm er mit dem Verkehr mit.

Lohbeck wedelte mit einem Zwanzigeuroschein. »Wir haben es eilig, Mann. Wenn Du es in fünf Minuten schaffst, gibt's nen Zwanni extra!«

Der Fahrer schaute grimmig in den Rückspiegel. Ärgerte er sich über das Du? Oder über den Befehlston, den Lohbeck anschlug? Trotzdem nickte er und drückte merklich aufs Gaspedal. Madlaina musste in ihrer Rolle bleiben, das war wichtig. Also beugte sie sich nach vorne.

»Bitte!« Sie versuchte so flehend wie möglich zu klingen. »Es ist wirklich wichtig.«

Wieder nickte der Taxikutscher stumm, schaute aber noch häufiger in den Rückspiegel.

Lohbeck zog sein Smartphone aus der Jackentasche. Madlaina hörte das Freizeichen, danach die kratzige Stimme eines Mannes. Was er sagte, konnte sie nicht verstehen, aber Lohbeck erteilte Anweisungen.

»Ich brauche den Wagen.« – »Sofort.« – »Nein, das geht nicht.« – »Halt keine Volksreden! Steck den Schlüssel ins Schloss und gut ist es!«

Der Wagen hielt an einer Ampel.

»Verdammt noch mal! Geht das nicht schneller?«

Der Fahrer drehte sich um und funkelte Lohbeck an. »Was sind Sie? Der Schah? Der Papst? Meinen Sie, ich riskieren Führerschein? Für zwanzig Euro!«

Er drehte sich ruckartig um, schlug mit der flachen Hand auf das Lenkrad und fluchte weiter in einer Sprache, die Madlaina nicht verstand. Als die Ampel auf Grün sprang, ließ er sich besonders viel Zeit. Fast provozierend langsam kutschierte er über die Bundesstraße 33 stadtauswärts.

Direkt vor der Wiese, die sich großspurig Flugplatz nannte, bog er ab.

»Da hinten links!«, brüllte Lohbeck.

»Ich wissen.« In der Antwort steckte nichts als Verachtung für den großkotzigen Fahrgast. Wieder schaute der Mann in den Rückspiegel. Er hatte nur Augen für Madlaina und sie glaubte darin nicht Begierde, sondern eine Warnung zu lesen. »Pass auf dich auf«, wollte er ihr sagen. Sie nickte leicht mit dem Kopf. Er lächelte.

»Byk-Gulden-Straße«, las Madlaina laut von einem Straßenschild. »Was ist denn das für ein Name?« Sie hoffte, dass der Sender, der unangenehm gegen ihren Rücken drückte, noch funktionierte.

»Keine Ahnung«, brummte Lohbeck. Zum Glück war er noch nicht argwöhnisch. Er dirigierte den Fahrer auf einen nur mäßig gefüllten Parkplatz vor einer Autoverwertung. Wrackteile stapelten sich meterhoch.

»Sechzehn Euro und fünf Cent«, forderte der Fahrer.

Lohbeck zog ein Portemonnaie aus der Gesäßtasche, steckte den Zwanzigeuroschein ein und kramte Kleingeld heraus.

»Stimmt so«, brummte er und warf ein paar Münzen auf den Beifahrersitz.

Der Fahrer fluchte in seiner Muttersprache.

Lohbeck ging schnellen Schrittes zu einem Toyota älteren Baujahres, öffnete die Fahrertür, stieg ein und startete den Motor. Madlaina sprang auf den Beifahrersitz, der Wagen beschleunigte bereits, als sie die Tür zuschlug. Mit deutlich überhöhter Geschwindigkeit raste Lohbeck zurück zur Bundesstraße und bog rechts ab.

»Fahren wir nach Singen?«, fragte Madlaina so beiläufig wie möglich.

»Das werden Sie früh genug erfahren.«

Die Nadel des Tachos zitterte bei 130. Viel zu schnell, aber Madlaina versuchte, sich zu entspannen. Sie brauchte ihre Sinne und durfte sie nicht an die Angst verlieren.

»Diese Presseleute, was wollten die denn von Ihnen?«

Lohbeck umklammerte das Lenkrad so fest, dass die Fingerknöchel weiß hervortraten.

»Die sind seit Wochen hinter uns her. Es war ein Fehler, Finjas Namen auf die Liste zu schreiben.«

»Welche Liste?«, fragte Madlaina und hielt die Luft an.

»Im Internet. Die Impfwächter haben eine Aufstellung aller Impfopfer gemacht, die nicht anerkannt worden sind.«

»Und was wollten die Presseleute wissen?«

»Vor allem wollten sie Fotos. Möglichst von Inga, Finja und mir. Die glückliche Familie, verstehen Sie?« Er lachte hämisch auf.

Madlaina lief ein eiskalter Schauer über den Rücken. Oder löste sich das Klebeband, mit dem Grendel das Kabel fixiert hatte? Ihr war heiß. »Hat die Karre keine Klimaanlage?«

Lohbeck drehte an den Heizungsschaltern herum. »Luxus haben wir nun mal nicht zu bieten!« Wieder dieses Lachen. Wieder eine Gänsehaut.

Sie musste sich entspannen, sonst machte sie Fehler. Inzwischen rasten sie auf der Autobahn Richtung Stuttgart und näherten sich der Ausfahrt Singen/Steißlingen. Lohbeck setzte den Blinker und Madlaina atmete auf. Sie wusste nicht, warum, aber sie war froh, dass sie in der Region bleiben, als ob Thal und die anderen ihr hier besser helfen konnten. Wenn der Sender wenigstens noch funktionierte. Wenn, wenn ...

Lohbeck bog am Ende der Abfahrt nach rechts. »Also doch nach Singen!«, sagte sie.

»Noch fünf Minuten, dann sind wir da!«

Madlaina drehte sich vorsichtig um. Der Passat war nicht zu sehen. Wie hätten Quandt und Thal ihnen auch folgen sollen! Wahrscheinlich war die Entfernung für den Sender zu groß. Sie brauchte eine zweite Option, damit die Kollegen ihre Position ermitteln konnte. Vorsichtig zog sie den Reißverschluss ihrer Handtasche auf. Das Geräusch war laut wie ein startendes Flugzeug. Lohbeck schaute zur Seite. Schnell griff Madlaina hinein und zog ein Nasenspray heraus. Lächelnd schwenkte sie es in der Hand hin und her und sprühte einen kräftigen Stoß in beide Nasenlöcher. »Meine Schleimhäute trocknen so schnell aus«, sagte sie, als sie die Flasche zurück in die Tasche legte. »Und mein Hals kratzt auch schon. Ich müsste da doch noch ein Bonbon haben.« Sie beugte sich über die Tasche auf ihrem Schoß und kramte darin herum. Sie hustete. Hoffentlich war es laut genug gewesen. Lächeln zog sie zwei Eukalyptusbonbons heraus. »Möchten sie auch eines?«

Lohbeck schaute zur Seite und grinste.

»Gern.«

Sie steckte sich das Bonbon in den Mund und schloss die Augen. Er hatte nichts bemerkt.

Vierzig

Vierter Tag. Elf Uhr fünf

»Verdammt! Verdammt! Verdammt!«

Thal begleitete jedes Wort mit einem Faustschlag auf den Tisch. Vor drei Minuten waren Quandt und er ins Präsidium gehetzt.

»Irgendeinen Kontakt zu Madlaina?«, rief er, kaum hatte er einen Fuß in Bettinas Büro gesetzt. Sie schüttelte stumm den Kopf und deutete auf die Kopfhörer, die nutzlos auf dem Tisch lagen.

Stephanie hockte auf der Schreibtischplatte und wirkte in sich zusammengesunken. »Erst wurde die Verbindung immer schlechter und dann brach sie ganz ab.«

»Sie müssen sich ein Auto besorgt haben«, sagte Quandt. Er war der Einzige, der fokussiert und ruhig genug wirkte, um etwas zu erreichen. Bettina schaute ihm über die Schulter. Er hatte sich auf einer Karte die Autovermietungen in Konstanz anzeigen lassen. Allzu viele waren es nicht, und obwohl sie nicht glaubte, dass Lohbeck mit einem Leihwagen weitergefahren war, ergriff sie den Strohhalm.

Drei Minuten später hatten sie alle Autovermieter der Stadt angerufen. Bei keinem hatte ein Mann mit einem langen Bart einen Wagen gemietet.

»Es wäre ja auch zu schön gewesen«, stöhnte Stephanie.

Quandt studierte schon wieder den Stadtplan. »Vom ›Lago‹ aus gibt es nicht so viele Möglichkeiten. Entweder sind sie in die Schweiz gefahren oder stadtauswärts.«

»Schweiz? Das glaube ich nicht«, sagte Stephanie und kaute auf ihrem Kugelschreiber. »Aber stadtauswärts teilt es sich ja auch in zwei Routen. Am See entlang durch die Vororte oder auf der Bundesstraße Richtung Singen.«

»Bundesstraße«, murmelte Quandt.

»Sollten wir nicht spätestens jetzt die Unterstützung von Schober einholen?«, fragte Bettina. »Wir brauchen die Kavallerie.«

Thal schüttelte den Kopf. »Das bringt nichts. Wir haben keine Ahnung, ob Lohbeck und Madlaina überhaupt in einem Auto unterwegs sind. Und wenn ja, in welchem und wohin.«

Bettinas Telefon klingelte. »Hallo Frau Berg. Hier Obermeister Klimt von der Zentrale. Wir hatten hier gerade einen merkwürdigen Anruf. Vielleicht wissen Sie etwas damit anzufangen. Sie haben doch da so eine Namenliste. Hören Sie am besten Mal zu, ich spiele ihnen die Aufzeichnung vor.«

Bettina hob die Hand. »Seid mal still!«

Sie schaltete den Lautsprecher des Telefons ein.

Eine Frauenstimme. Noch nicht so alt, vielleicht dreißig, höchstens fünfunddreißig. Die Frau war erregt, sie stotterte, verlor immer wieder den Faden.

»Bitte, bitte! Helfen Sie mir!«

»Das tun wir gerne, aber bitte sagen Sie mir erst Ihren Namen und Ihre Telefonnummer.« Die Stimme des Polizisten war ruhig und gelassen.

»Nein!«, schrie die Frau. »Sie müssen meinen Jungen retten!«

»Geht es um Ihren Sohn?«

»Ja. Konstantin. Er ist in Gefahr.«

»Wo ist Ihr Sohn?«

»Ich weiß es nicht. Aber er wird sterben.«

Knistern in der Leitung.

»Hallo? Sind Sie noch da?«

»So viele sind tot. So viele Namen! Hören Sie!

»Ja, ich höre Ihnen zu.«

»Dutzende Namen! Und bald ist Konstantin einer von ihnen. Sie müssen ihn retten. Bitte!«

Die Frau schluchzte.

»Wir wollen Ihnen ja helfen. Aber dazu muss ich wissen, wo Ihr Sohn ist!«

»Sie werden ihn töten. Verstehen Sie das denn nicht? Heute. Es ist Vollmond. Es passiert immer an Vollmond.«

»Was passiert, wenn Vollmond ist?«

»Das Doktorspiel!«

»Was ist mit diesem Spiel?«

»Heute werden sie Konstantin töten. Bitte! Sie müssen sie aufhalten. ›Uriels Krieger‹! Sie müssen Sie stoppen. Bitte!«

Die Frau heulte und wiederholte ständig das Wort ›Bitte‹, wobei sie es jedes Mal mehr in die Länge zog.

Schließlich ein Knacken in der Leitung. Stille, bis sich der Kollege von der Zentrale meldete. »Ich weiß ja nicht, ob Sie etwas damit anfangen können, aber aus Ihrem Kommissariat kam doch diese Anfrage mit der Namensliste und da die Anruferin das erwähnte ...«

»Ja, ja ... Danke«, stammelte Bettina und legte auf. Im selben Moment klingelte Thals Handy. Er schaute auf das Display.

»Madlaina«, flüsterte er. Seine Hand zitterte, als er das Gespräch entgegennahm. Quandt machte ein Zeichen, er sollte den Lautsprecher anstellen. Alle hielten die Luft an. Madlaina meldete sich nicht. Auch sie schwiegen.

Aus dem Lautsprecher kam das Geräusch eines fahrenden Autos. Sehr gedämpft auch Stimmen, überlagert von

Rascheln und Knistern. Die Stimmen gehörten zu einem Mann und einer Frau. Lohbeck und Madlaina. Worüber sprachen sie? Thal beugte den Kopf, bis ein Ohr nur wenige Zentimeter über dem Lautsprecher war. Die beiden lachten. Worüber redeten sie? Wortfetzen. Es ging ums Singen. Warum redeten sie über Gesang.

»Singen!«, flüsterte Bettina. Quandt rannte aus dem Raum.

»Wir haben wieder eine Spur, Alexander!«

Thal war so vernagelt, dass er nicht mitbekam, um was es ging. »Mensch! Singen am Hohentwiel!«, flüsterte Bettina. Aus dem Lautsprecher kam nur noch Knistern und Rauschen.

Quandt stürzte wieder herein. »Die Ortung von Madlainas Handy läuft.«

Thal erwachte aus seiner Starre. »Singen! Wir müssen nach Singen.«

»Wenn wir Glück haben, kommen wir so nahe an Madlaina ran, dass wir das Signal ihres Körpermikros wieder empfangen.« Stephanie schien als Einzige noch klar zu denken.

»Wir fahren alle!«, rief Thal. »Und zwar mit zwei Wagen.«

Er lief Richtung Tür. »Wir brauchen so viele Leute wie möglich vor Ort«, wiederholte er, als müsste er sich selbst vergewissern, die richtige Entscheidung zu treffen.

»Bettina, du fährst mit mir!«

Etwas anderes hätte sie auch nicht geduldet. Jetzt musste sie bei Thal sein.

Einundvierzig

Vierter Tag. Elf Uhr fünfzehn

Der Doktor war viel größer, als er gedacht hatte. Er war größer als alle Menschen, mit denen er bisher zu tun gehabt hatte. Größer als seine Mutter und sein Vater auf alle Fälle.

Ein Argus führte ihn in den Raum. Er war hell, obwohl er keine Fenster hatte. Das Licht kam von oben. Er wagte nicht, den Kopf zu heben und nachzusehen, ob Löcher in der Decke waren. Überall tanzten Staubkörner in der Luft. Er hatte einmal ein Ballett gesehen, in dem Kinder als Schneeflocken verkleidet gewesen waren. Es hatte ihm genauso gefallen wie das Staubkörnerballett. Er freute sich über das Wort. Er war jedes Mal glücklich, wenn er ein neues Wort gelernt hatte. Staubkörnerballett sagte er und wiederholte es mehrmals.

Der Doktor schaute ihn schweigend an. Ob es ihm nicht gefiel, dass er, der Prüfling, ein neues Wort auswendig lernte? Er hörte auf damit und schwieg. Er wollte den Doktor nicht ärgern.

Der große Mann schaute ihn weiter an. Er sagte nichts.

Konstantin senkte den Blick zu Boden. Ihm war kalt, als wären die Staubkörner tatsächlich Schneeflocken.

»Dreh dich um!«, sagte der Doktor. Seine Stimme war laut und sie hallte von den Wänden. Es klang, als würden ganz viele Doktoren »Dreh dich um!« sagen.

Konstantin stellte sich auf die Ferse. Das rechte Bein tat nicht immer, was es sollte, aber wenn er sich auf den linken Fuß stützte, ging es.

»Stopp!«, sagte der Doktor.

Konstantin streckte das rechte Bein wieder nach unten. Er stoppte zu abrupt und fiel auf den Boden. Er wollte sich aufrichten, aber es gelang ihm nicht. Warum half ihm der Doktor nicht? Es dauerte lange, bis er wieder auf den Beinen stand.

»Leg dich hier auf die Liege!«

Er krabbelte auf das stählerne Gestell. Es war kalt.

Der Doktor legte ein Stück Metall auf seine Brust. Er klopfte auf seinem Körper herum. Er schaute in seine Ohren. Er zog an seinen Armen.

Ihm war kalt. Er war nackt.

Der Doktor begann, Fragen zu stellen. Auf manche wusste Konstantin Antworten. Auf viele nicht.

Der Doktor lachte. Konstantin lachte auch. Er fror.

Der Doktor beugte den Kopf über sein Gesicht. Die Augen waren blau. Wie der See, auf dem er mit dem Boot gefahren war. Mama hatte gesagt, dass es kein Boot wäre, sondern eine Fähre. Das war Konstantin egal. Es sah aus wie ein Boot, das reichte ihm.

Der Doktor nahm seine Hand und sprach. Konstantin verstand ihn nicht. Kein Wort. Es war ein Gebet in einer fremden Sprache in einem Singsang, der ihn müde machte. Fast war er eingeschlafen, doch dann strich der Doktor über seine Stirn.

»Du bist auserwählt, Konstantin! Du wirst ein besonderes Spiel erleben, das nicht viele spielen dürfen. Freust du dich?«

Eigentlich fror er nur, aber er nickte.

»Schön!« Mehr sagte der Doktor nicht. Er ging aus dem Raum und ließ Konstantin allein.

Später kamen zwei Männer und brachten ihn in ein anderes Zimmer. Es war wunderschön. Helles Licht kam aus einer Kuppel unter dem Dach. Es gab keine Fenster, um herauszuschauen, dafür standen Blumen auf dem Tisch. Von irgendwoher kam Musik, die Konstantin noch nie gehört hatte. Sie gefiel ihm.

Die Tür ging auf und der Doktor kam herein.

»Leg dich auf das Bett, Konstantin!«

Er schaute sich um. An der Wand stand eine breite Liege, darauf ein blütenweißes Laken. So weiß, dass es ihn blendete. Langsam ging er zu dem Bett und legte sich auf den Rücken. In der Kuppel glitzerte das Licht in vielen Farben.

Der Doktor band ein Seil um seinen Oberarm und zog es fest. Es tat weh, aber er stöhnte nicht.

Als die Spritze in seinen Arm eindrang, schrie er auf.

»Sch, sch ...«, machte der Doktor.

Konstantin blickte zu Seite. Langsam rann die Flüssigkeit in seinen Körper.

»Schlaf!«, sagte der Doktor.

Konstantin schloss die Augen. Jemand legte ein eisiges Tuch über ihn. Die Kälte kroch von den Füßen nach oben. Die Beine begannen zu zittern. Er versuchte, den Kopf zu drehen, aber es ging nicht.

Er hatte Durst.

Er wollte schreien, aber seine Stimme blieb stumm.

Er hatte Hunger.

Er sah seine Mutter an seinem Bett. Sie weinte nicht. Sie lachte.

Zweiundvierzig

Vierter Tag. Elf Uhr dreißig

»Hier bringt ihr eure Kinder unter? In so einer schäbigen Fabrikhalle?«

Madlaina bemühte sich, so klar und laut zu sprechen, wie möglich, ohne Lohbecks Argwohn zu wecken. Sie wusste eh nicht, ob es funktionierte. Hatte Alexander ihren Anruf angenommen? Und wenn ja, kam ihre Stimme klar genug über den Äther, dass er etwas verstehen konnte. Vielleicht konnten sie wenigstens orten, wo sie sich befand.

Sie fühlte sich einsam.

Jetzt nur nicht durchdrehen, sagte sie sich. Kühlen Kopf bewahren und auf das reagieren, was geschieht. Du musst nichts forcieren, Madlaina. Lass dich einfach von Lohbeck führen, er hat dich hergebracht, um dir eine Lösung für dein Kind zu zeigen. Wenn es dir nicht gefällt, kannst du einfach wieder gehen.

Sie wusste, dass das nicht stimmte.

Lohbeck öffnete eine schwere Schiebetür. Madlaina hatte erwartet, dass es ein quietschendes Geräusch wie in einem Horrorfilm gegeben würde, aber das Metallteil schwang geräuschlos zur Seite.

»Komm!«

Warum duzte Lohbeck sie auf einmal? War es in der Halle verboten, sich mit Sie anzureden? Sie wagte nicht zu fragen, sondern ging langsam auf den Eingang zu.

Hinter der Tür befand sich eine Art Vorraum. Madlaina war überrascht, denn sie hatte aufgrund des Tores eine riesige Halle erwartet.

»Warte einen Augenblick«, wies sie Lohbeck an und verschwand durch einen Vorhang. Sie schaute sich um. Es war eine Art Windfang, wie es sie früher in Gaststätten gab. Ein Vorhang aus grobem, grünen Wollstoff hing an einer geschwungenen Eisenstange, um den Gastraum vor Kälte zu schützen. Sie fasste den Stoff an. Er fühlte sich feiner an, als er aussah. Man könnte einen guten Mantel daraus machen, dachte sie und schüttelte den Kopf. Wie kam sie auf solchen Unsinn.

Der Vorhang schwang zur Seite.

»Alles klar!« Lohbeck ließ sie eintreten. Sie standen in einem Flur, von dem mehrere Räume abgingen. Er brachte Madlaina in den ersten Raum rechts. Das Zimmer war klein, aber gemütlich eingerichtet. Nicht Madlainas Stil, nein, aber besser, als sie es von einer Sekte erwartet hatte. Zwei Sofas, ein Sessel, ein Tisch. An einem Kleiderständer hingen hellbraune Gewänder und transparente Seidentücher.

»Wir tragen hier Einheitskleidung.« Lohbeck zeigte auf die Kleiderstange. »Such dir etwas Passendes aus.«

Er ging zur Tür und war schon fast hinaus, als er sich noch einmal umdrehte.

»Ach ja! Keine Handys!« Er streckte Madlaina die Hand entgegen.

Sie griff in ihre Handtasche und hustete, während sie die Verbindung wegdrückte. Der leise Piepton schrillte trotzdem in ihren Ohren, aber Lohbeck reagierte nicht. Sie gab ihm ihr Handy und er verließ den Raum.

Sie wartete zehn Sekunden, ehe sie begann, sich auszuziehen. Vorsichtig zog sie das Klebeband ab. Wohin mit dem Mikro und dem Sender? Sie schaute sich um. In einer Ecke stand ein Wäschesack, darin schmutzige Gewänder wie die auf der Stange. Sie nahm ein paar Stücke heraus, ließ das Übertragungsset in den Beutel fallen und bedeckte es mit den anderen Gewändern.

Hastig kleidete sie sich an. Zehn Sekunden später kam Lohbeck zurück. Er trug eine Hose und ein weites Hemd aus dem gleichen, groben Leinen.

»Dein Haar!« Er deutete auf die Seidentücher.

Madlaina schlang sich ein Tuch um den Kopf.

»Gehen wir!«

Sie hatte sich nie in ihrem Leben so allein gefühlt.

Dreiundvierzig

Vierter Tag. Elf Uhr vierzig

Bettina versuchte, so ruhig wie möglich zu atmen. Sie durfte sich von Alexanders Panik nicht anstecken lassen. Am Anfang hatte sie gefürchtet, er könnte hyperventilieren, aber das hatte er in den Griff bekommen. Dafür fuhren seine Hände ständig über seine Beine, als könnte er sie nicht eine Sekunde ruhig halten. Sein Blick irrte hin und her. Immerhin herrschte er sie seit ein paar Minuten nicht mehr an, schneller zu fahren.

Zu allem Überfluss rebellierte jetzt auch noch ihr Magen. Sie hatte seit Wochen keine Probleme mehr mit Übelkeit gehabt – warum gerade jetzt?

»Warum ruft Grendel nicht an?« Thal klang so verzweifelt, wie er war. Bettina wusste, was in ihm vorging. Er hatte seine erste Frau Leah bei einem Attentat verloren, das ihm gegolten hatte. Monatelang verließ er danach die Wohnung nicht und marterte sich mit Selbstvorwürfen. Das durfte ihm nicht noch einmal passieren. Madlaina hatte ihn zurück ins Leben geholt. Er durfte sie nicht verlieren.

»Du weißt selbst, wie lange es dauern kann, bis die Telefongesellschaft ein Handy geortet hat. Wir brauchen Geduld.«

Innerlich war sie genauso aufgewühlt wie Alexander. Zum Glück wussten sie, in welche Richtung sie fahren mussten. Madlaina war wirklich clever. Hoffentlich hatten sie alles richtig verstanden und sie war tatsächlich in Singen. Andernfalls … Bettina verbot sich, den Gedanken zu Ende zu bringen.

Sie schaute in den Rückspiegel. Jonas und Stephanie folgten ihnen. Sie schienen aufgeregt miteinander zu diskutieren. Stress macht streitsüchtig.

So langsam sollte Grendel sich wirklich melden, denn sie erreichten den Randbereich von Singen. Wenn sie jetzt falsch abbogen, mussten sie hinterher kilometerweit durch die Stadt kurven.

Thal starrte auf sein Smartphone, als könnte er es hypnotisieren und zu einem Anruf bewegen. Und tatsächlich, es schnarrte los. Er erschrak derart, dass er es fast aus der Hand fallen ließ.

»Grendel«, brüllte er hinein. Im gleichen Augenblick überholte Quandt und setzte sich vor Bettina. Stephanie wedelte mit der Hand und zeigte, dass sie ihnen folgen sollte. Thal legte auf. »Grendel hat Quandt zuerst angerufen!«, sagte er völlig atemlos. »Fahr hinterher.«

Der Techniker war ein kluger und besonnener Mann, dachte Bettina. Er wusste, dass Alexander emotional viel zu sehr beteiligt war, um kühle Entscheidungen zu treffen. Also informierte er zuerst Quandt, damit er den Scout für sie spielte.

»Wo ist sie?«, fragte Bettina.

Thal nannte die Straße, die ihr nichts sagte. Sie kannte sich in Singen nicht aus. »In einem Industriegebiet«, setzte Thal hinzu.

Bettina konzentrierte sich darauf, Quandt nicht zu verlieren. Er fuhr mit deutlich überhöhter Geschwindigkeit über die Ringstraße.

Es dauerte fast fünf Minuten, bis sie das Gewerbegebiet erreichten. Kleinere Firmen, Baumärkte, Blumengroßhandel.

»Und wo?«, fragte Bettina.

Thal starrte nach vorne durch die Windschutzscheibe.

»Ich weiß es nicht.«

Quandt stoppte auf dem Parkplatz einer Schreinerei. Er lief auf ihren Wagen zu, das Tablet in der Hand. Bettina ließ die Seitenscheibe herunter.

»Hier«, sagte Jonas und zeigte auf das Tablet. »In dieser Funkzelle muss sie sein.«

»Zumindest ihr Handy«, ergänzte Stephanie, die ebenfalls aus dem Auto gestiegen war.

»Verdammt, das ist ein riesiger Bereich. Wir sollen wir den durchsuchen?«

»Es kann ja nur eine Halle oder etwas Ähnliches sein. Und sie darf nicht genutzt werden, von außen sollte sie also einen leeren Eindruck machen.«

Bettina war froh, dass Thals Stimme sich fester anhörte und den leidenden Unterton verloren hatte. Sie hievte sich aus dem Auto und schaute sich um.

Vierundvierzig

Vierter Tag. Elf Uhr fünfundvierzig

Madlaina versuchte, ein Gespräch in Gang zu bringen. Seit sie den Umkleideraum verlassen hatten, war Lohbeck schweigsam gewesen. Nur hin und wieder hatte er sie auf irgendetwas hingewiesen. »Der Speiseraum.« – »Die Duschen.« – »Der Sanitätsraum.« Keine weiteren Erläuterungen, es reichte anscheinend, wenn sie die Funktionsräume kannte. Die Halle war geräumiger, als Madlaina sie von außen geschätzt hatte, allerdings war sie durch Trennwände in viele kleine Segmente aufgeteilt. Über allem aber spannte sich eine große, von Eisenträgern gehaltene Decke. Die Schritte hallten auf dem Metallboden, in den Räumen dämpften Kokosmatten die Geräusche.

Sie fühlte sich unwohl. Das Gewand kratzte in ihrem Rücken, und die Angst saß ihr im Nacken, jemand könnte den Wäschesack leeren und den Sender entdecken.

»Ich finde es immer noch befremdlich, dass ihr die Kinder in so einer Fabrikhalle unterbringt.«

»Was soll daran nicht in Ordnung sein?«, fragte Lohbeck und schaute sie mit leicht zusammengekniffenen Augen von der Seite an.

»Kinder brauchen doch Sonne und Luft. Sie sollten im Freien spielen und nicht in so einer Halle.«

»Spielen können sie später, hier geht es um etwas anderes.«

Bis jetzt war ihnen nur ein Pärchen begegnet, das den Kopf senkte, als sie an ihnen vorbeigingen. Madlaina überlegte, ob »Grüß Gott!« ein angemessener Gruß wäre, zog es dann aber vor, zu schweigen.

»Nicht viele Leute hier«, sagte sie und intonierte es bewusst als Mittelding zwischen Frage und Feststellung.

»Um diese Zeit nie.« Lohbeck schien der Meinung zu sein, dass damit alles erklärt wäre. Er öffnete eine Tür und schob sie in ein Zimmer. Sie schätzte es auf zwanzig Quadratmeter. Auf dem Boden hockten drei Kinder, zwei Jungen, ein Mädchen. Sie trugen ebenfalls das braune Gewand, das Mädchen ein Kopftuch, unter dem sie traurig hervorschaute.

»Hallo!«, sagte Madlaina und bemühte sich um einen fröhlichen, unbeschwerten Ton.

»Hallo, Schwester«, antworteten die drei im Chor, wobei die Jungs nicht einmal den Kopf hoben, sondern auf den Boden starrten.

»Sie sind es nicht gewohnt, angesprochen zu werden«, sagte Lohbeck. »Schon gar nicht von einer Frau.«

Bevor Madlaina etwas fragen konnte, schob er sie aus dem Zimmer und schloss die Tür.

»Die Kinder sind nicht krank, oder?«

»Nein. Es sind Kinder von Brüdern und Schwestern. Sie werden hier auf die Reise vorbereitet.«

»Wohin verreisen sie denn?«, fragte Madlaina und spürte, wie sich ihr Körper anspannte.

»Unsere Kinder leben in ihrem eigenen Stamm im Land des Heils. Hier, im Land der Finsternis, werden ihre Seelen zerstört.«

Ach, du heilige Scheiße, dachte Madlaina für einen Moment und fragte sich, in was für eine bizarre Komödie sie geraten war. Im nächsten Augenblick wurde ihr klar, dass Lohbeck ernst meinte, was er sagte.

»Was heißt das: Die Kinder leben in einem eigenen Stamm.«

»Sie leben unter unseresgleichen in einem wunderbaren Haus im Land des Heils.«

»Ich kenne nur das Land des Lächelns.« Madlaina konnte sich diesen Scherz nicht verkneifen, sie musste ihre Anspannung loswerden, um klar denken zu können. Lohbeck schien es ihr nicht übel zu nehmen, im Gegenteil.

»Es ist gar nicht so weit davon entfernt.«

»In Asien?«, fragte Madlaina.

»Ja. In einem kleinen Dorf in Laos. Direkt am Mekong.«

Madlaina starrte Lohbeck an. Was hatte er da gesagt? Sie brachten ihre Kinder in ein Heim nach Laos? Sie musste sich verhört haben.

»Du meinst wirklich Laos in Südostasien?«

»Ja, warum findest du das so seltsam? Wundert es dich, weil normalerweise die Kinder aus der Dritten Welt zu uns ins reiche Europa kommen?«

Madlaina fühlte sich ertappt. Vielleicht hatte Lohbeck recht und sie war das Opfer ihrer eigenen Vorurteile geworden. Ehe sie etwas sagen konnte, fuhr er fort.

»Wir gehen den anderen Weg. Unsere Kinder werden aus diesem ekelhaften, unchristlichen Staat befreit, der uns zwingt, sie mit Gift vollzupumpen und uns vorschreiben will, dass wir sie mit Sexualkundeunterricht traktieren und ihnen die Evolutionslehre beibringen.«

»Und die behinderten Kinder?«, fragte Madlaina. »Kommen die auch nach Laos?«

»Nicht alle. Wir müssen selektieren.«

Es war, als hätte Madlaina einen Schlag mit einem Hammer bekommen. Selektion! Ein Begriff aus dem Wörterbuch des Unmenschen. Sofort tauchten die Bilder von der Rampe in Auschwitz vor ihr auf. Die einen sofort in den Tod, die anderen zur Vernichtung durch Arbeit. Sie spürte

Galle ihre Speiseröhre nach oben kriechen und räusperte sich. Lohbeck nahm das als Aufforderung weiterzusprechen.

»Wir nennen es das Doktorspiel, damit die Kinder keine Angst haben. Der Arzt prüft, ob die Kinder auch ohne moderne medizinische Hilfe überleben können und ob die Behinderung sich auf die Kindeskinder vererben wird. Wenn die Natur die Kinder leben lässt, reisen sie mit den anderen nach Laos.«

»Und sonst?«, fragte Madlaina atemlos.

»Helfen wir der Natur, ihr Werk zu tun.«

Fünfundvierzig

Vierter Tag. Elf Uhr fünfundfünfzig

Es war klar, was sie suchten. Aber es war schwer zu finden. Quandt hatte die Funkzelle auf der Karte markiert. In diesem Umkreis gab es einige Brachflächen und Kleingewerbebetriebe. Sie hatten sich zu viert in ein Auto gesetzt, Jonas übernahm ohne Diskussion das Steuer. Langsam fuhr er durch das Gebiet. Die meisten Hallen und Häuser schieden aus. Sie waren belebt, Menschen arbeiteten dort oder kauften ein.

»Da!«, rief Stephanie und zeigte in eine Sackgasse, die rechts von der Hauptstraße abging. Jonas bog ab. Am Ende der Gasse stand eine Halle völlig frei. Sie wirkte verlassen, auf dem Parkplatz stand ein einsamer PKW. Jonas parkte direkt daneben und die vier stiegen aus.

»Noch warm«, flüsterte Jonas, nachdem er seine Hand auf die Motorhaube des Fahrzeugs gelegt hatte. »Das könnten sie sein.«

»Wir müssen uns erst einen Überblick verschaffen«, sagte Thal. »Bettina, du setzt dich ins Auto. Wenn irgendetwas schief geht, holst du Verstärkung.«

Sie gingen langsam auf das Gebäude zu. Thal wies sie mit Handzeichen an, um die Halle zu schleichen. »Achtet darauf, ob es noch einen Ausgang gibt.«

Eine Minute später trafen sie sich wieder am Haupteingang.

»Fehlanzeige«, sagte Quandt, »es gibt nur diesen einen Zugang.«

»Alle Fenster sind von innen verhängt oder mit Folien beklebt«, sagte Stefanie. »Keine Chance zu sehen, was sich da drin befindet oder abspielt.«

»Und jetzt? Holen wir ein MEK?«

Das wäre die vernünftige Entscheidung, daran hatte Thal keinen Zweifel. Aber wie lange würde es dauern, bis die Kollegen einsatzbereit und ausgerückt waren. Eine Stunde? Bestimmt. Er konnte nicht riskieren, dass Madlaina so lange auf sich allein gestellt mit diesem Lohbeck in der Halle war. In seiner Fantasie geschahen schreckliche Dinge hinter den Wellblechmauern vor ihm.

»Wir gehen rein«, sagte er.

Quandt nickte. Stephanies Gesicht lief kreidebleich an. Am liebsten hätte Thal sie zum Auto geschickt, aber zu dritt waren sie stärker als zu zweit. Vorausgesetzt, die Kollegin machte nicht schlapp.

»Machen wir uns bemerkbar und spazieren dann quasi offiziell als Besucher rein?«, fragte Quandt.

Thal schüttelte den Kopf. »Der Überraschungseffekt ist auf unserer Seite, das müssen wir nutzen. Wir haben nicht so viele Vorteile.«

Er atmete zwei Mal tief durch und zog die Waffe aus dem Holster. Quandt und Bohlmann taten es ihm gleich. Thal sah, dass die Hand der Kollegin zitterte. »Ganz ruhig«, sagte er. »Halte dich hinter uns und vor allem: Nicht schießen, bis ich das Kommando geben.«

»Geht klar«, antwortete Stephanie und Thal wusste, dass die Festigkeit nur Theater war, die sie ihrer Stimme zu geben versuchte.

Er nickte Jonas zu, der den Türriegel nach oben schob. Leise öffnete sich das schwere Portal.

Thal berührte die beiden anderen kurz an der Schulter.

»Okay?«

»Okay!«

Er richtete sich auf und ging in die Halle.

Sechsundvierzig

Vierter Tag. Zwölf Uhr

»Komm! Ich bring dich zum Doktor, er wird es dir erklären.«

Madlaina folgte Lohbeck den Gang hinunter. Immer noch dröhnte das Wort in ihrem Kopf. Selektion! War es das Schweigen in dieser Halle, das es so laut sein ließ wie einen Schrei aus Millionen Kehlen?

Es war tatsächlich gespenstisch still, kein Lachen, keine Stimmen, die redeten oder stritten, kein Weinen. Nur Stille.

Lohbeck klopfte gegen eine Tür. Sie war größer als die anderen. Seine Hände trommelten einen Rhythmus, der im Inneren als Code erkannt zu werden schien, denn die Tür schwang auf.

Lohbeck winkte Madlaina heran. Sie hatte Mühe, nicht zu würgen, denn aus dem Raum drang ein intensiver Weihrauchgeruch. Das Zimmer schien in Nebel zu liegen.

»Doktor!«, sagte Lohbeck.

Madlaina klimperte mit den Augen, um die Tränen zu trocknen, die der beißende Rauch verursacht hatte. Mitten im Raum stand ein Mann in einem langen, weißen, fast bis auf den Boden reichenden Mantel. Er war jünger als sie gedacht hatte. Lohbeck hatte voller Ehrfurcht von ihm gesprochen und sie hatte einen alten Mann erwartet. Der Doktor war das Gegenteil. Der voluminöse Mantel ließ ihn kräftiger und muskulöser erscheinen, als er war. Seine Stimme war fest und klar. In ihr tönte nur Gewissheit und kein Zweifel.

»Der Bruder hat mir erzählt, dass du eine Tochter hast, Schwester.«

Madlaina kam sich eigenartig vor. Wie in der Schule, wenn ein Lehrer sie aufrief und sie nicht vorbereitet war.

»Du hast Fotos dabei? Magst du sie mir zeigen?«

Madlaina griff in die Handtasche und zog die Bilder heraus. Der Doktor betrachtete sie.

»Du willst das Kind der Examination unterziehen?«

»Das Doktorspiel«, flüsterte Lohbeck, als müsste er soufflieren.

Madlaina nickte. Sie stand auf dünnem Eis. Ein falsches Wort konnte sie auffliegen lassen.

Der Doktor betrachtete noch immer die Fotos. Endlich schob er sie zusammen und reichte sie Madlaina zurück, die sie mit zitternden Händen in die Handtasche stopfte.

»Du kennst das Ergebnis.« Es war eine Feststellung. Nüchtern und sachlich.

Madlaina schüttelte den Kopf.

»Dein Kind ist unheilbar krank. Es lebt nur noch, weil ein Arzt immer wieder eingreift, richtig?«

»Ja«, sagte sie und hoffte, dass es so kleinlaut klang, wie sie sich tatsächlich fühlte.

»Siehst du«, sagte der Doktor und Madlaina fand, dass die zur Schau gestellte Jovialität nicht zu ihm passte. Er fasste sie an der Schulter und sie hatte Mühe, nicht zurückzuzucken.

»Genau genommen ist dein Kind schon tot. Wir sollten es in Würde gehen lassen.«

Er wartete einen Moment, dann drehte er sich um. »Komm!«

Er öffnete eine Tür, die zu einem wesentlich kleineren Nebenraum führte. Kerzenlicht tauchte ihn in ein diffuses Licht. Madlaina brauchte einen Moment, sich an das Dämmerlicht zu gewöhnen. An der Wand stand auf einem Podest ein Bett. Ein Junge lag auf dem Rücken, das Gesicht kreidebleich. Neben dem Bett stand ein mindestens zwei Meter großes Holzkreuz. Musik erfüllte den Raum. Männerstimmen unterschiedlichster Tonlagen sangen einen getragenen Choral. Gregorianische Gesänge, glaubte Madlaina, ohne sich in dieser Sparte auszukennen. Das Kind rührte sich nicht, Madlaina starrte auf seinen Brustkorb, um ein Heben oder Senken zu erkennen. Vergeblich.

»Ist der Junge tot?«, flüsterte sie.

»Noch nicht«, sagte der Doktor. »Wir lassen die Natur wirken. Es dauert, solange es dauert.«

Madlaina wollte schreien, den Wahnsinn anprangern, der in dieser Halle praktiziert wurde. Sie wollte sich auf den Jungen stürzen, sein Herz massieren, ihn beatmen.

Die Tür des Doktorzimmers wurde aufgerissen.

»Wo ist die Schlampe?«

Ein Mann in der Tracht der Krieger lief in den Raum. In seiner Hand baumelten das Mikrofon und der Sender.

»Was ist das?«, brüllte er. »Und vor allem: Wer sind Sie?«

Der Doktor lachte schallend auf, was angesichts des sterbenden Jungen und des Weihrauchs, der inzwischen auch in dieses Zimmer gewabert war, auf eine seltsame Art deplatziert wirkte. »Eine Polizistin!« Er lachte lauter. »Sie ist eine verdammte Polizistin!«

Bevor Madlaina etwas sagen konnte, zog Lohbeck ein Stilett und hielt es ihr an den Hals.

Siebenundvierzig

Vierter Tag. Zwölf Uhr

Die Halle schien menschenleer. Sie war durch Trennwände in viele kleine Räume geteilt. Wie sollten sie vorgehen? Sollten sie jeden Raum einzeln durchsuchen? Thal hatte das sichere Gefühl, dass Madlaina in Lebensgefahr war. Sie hatten keine Zeit.

Quandt deutet mit der Pistole in den hinteren Teil der Halle. »Hör mal!«

Thal hielt den Atem an. Gesang. Sehr getragen. Er hatte so etwas schon gehört.

»Ein gregorianischer Choral«, flüsterte Stephanie.

»Das passt«, antwortete Quandt und schaute Thal fragend an.

Er nickte. Sie schlichen sich in das Hintere der Halle. Thal spürte, dass seine Beine zu zittern begannen. Er war für so einen Einsatz wirklich zu alt.

Der Gesang wurde lauter. Er kam aus einem Raum mit einer Tür, die größer war als die anderen, als befände sich dahinter der zentrale Raum des Gebäudes. Sie waren am Ziel, das spürte Thal. Jetzt bloß keinen Fehler machen. Er umfasste die Waffe mit beiden Händen und kontrollierte, dass die anderen es ihm nachtaten. Er nickte Quandt zu, der direkt vor der Tür stand. Mit einem kräftigen Fußtritt stieß er sie auf. Thal sprang als Erster hinein, die Waffe nach vorne gestreckt. Ein süßlicher Geruch strömte ihm entgegen. Der Raum wurde nur von einigen Kerzen erhellt, die auf dem Boden standen.

»Boah, Alter, was geht denn hier ab?«

Auf dem Boden hockten vier Personen. Zwei Männer und zwei Frauen. Alle in Schwarz gekleidet, die Gesichter bleich und die Augen pechschwarz geschminkt. Der Mann, der seiner Überraschung Ausdruck verliehen hatte, war im Gesicht an mehreren Stellen gepierct. Die Frau neben ihm hielt einen Joint in der Hand, den sie hektisch zu verstecken suchte.

»Keinen Stress, Mann! Alles ganz easy!«

Thal schaute sich im Raum um. Außer den vier Gothic-Kids war niemand im Zimmer.

»Raus«, rief Stephanie und Jonas zu. »Wir müssen die anderen Räume kontrollieren. Nimm du die rechte Seite des Flurs, Jonas, ich die linke. Stephanie, du hältst diese Kiffer hier in Schach!«

Vorsicht war die Mutter der Porzellankiste, dachte Thal, auch wenn er sicher war, dass die vier Leute harmlos waren. Auf diese Weise hatte er aber die Kollegin beschäftigt. Sie schien immer noch wackelig auf den Beinen.

Er rannte von Raum zu Raum. Bei den ersten Türen hielt er sich noch an die Regeln, sprang mit vorgestreckter Pistole hinein. Am Ende stieß er nur noch die Tür auf und warf einen Blick in die Zimmer. Sie waren leer. Seit Monaten nicht benutzt, Staub lag zentimeterdick auf dem Boden.

Sie hatte sich geirrt.

Sie waren am falschen Ort.

Achtundvierzig

Vierter Tag. Zwölf Uhr fünf

»Lass das, Lohbeck!«

Der Doktor schüttelte den Kopf. »Wir sind keine Mörder!«

Lohbeck nahm den Dolch von ihrem Hals, hielt ihre Arme aber weiter in einem Schraubstockgriff, sodass sie unfähig war, sich zu rühren. Trotzdem hoffte sie für einen Augenblick, noch einmal davongekommen zu sein.

Der Doktor trat auf sie zu und nahm ihr Kinn in seine Hand. Sein Atem roch nach Knoblauch. Sie spürte einen Würgereiz, den sie nur mühsam zurückhalten konnte.

»Dein Kind, gibt es das überhaupt?«

Er brachte sein Gesicht noch näher an ihres. In seinen Augen blitzte das Weiß bedrohlich auf.

»Nein!« Er schrie es. »Natürlich nicht!«

Er drückte ihr Kinn kraftvoll nach rechts, es knackte. Hatte er ihr den Kiefer gebrochen? Sie spürte keinen Schmerz, aber was sagte das schon?

Der Doktor ging vor ihr auf und ab.

»Das Kind ist eine Chimäre. Eine Ausgeburt deiner dreckigen Fantasie! Eine Lüge.«

Er beschleunigte seine Schritte.

»Alles an dir ist Lüge!«

Er machte einen Schritt auf sie zu und riss ihr die Handtasche aus der Hand, die sie wie einen Schatz umklammert hielt. Er kippte den Inhalt auf den Boden, ging in die Hocke und nahm die Fotos auf. Wie ein Taschenspieler auf der Bühne fächerte er die Bilder auf.

»Wer ist dieses Kind? Wer ist dieses bedauerliche Wesen, das du zu deinem Werkzeug machst. Wer bist du, dass du dir einbildest, derart mit Menschen zu spielen!«

Sie schwieg.

Er zerriss die Bilder eines nach dem anderen und warf die Schnipsel in die Luft. Anschließend drehte er sich um und ging zu einem kleinen Tisch, der Madlaina noch gar nicht aufgefallen war. Aus einer Hebammentasche holte er eine Spritze. Er klopfte gegen den Kolben und ließ einen Tropfen sprühend entweichen, wie Ärzte es tun, um sicherzustellen, dass sich keine Luft im Kolben und in der Nadel befindet.

»Halt sie fest!«, sagte er zu Lohbeck, der den Griff verstärkte.

Der Doktor kam auf sie zu, die Spritze wie eine Trophäe in die Höhe haltend.

Madlaina versuchte sich zu wehren, wand sich unter Lohbecks Griff, aber er schien trainiert zu sein. Sie trat in die Richtung des Doktors, aber der lachte nur.

Sie spürte einen Schmerz in ihrem Rücken, und ehe sie realisiert hatte, was geschah, lag sie auf dem Fußboden. Lohbeck musste Kampfsportler sein. Wenn etwas schief ging, dann eben gründlich, dachte Madlaina und wunderte sich, dass sie in ihren letzten Minuten zu einer solchen Ironie fähig war.

Der Doktor jagte ihr ohne ein weiteres Wort die Nadel in den Bauch und drückte den Kolben schwungvoll herunter.

»Am Anfang ist es etwas unangenehm, aber das legt sich.«

Er zog die Nadel heraus und stand auf. Lohbeck kniete noch immer auf ihren Oberschenkeln und hielt ihre Arme fest.

Der Doktor lächelte sie an. »Es hat keinen Sinn, dass du dich wehrst. Wenn der Herr will, rettet er dich. Wenn er es nicht will, gleitest du sanft hinüber. Eigentlich hast du dir das gar nicht verdient, aber wir haben heute unseren großzügigen Tag.«

Er ging zu dem Tisch und schloss die Tasche. Sie war schön, dachte Madlaina, auf dem Flohmarkt würde man einen ordentlichen Preis dafür erzielen.

»Außerdem haben wir es dann am Ende leichter«, sagte der Doktor und nickte Lohbeck zu. »Auf diese Weise können wir deine sterblichen Überreste gemeinsam mit denen von Konstantin kremieren. Es soll schließlich nichts von dir in dieser Welt verbleiben.«

Er lachte schallend auf.

Madlaina wusste, dass sie sterben würde.

Neunundvierzig

Sie rasten jetzt zum dritten Mal über diese Straße. Quandt fand immer noch einen Hof oder ein Fabrikgelände, in dem sie noch nicht gewesen waren. Sie saßen zu viert im Passat, trotzdem war es still. Totenstill, dachte Thal und eine ungeheure Furcht stieg in ihm auf. Hatte er es diesmal übertrieben? Hatte er das Schicksal zu sehr herausgefordert? Damals, bei Leah, war es nicht seine Schuld gewesen. Es war Zufall, dass sie die Post aus dem Briefkasten nahm und nicht er. Die Bombe explodierte in ihren Händen und nicht in seinen, für die sie bestimmt war. Er hatte es nicht verhindern können, so sehr er sich das in den ersten Wochen nach dem Attentat auch einredete. Er war nicht schuld an Leahs Tod. Monate hatte es gedauert, diese Wahrheit zu akzeptieren, aber es war ihm gelungen.

Diesmal war es anders. Er hatte entschieden, dass sie den Einsatz bei ›Uriels Kriegern‹ alleine durchzogen. Natürlich hatte Madlaina recht, dass sie vermutlich nichts erfahren hätten, wenn sie mit einem Mobilen Einsatzkommando in die Räume der Sekte gestürmt wären. Ja und? Was hätte es ausgemacht, wenn ein Mordfall ungesühnt bliebe. Hätte er diesen Fleck auf der weißen Ermittlungsweste des Kriminalhauptkommissars Alexander Thal etwa nicht ertragen? Konnte er nicht zugeben, dass auch er nicht allwissend und unfehlbar war?

Er hätte diesen Einsatz untersagen müssen. Sie hatten andere Spuren, denen sie hätten folgen können. Bis jetzt waren sie ja nicht einmal sicher, dass ›Uriels Krieger‹ überhaupt etwas mit den Morden an Lennart Löscher und Melanie Brandt zu tun hatten. Die Verbindung war so dünn, dass niemand ihm einen Strick daraus gedreht hätte, wenn er sie außer Acht gelassen hätte. Er ganz allein trug die Verantwortung dafür, dass Madlaina irgendwo hier draußen ein paar Verrückten ausgeliefert war. Er starrte auf das Handy in seiner Hand. Warum um alles in der Welt hatte sie die Verbindung getrennt? Warum hatte sie ihnen die einzige Möglichkeit genommen, sie zu orten? Warum meldete sie sich nicht?

Bettina, die hinter ihm auf der Rückbank saß, fasste ihn an der Schulter. »Das muss nichts zu bedeuten haben, Alexander. Vielleicht ist ihr Akku leer.«

Er tätschelte ihr die Hand und schwieg. Sie meinte es gut, aber Madlaina lud ihr Smartphone jeden Abend an derselben Steckdose im Wohnzimmer. Er erinnerte sich gut, wie sie es heute Morgen abgezogen und eingesteckt hatte.

»Oder sie hat kein Netz«, sagte Stephanie und hielt ihr Handy in die Höhe. »Ich habe seit ein paar Minuten auch keine Verbindung mehr.«

Thal schloss die Augen und tat mehrere tiefe Atemzüge. Kein Netz! Das konnte tatsächlich sein. Er klammerte sich an diesen Strohhalm, weil er es wollte. Sein Herz beruhigte sich zwar nicht, aber sein Geist dachte fieberhaft darüber nach, was sie tun konnten. Wenn Madlaina eine Chance hätte, Kontakt zu ihnen aufzunehmen, würde sie das ohne Zweifel tun. Sie war Profi, sie wusste, dass die Verbindung zu ihrem Team das einzige Seil war, an dem ihre Sicherheit, im Zweifel sogar ihr Leben hing.

Quandt bog wieder auf die Hauptstraße ein. Sie durchschnitt das Industriegebiet auf einer Länge von fast zwei Kilometern.

»Wir fahren noch mal nach Norden.« Er lenkte und tippte gleichzeitig auf dem Tablet herum. »Schau mal, von welchen Gebäuden es in ›Google Earth‹ Fotos gibt, Stephanie. Wenn du eines gefunden hast, das wir noch nicht kontrolliert haben, sag mir die Adresse.«

Stephanie nahm das Tablet und konzentrierte sich darauf, Quandts Idee zu verfolgen. »Hier!«, rief sie, »das kommt mir völlig unbekannt vor.«

»Adresse?«, fragte Jonas kurz angebunden.

Stephanie nannte sie ihm und streckte ihren Kopf zwischen den beiden Vordersitzen hindurch. Quandt lenkte den Wagen auf den Seitenstreifen, um genug Platz zum Wenden zu haben. Er hatte gerade Gas gegeben, um in die entgegengesetzte Richtung zu fahren, als Bettina mit der Hand auf Thals Rückenlehne schlug.

»Stopp!«, rief sie. In ihrer Stimme erkannte Thal sowohl Überraschung wie Zweifel.

»Schau mal rechts in die Einfahrt!«

Der Wagen war schon zu weit gefahren, Thal war die Sicht in den von zwei Hallen und einigen flachen Nebengebäuden gebildeten Hof bereits versperrt.

»Zurück!«, rief Bettina und ihre Stimme überschlug sich leicht.

Quandt legte den Rückwärtsgang ein und rollte nach hinten.

»Da!«

Thal sah zwei Männer, die in Richtung eines verbeulten Autos gingen.

»Erkennst du den Mann links nicht?« Bettina trommelte auf seiner Schulter herum. Thal hatte keine Ahnung, was sie meinte.

»Denk nach! Als wir bei der Heilpraktikerin waren, mussten wir warten. Aus dem Sprechzimmer kam ein Mann in einer seltsamen Kluft. So wie der da!«

Bettina hatte recht. Einer der beiden Männer trug weite Hosen und ein weites Hemd aus einem braunen Stoff, damals hatte er gedacht, die Kleidung ähnelte der Tracht eines wandernden Gesellen. Es fehlte nur der Hut. Für einen kurzen Moment konnte Thal das Gesicht des Mannes sehen, er trug einen buschigen Bart.

Der zweite Mann war in einen bodenlangen, weißen Mantel gekleidet, der sich im Wind bauschte. Er konnte weder Statur noch Gesicht erkennen. Beide stiegen in den Wagen und fuhren vom Hof.

»Soll ich hinterherfahren?«, fragte Quandt.

»Nein!«, rief Thal. »Fahr auf den Hof! Schnell.«

Im Augenwinkel sah er, dass Stephanie sich das Kennzeichen des fremden Autos in die Handfläche schrieb.

Fünfzig

Vierter Tag. Zwölf Uhr fünfzehn

Warum war ihr nur so kalt? Sie wusste nicht, was der Doktor ihr gespritzt hatte, aber sie vermutete, dass es Insulin war. Alexander hatte ihr von dessen Wirkung nach der Obduktion der Leiche auf der Mainau erzählt. Es konnte also lange dauern, bis sie starb. Vielleicht hatte sie ja doch noch eine Chance. Aber was war mit dem Jungen? Sie ging auf unsicheren Beinen Richtung Bett. Ihre Oberschenkel schmerzten, Lohbeck hatte lange auf ihr gekniet. Auch ihre Arme konnte sie nur mühsam bewegen und ihr Kiefer brannte, als hätte jemand eine Zigarette darauf ausgedrückt.

Langsam, um das Gleichgewicht nicht zu verlieren, beugte sie sich über den Jungen. Sie tastete an seinem Hals nach dem Puls. Nichts. Die Haut war kalt und trocken. Sie legte den Kopf auf seine Brust. Kein Herzschlag.

Sie musste ihre Gedanken ordnen. Mund-zu-Mund-Beatmung, Herzmassage. Die Begriffe wirbelten durch ihren Kopf. Sie versuchte, auf das Bett zu klettern, das auf einem Podest stand.

Beim dritten Anlauf funktionierte es.

Sie legte ihre Hände auf den Brustkorb des Kleinen und begann mit der Herzmassage.

»Zwei Mal in der Sekunde«, hörte sie irgendjemanden in ihren Kopf sagen. »Dreißig Mal hintereinander.«

Sie presste mit beiden Händen auf den Brustkorb so kraftvoll, sie konnte und fühlte kalten Schweiß auf ihrer Stirn. Warum fror sie so sehr? Ihr Körper schüttelte sich. Sie fürchtete, sich zu verzählen.

Siebenundzwanzig ... achtundzwanzig ... neunundzwanzig ... dreißig.

Sie streckte den Kopf des Jungen nach hinten, öffnete seinen Mund mit den Händen und blies so kräftig hinein, wie es ihr möglich war. »Zwei Mal«, sagte die Stimme in ihrem Kopf.

Sie schloss die Augen. Nur eine ganze kurze Pause.

»Weitermachen«, brüllte der Antreiber. »Der Junge stirbt!«

Sie presste erneut die Hände auf den Brustkorb. Wie hatte der Doktor den Jungen genannt? Konstantin, fiel es ihr ein. Es war gut, einen Namen zu haben.

»Du darfst nicht sterben, Konstantin!«

Sie presste und zählte.

Sie stieß Luft in seinen Mund, so viel, wie sie zu geben hatte.

Sie presste.

Sie fror. Ihr Körper wurde von Krämpfen geschüttelt, aber die Stimme in ihrem Kopf trieb sie an.

»Pressen! Drücken! Zwei Mal in der Sekunde! Dreißig Mal!«

Sie musste den Rhythmus halten. Warum war die Musik nicht mehr da? Vorhin hatte sie Gesang gehört, wo war er geblieben?

Fünfzehn ... sechzehn ... siebzehn ...

Hatte sie nicht Menschen gesehen, als sie mit Lohbeck durch die Halle gegangen war? Doch! Erwachsene. Und Kinder.

Warum kam niemand und half ihr?

»Neunundzwanzig ... dreißig ... einunddreißig ...«

»Halt!«, schrie die Stimme. »Beatmen!«

242

Sie holte so tief Luft, wie sie konnte, und stieß sie in Konstantins Mund.

Alexander! Warum kommst du nicht! Hilf mir, dieses Kind zu retten, bitte!

»Weiter mit der Herzmassage!«

Nein, ich brauche eine Pause. Nur eine ganz kurze Pause.

»Aber dann stirbt der Junge.«

Nur zwanzig Sekunden. Drei Mal tief Luft holen.

»Konstantin stirbt!«

Gleich! Nur noch ein paar Augenblicke!

Sie hörte ein Geräusch. Es kam von oben. Sie drehte den Kopf, so weit sie konnte. Unter dem Dach flog eine Taube, die ihre Flügel wie in Zeitlupe bewegte. Den Kopf hatte sie nach unten geneigt. Sie gurrte, lockte. Madlaina folgte ihrem Flug, bis sie aus ihrem Blickfeld verschwand.

Mit dem Vogel ging auch das Licht. Finsternis breitete sich aus.

Und eine tiefe Stille.

Frieden. Endlich Frieden.

Einundfünfzig

Vierter Tag. Zwölf Uhr zwanzig

Thal wusste sofort, dass sie hier richtig waren. Die Halle machte einen ganz anderen Eindruck als die Kifferhöhle, in der sie die Gothic-Leute aufgescheucht hatten. Obwohl er auf den ersten Blick keine Menschenseele sah, spürte er die Atmosphäre eines belebten Ortes. Es schien ein Summen in der Luft zu sein, eine Vibration, wie sie nur das Leben erzeugte.

Thal hatte dieses Mal Quandt den Vortritt gelassen. Was hatte es für einen Zweck, wenn er als Erster einen Raum betrat, anschließend aber der Situation nicht gewachsen war und zu langsam reagierte. Seine Reflexe waren die eines alten Mannes, Jonas dagegen stand auf dem Zenit seiner Leistungsfähigkeit. Es fiel Thal schwer, sich das gerade in diesem Moment einzugestehen, aber was blieb ihm anderes übrig? Jonas konnte Madlaina besser helfen als er, für Selbstüberschätzung war da genauso wenig Platz wie für Selbstmitleid.

»Komm rein!«, flüsterte Jonas und schob einen schweren Lodenvorhang zur Seite, der nach Mottenpulver roch. Thal konnte nur mit Mühe einen Niesanfall verhindern. Das hätte jetzt auch noch gefehlt, dass sie auf so peinliche Art wie in einer Slapstick-Komödie auf sich aufmerksam gemacht hätten.

Die Halle war ebenfalls durch Trennwände in viele Räume aufgeteilt. Lediglich das Dach überspannte sie im ganzen Ausmaß. Jonas stand mit gezogener Waffe rechts vom Eingang. Thal stellte sich neben ihn, zwei Sekunden später schob sich auch Stephanie durch den Vorhang. Bettina saß wieder im Auto, in ihrem Zustand hätte sie ihnen ohnehin nichts genutzt.

»Und jetzt?« Jonas stellte die richtige Frage, allerdings hatte Thal keine Antwort parat. Raum für Raum durchkämmen? Aber was passierte, wenn sie gleich im ersten Zimmer auf Sektenmitglieder trafen. Das größte Problem war, dass sie keine Ahnung hatten, wie viele Menschen sich in der Halle aufhielten. Wie viele konnten sie zu dritt in Schach halten. Thal kramte in seinem Gedächtnis. Was hatten sie auf der Polizeischule gelernt? Wie sollte er sich an ein Wissen erinnern, das beinahe vierzig Jahre zurücklag?

Stephanie schob sich neben ihn. »Meinst du nicht, dass es jetzt an der Zeit wäre, ein MEK zu holen?«

Er atmete tief durch. Natürlich hatte sie recht. Sie hätten schon die erste Halle nicht ohne massive Einsatzkräfte betreten dürfen. Da hatten sie noch Glück gehabt! Aber wer sagte ihnen, dass sie es jetzt nicht endgültig verbraucht hatten.

»Du hast recht«, flüsterte er Stephanie zu. »Geh raus und sag Bettina bescheid, sie soll im Präsidium anrufen und den Einsatz veranlassen.«

Stephanie nickte und machte einen Schritt zur Seite.

»Und danach kommst du zurück«, sagte Thal und schämte sich für seinen Befehlston. »Bitte!«, schob er nach.

»Was denkst du denn?« Stephanie schaute ihn aus aufgerissenen Augen an. »Glaubst du etwa, ich lasse euch Kerlen den Ruhm, Madlaina befreit zu haben?«

Frauen waren echt stärker als Männer, dachte Thal. Selbst Stephanie, die noch vor einer halben Stunde wie Espenlaub gezittert hatte, schien ihre Angst besiegt zu haben. Er nickte ihr zu.

»Was tun Sie da?«

Die Stimme kam aus dem hinteren Teil der Halle.

»Sie haben kein Recht, hier zu sein!«

Die Schritte hallten auf dem Metallboden und brachen sich an der Decke. Es hörte sich an, als rannte eine Horde Männer auf sie zu. In Wirklichkeit waren sie nur zu zweit. Der kleinere der beiden stürzte sich auf Stephanie. Sie fiel zu Boden und der Angreifer hob die Faust. Quandt sprang an Thal vorbei und schlug dem Mann die Pistole in den Nacken. Thal erwartete, ein Krachen zu hören, wie es ein brechender Knochen im Actionfilm machte, aber der Angreifer fiel geräuschlos und wie ein nasser Sack in sich zusammen.

Der andere Mann wollte sich auf Thal stürzen, aber der hielt ihm die Waffe entgegen und sagte mit erstaunlich ruhiger und leiser Stimme: »Still! Kein Wort! Oder ich garantiere für gar nichts.«

Jonas griff in die Gesäßtasche und zog Kabelbinder heraus, mit denen er zunächst die Hände und Füße des am Boden liegenden Angreifers fesselte, ehe er sich um den anderen Mann kümmerte.

»Wie viele Leute sind in der Halle?« Jonas flüsterte dem Mann die Frage ins Ohr.

»Keine Ahnung.«

Er zog die Kabelbinder an den Handgelenken mit einem kräftigen Ruck fest. Der Mann stöhnte.

»Wie viele?«

»Zehn. Vielleicht auch zwanzig. Und die Kinder natürlich!«

»Wo ist die Polizistin?«

»Welche Polizistin?«

Thal wusste, dass der Mann log. Sein Mundwinkel hatte eine Spur zu sehr gezuckt, so wie man es macht, wenn man ein Grinsen unterdrückt. Genauso sicher wusste er, dass sie nichts aus ihm herausbekommen würden.

Stephanie hatte sich wieder aufgerappelt. »Ich geh dann mal«, sagte sie und schlüpfte durch den Vorhang. Von ihrem Mut und Tatendrang war nicht mehr viel zu spüren. Sie hatte kaum die Halle verlassen, als ein Geschrei losbrach. Eine kleine Gruppe von Männern und Frauen stand in der Tür eines Zimmers; alle schrien wild durcheinander. Alle trugen dieselbe braune Kleidung aus grobem Leinen.

»Scheiße!«, rief Jonas und sprang auf.

Thal ging auf die Gruppe zu. »Wo habt ihr unsere Kollegin hingebracht?«

Unverständliches Gemurmel folgte, unterstützt von Drohgebärden.

Thal öffnete die erste Tür am Eingang. Auf dem Boden saßen Kinder und schauten ihn mit aufgerissenen Augen an.

»Habt ihr eine Frau gesehen?«, fragte Thal. »Groß, lange, dunkle Haare, ganz in schwarzer Kleidung.«

Keines der Kinder rührte sich. Sie saßen still auf dem Boden, als dürften sie nicht einmal eine körperliche Regung zeigen.

»Nun sagt schon!«

Thal wurde zurückgerissen.

»Lassen Sie die Kinder in Ruhe!«

Er wehrte sich mit aller Kraft gegen den Griff. Er versuchte, die Hände des Mannes abzuschütteln, aber ein anderer kam ihm zur Hilfe.

»Was wollen Sie hier?«

»Wir suchen unsere Kollegin! Sie ist mit einem gewissen Florian Lohbeck hier.«

247

»Der Vater von Finja«, sagte eine Frau. Es klang ehrfürchtig.

Thal wollte sich zu der Sprecherin umdrehen, aber er wurde zu Boden gerissen.

»Was geht dich das an?« – »Wer hat dich geschickt?« – »Die Pharmamafia?«

Er spürte einen Fuß in seinem Gesicht.

»Lasst ihn in Ruhe«, schrie Quandt.

Thal schaffte es, seinen Kopf zur Seite zu drehen. Quandt wurde von drei Männern bedroht, er hielt sie mit seiner Pistole in Schach.

Jemand versuchte, Thal die Waffe zu entwinden. Er wehrte sich verzweifelt.

Ein Schuss fiel. Der Knall hallte von der Decke zurück und wurde von den Wänden wie ein Pingpongball reflektiert. Er konnte nicht feststellen, wo geschossen worden war.

»Hebt eure Hände in die Höhe und trete von meinen Kollegen zurück.«

»Bettina«, krächzte Thal, dem jemand die Schuhspitze in die Leiste trat.

»Zurück mit euch. Ich meine es ernst, hier gibt es Tote, wenn ihr die Männer nicht in Ruhe lasst.«

Bettinas Stimme war eiskalt. Die Sektenmitglieder traten langsam zurück. Thal sah, dass die meisten die Hände gehoben hatten. In einer Tür standen zwei Kinder eng aneinander geschmiegt. Einer der beiden Jungs hatte seine Hose eingenässt.

Quandt streckte Thal eine Hand entgegen, die andere hielt die Pistole. Er schaute sich nach Bettina um. Sie hatte sich an die Wand gelehnt, ihr Gesicht war kreidebleich.

Stephanie stürmte durch den Vorhang. »Das MEK ist auf dem Weg«, rief sie atemlos.

»Ihr habt es gehört, Leute!«

Thal schaute in die Runde feindseliger Gesichter.

»In zehn Minuten bricht hier die Hölle los. Glaubt mir, so etwas habt ihr noch nicht erlebt. Wer vorher raus will, sollte uns sagen, wo wir die Kollegin finden.«

Ein Kind zupfte Thal am Hosenbein. Der Junge war vielleicht zehn, sein Gesicht mit Hämatomen übersät. »Hilfst du mir, Konstantin zu suchen.«

Thal ging in die Hocke. »Es tut mir leid, aber wir haben keine Zeit.«

»Aber Konstantin ist verschwunden. Er wollte zum Doktorspiel, aber er ist nicht zurückgekommen.«

»Und wo ist das, dieses Doktorspiel?«

Der Junge hob den Kopf und fixierte eine Tür am anderen Ende des Ganges.

Eine Frau löste sich aus der Gruppe, die Jonas in Schach hielt, und rannte über den Flur. Mit ausgebreiteten Armen und breitbeinig stellte sie sich vor die Tür, die der Junge angeschaut hatte.

»Nein!«, schrie sie.

Thal hörte ein Schluchzen hinter seinem Rücken. Er drehte sich um. Bettina war zusammengesackt und hockte auf dem Boden. Sie hatte den Kopf auf die Knie gelegt und wurde von einem Weinkrampf geschüttelt. Stephanie kniete neben ihr und schaute zu Thal auf. »Rettungswagen sind auch unterwegs.«

Für Bettina konnten sie nichts tun. Thal nickte Quandt zu. »Komm!«

Sie rannten über den Flur auf die von der Frau bewachte Tür zu. »Das ist das Zimmer des Doktors. Dieser Raum ist heilig!«

Thal ergriff das Handgelenk der Frau. Sie riss den Arm nach oben und biss zu.

»Verdammt!« Der Schmerz schoss Thal bis in die Schulter, aber er hielt ihren Arm weiter umklammert. Sie zappelte und schrie. Er zerrte sie zu Boden und Quandt legte ihr Kabelbinder an.

Die Tür war verschlossen und bewegte sich auf Druck keinen Millimeter. Quandt tastet mit den Fingern nach Spalten.

»Ha!« Er drehte sich um. »Halt die Leute in Schach, ich bin gleich wieder da.« Er rannte aus der Halle und kam nach zehn Sekunden mit einem Stemmeisen zurück. Er setzte das Werkzeug an und hebelte die Tür unter einem lauten Schrei auf. Thal hätte ihm so viel Kraft gar nicht zugetraut. Die beiden Männer schoben sich in den Raum. Jonas benutzte das Eisen als Riegel, um die Sektenmitglieder auszusperren.

Der Raum roch entsetzlich nach Weihrauch, war aber leer. Aus einem angrenzenden Zimmer war leise Musik zu hören. Thal stürmte an Quandt vorbei. Auf einem von einem schneeweißen Laken bedeckten Bett lagen ein Junge und Madlaina, die den Arm um den Kleinen gelegt hatte, als wollte sie ihn beschützen.

Thal kniete sich vor das Bett. »Madlaina, mein Schatz!«, sagte er mit tränenerstickter Stimme. »Er streichelte über ihre Wange.« Als hätte die Berührung sie elektrisiert, zuckte sie mit beiden Beinen. »Gott sei Dank, sie lebt«, rief Thal und schaute zu Quandt hinauf. Madlainas Atmung war zwar flach, aber regelmäßig.

»Lass mich mal vorbei«, sagte Jonas. Er kniete sich auf das Bett und prüfte die Vitalzeichen des Jungen. »Scheiße!«

Während Thal beruhigend auf Madlaina einredete, unternahm Quandt verzweifelte Versuche, den Jungen ins Leben zurückzuholen.

Eine gefühlte Ewigkeit später hämmerte jemand an die Tür. »Notarzt. Machen Sie auf!«

Thal ließ den Arzt mit zwei Rettungssanitätern eintreten.

»Was ist passiert?«

»Möglicherweise ist beiden Insulin gespritzt worden«, antwortete Quandt, ohne mit der Druckmassage aufzuhören. Der Arzt drehte sich zu einem Sanitäter um. »Zuckerlösung, hochkonzentriert.«

Der zweite Sanitäter schob Thal zur Seite. »Am besten gehen Sie raus und lassen uns arbeiten.«

Quandt legte Thal den Arm um die Schulter und sie verließen gemeinsam den Raum. Draußen hatte das MEK alles im Griff. Alle Sektenmitglieder waren in einem Raum zusammengeführt, die anderen Zimmer waren sicher. Ein Kollege in seiner martialischen, schwarzen Uniform sah die beiden kommen und hob den Daumen.

Stephanie saß an der Stelle, an der Bettina zusammengebrochen war. Sie hatte den Kopf an die Wand gelehnt und die Augen geschlossen, die rechte Hand hielt kraftlos eine Mineralwasserflasche. Zwischen ihren Beinen sah Thal eine große Pfütze. Thal ging neben ihr in die Hocke.

»Wie geht's?«

Sie öffnete die Augen und schaute ihn an.

»Okay.«

»Und Bettina?«

»Auf dem Weg zum Krankenhaus.« Stephanie deutete auf die feuchte Stelle vor ihr. »Die Fruchtblase ist geplatzt.«

Zweiundfünfzig

Vierter Tag. Dreizehn Uhr fünfzig

Quandt ließ sich auf den Fahrersitz des Passats fallen. Thal, der auf der Rückbank saß und sich von Bohlmann die Bisswunde an der Hand verbinden ließ, schlug ihm auf die Schulter. »Gut gemacht, Jonas. Sehr gut sogar!«

»Wie man's nimmt«, sagte Quandt müde. »Der Junge ist noch nicht über den Berg. Der Notarzt meinte, die Chancen stehen fünfzig zu fünfzig, dass er durchkommt.«

Thal nickte stumm.

»Wenn er es überhaupt schafft, hat er es Madlaina zu verdanken«, sagte Jonas. Sie hat anscheinend Wiederbelebungsversuche gemacht, so lange wie sie konnte. Er machte eine kurze Pause und wischte sich die Hand an der Hose ab. »Sie ist echt eine Wucht, deine Freundin.«

Thal lächelte. Madlaina war außer Gefahr. Der Notarzt hatte sie alle aus dem Raum geschickt, damit er in Ruhe den Transport der Patienten vorbereiten konnte. Als Thal ihr zum Abschied über die Wange strich, war sie schon wieder bei Bewusstsein.

»Kannst du mir bitte dieses abscheuliche Kopftuch abnehmen, Alexander?«

Er hatte es ihr vom Kopf gezogen und sie anschließend geküsst.

Stephanie verklebte den Verband mit einem Pflaster. Sie betrachtete ihr Werk von allen Seiten. »Nenn mich Florence Nightingale!« Sie strahlte Thal an.

»Da kommen sie«, rief Quandt und stieg aus dem Wagen. Zwei Sanitäter schoben Madlaina aus der Halle in Richtung Rettungswagen. Über ihr baumelte eine Infusionsflasche, aus der noch immer hochkonzentrierte Zuckerlösung in ihre Vene tröpfelte, um das Insulin zu kompensieren. Noch während er auf die kleine Prozession zuging, tippte Jonas auf seinem Handy herum. Thal rannte hinterher.

»Du hast den Doktor doch gesehen, oder?«, fragte Jonas atemlos.

»Natürlich!« Ihre Stimme war schwach, aber klar. »So nah, wie du jetzt vor mir stehst.«

Thal trat auf die andere Seite der Trage und nahm ihre Hand. Sie lächelte ihn an.

»Wie sah der Doktor aus?«

»Jonas!«, tadelte ihn Quandt. »Madlaina ist viel zu ...«

»Ist schon gut!« Sie drückte kaum merklich seine Hand und wandte sich dann Jonas zu. »Jung, viel jünger als ich gedacht hatte. Mitte zwanzig, würde ich sagen. Groß, hager.«

Quandt hielt ihr das Tablet entgegen.

»Siehst du den Doktor auf diesem Foto?«

Madlaina hob den Kopf einige Zentimeter, was sie hörbar anstrengte, denn ihr Atem beschleunigte sich. Sie schaute auf das Display und nickte. Sanft entzog sie Thal ihre Hand und tippte darauf.

»Der ist es?«, fragte Quandt. »Der rechts außen.«

»Ohne jeden Zweifel«, sagte Madlaina und schloss die Augen.

»Wie geht es Bettina?« Ihre Stimme war kaum noch zu hören.

»Gut«, antwortete Thal. »Wahrscheinlich ist sie gerade im Kreißsaal.«

Madlaina war bereits eingeschlafen. Sie lächelte.

Dreiundfünfzig

Vierter Tag. Fünfzehn Uhr zehn

»Es ist niemand von der Familie zu sprechen.«

Magda wollte Thal und Quandt die Tür vor der Nase zuschlagen, aber Jonas stellte seinen Fuß dazwischen.

»Tut mir leid, aber hier ist Gefahr im Verzug«, sagte er und drückte die Hausangestellte zur Seite.

»Dass niemand zu sprechen ist, glaube ich gerne«, sagte Thal so freundlich wie möglich. »Die Frage ist: Wer ist zu Hause?«

»Frau Löscher ...« Magda deutete auf die Wohnzimmertür.

Thal hielt Jonas zurück und ging als Erster hinein.

»Ah, wie schön! Der Herr Kommissar!«

Marion Löscher lag auf dem Sofa. Sie trug einen seidenen Pyjama, das Oberteil war nach oben gerutscht und gab einen Streifen faltiger Haut frei. In der Hand hielt sie einen Champagnerkelch, auf dem Tisch stand eine bis auf einen winzigen Rest geleerte Flasche Moët & Chandon, daneben ein Schnapsglas und eine halb volle Flasche Grappa mit einem handgezeichneten Etikett.

»Möchten Sie etwas trinken, Herr Kommissar?«

»Nein danke! Ist ihr Sohn Sebastian zu Hause?«

Marion Löscher lehnte sich zur Seite und griff nach der Champagnerflasche, um sie endgültig zu leeren.

»Ups!«, sagte sie, als sie einen Teil des Schaumweins verschüttete. »Wenn das Lenny wüsste, dass ich so verschwenderisch ...« Sie unterbrach den Satz, als wäre ihr in diesem Moment eingefallen, dass ihr Mann tot war.

»Noch einmal, Frau Löscher«, mischte sich Jonas deutlich verärgert ein. »Ist Ihr Sohn Sebastian zu Hause?«

»Woher soll ich das wissen, junger Mann?« Sie schaute Quandt aus glasigen Augen an, in denen Thal eine Erinnerung an bessere Zeiten las, in denen attraktive Männer nicht nur unerreichbare Wesen aus einer anderen Welt waren, sondern willige Beute.

»In diesem Haus gehen und kommen alle, wie sie wollen. Nur ich, ich bin immer da.«

Sie stellte das Glas schwungvoll auf den Tisch und schwang sich vom Sofa. Sie hatte Mühe, sich auf den Beinen zu halten.

»Aber jetzt wird alles besser. David hat mich in einer Klinik angemeldet. Der besten, hat er gesagt.«

Sie wankte an den beiden Polizisten vorbei, blieb vor Jonas stehen und streichelte ihm mit zwei Fingern über die Wange. »Vielleicht kommst du dann noch mal wieder.«

Schwankend ging sie weiter und winkte mit der Hand, ohne zurückzuschauen. Kurz vor der Tür stolperte sie und schlug der Länge nach hin.

»Mama!« Sebastian stürmte herein und beugte sich zu ihr herunter.

»Herr Löscher!« Thal gab sich keine Mühe, den Hass in seiner Stimme zu zügeln. »Oder sollte ich lieber sagen: Doktor!«

Sebastian Löscher schaute nach oben. War da mehr Überraschung oder mehr Angst in seinem Blick? Er drückte sich mit der Hand vom Boden ab, sprang in den Stand und rannte aus dem Zimmer. Jonas folgte ihm als Erster, Thal lief wesentlich langsamer hinterher. Er wusste, dass er gegen den jungen Mann keine Chance hatte.

Löscher flüchtete in den Garten und sprang über die Hecke. Thal drehte um und ging auf die Straße. Er sollte keine Chance bekommen, ins Auto zu steigen. Gleichzeitig rief er im Präsidium an und bat um Verstärkung. Es dauerte keine zwei Minuten, bis der erste Steifenwagen auftauchte, dem bald zwei weitere folgten.

Die Straßen des Viertels wurden abgeriegelt. Sebastian Löscher saß in der Falle.

Fünf Minuten später führten zwei Beamten den Verdächtigen ins Haus. Quandt kam grinsend hinterher. Ihm war der Stolz anzusehen, den Mann zur Strecke gebracht zu haben.

Thal beschloss, die erste Vernehmung im Wohnzimmer der Familie Löscher durchzuführen. Vielleicht redete der junge Mann hier freier als in einem nüchternen Vernehmungsraum.

»Wollen Sie einen Anwalt?«, begann Thal das Gespräch.

Löscher schüttelte den Kopf. »Es ist eh vorbei, was soll das bringen?«

Magda steckte ihren Kopf zur Tür hinein und stieß einen spitzen Schrei aus, als sie die Handfesseln sah.

»Bringen Sie uns bitte Mineralwasser, Magda.«

Thal hatte erwartete, dass sie eine oder zwei Flaschen bringen würde, stattdessen servierte sie stilecht drei Kristallgläser.

»Wohl bekomm's!«

Thal hatte Mühe, nicht laut loszulachen und auch Quandt grinste über beide Backen.

»Sie haben gesagt, es ist eh vorbei«, begann Thal. »Sie wollen also ein Geständnis ablegen?«

Jonas legte sein Tablet auf den Tisch. »Sie haben nichts dagegen, wenn wir dieses Gespräch aufzeichnen?«

Löscher winkte ab. »Was gibt es da zu gestehen? Sie waren leider zu schnell an Ort und Stelle, aber so ...« Er nahm das Glas zwischen die beiden gefesselten Hände und trank einen Schluck. »Ich nehme an, dass ihre reizende Kollegin noch lebt? Sie kann mich identifizieren und ... hopp!«

»Warum?«, fragte Quandt. Weiter kam er nicht.

»Warum, warum, warum ...! Sie haben keine Vorstellung, was es heißt, der Sohn von Lennart Löscher und der Enkel von Waldemar Löscher zu sein. Zwei Koryphäen der deutschen Kinderheilkunde, außerdem grundgütige Menschenfreunde und liebende Gatten und Väter.«

Er spuckte auf den Teppich.

»Selbstverständlich sollte – nein: musste! – der älteste Sohn die Medizinerdynastie der Löschers fortsetzen. Etwas anderes kam nicht infrage.«

Er machte eine Pause und Thal glaubte, er würde erneut ausspucken, aber er ließ es bleiben.

»Und der erstgeborene Sohn des Lennart Löscher tat, wie ihm geheißen und begann ein Medizinstudium. Nur: Er war dafür gänzlich unbegabt, fiel zwei Mal durchs Physikum ... und das war's.«

Er hob den Blick und schaute Thal aus stahlgrauen Augen an.

»Diese Schande für die Familie musste geheim gehalten werden. Also tat der Erstgeborene so, als würde er brav weiterstudieren, während er in Wirklichkeit versuchte, die Zeit totzuschlagen. Nur der alte Waldemar wusste davon, ein Grandseigneur, wie er im Buche steht.«

»Irgendwann bekam ihr Vater aber doch Wind von dem Schwindel.«

Sebastian Löscher nickte. »Eines Tages rief er einen alten Studienkollegen an, der gleichzeitig mein angeblicher Doktorvater war. Er fiel allerdings aus allen Wolken, als mein Vater, sein Kumpel Lennart, ihn fragte, wie sich sein

Sprössling denn so mache. Er hatte mich noch nie gesehen.«

Er lachte auf und Thal hörte einen hysterischen Unterton. Sie sollten sich beeilen, in ein paar Minuten bekämen sie vermutlich nichts mehr aus ihm heraus.

»Also haben Sie Ihren Vater ...«

»Die Sache mit dem Insulin war eine geile Idee, oder? Da habt ihr lange gerätselt, nicht wahr?«

Er schaute beifallheischend von Thal zu Quandt.

»Mein Alter hat echt mit Anabolika gedealt, hat ein Schweinegeld damit gemacht. Ich habe das mal durch Zufall ...«

»Das spielt jetzt keine Rolle«, sagte Thal. »Kommen wir lieber zu dem Abend im Schmetterlingshaus.«

»Ich wusste, dass sich mein Vater mit einer Nutte da verabredet hatte. Das war der ideale Ort für einen Mord mit Insulin. Ich wusste von Lohbeck, dass niemand von den Wachleuten ins Schmetterlingshaus hineingeht, sie patrouillierten immer nur daran vorbei.«

Er machte eine kurze Pause, als müsste er die Erinnerung hervorkramen. »Ich schlich mich von hinten an. Die Nutte war schnell erledigt, mein Alter auch. Er zappelte ein bisschen, das war's. Die Leiche der Frau in den See zu schaffen, war noch am schwierigsten.«

»Und warum die Namen?«, fragte Jonas.

»Die haben euch auf Trapp gehalten, oder?« Er wartete einen Moment, aber als keine Reaktion kam, fuhr er fort. »Genau deshalb habe ich sie ihm in die Haut geritzt. Ich hatte sie sogar auswendig gelernt. Ihr solltet was zu tun haben. Im Grunde genommen geschah es ihm ja sogar recht. Finja Lohbeck hatte er echt auf dem Gewissen.«

Thal überlegte, ob es wirklich Sinn hatte, weiterzumachen, aber noch schien Löscher klar.

»Womit wir bei ›Uriels Kriegern‹ wären. Wie viele Kinder haben sie dort getötet?«

Löschers Augen verschleierten sich.

»Fünf.«

Er schaute zwischen Thal und Quandt hindurch.

»Wenn der Kleine von heute auch auf die Reise gegangen ist.«

»Er lebt.« Quandt sagte das im Brustton der Überzeugung. Thal konnte nicht sagen, ob in Löschers Blick Erleichterung oder Enttäuschung die Oberhand hatte.

»Warum?«, fragte Thal.

Löscher schaute auf den Boden, als untersuchte er den Fleck, den seine Spucke hinterlassen hatte. »Was ist schon ein Arzt? Er versucht, der Natur hin und wieder ein Schnippchen zu schlagen. Manchmal gelingt es ihm, oft genug scheitert er.«

Er richtete sich auf.

»Ich dagegen hatte wirkliche Macht. Die einzige Macht, die zählt. Die Macht, Leben zu schenken, und die Macht, es zu nehmen.«

Thal mochte nicht mehr länger zuhören. Er legte Quandt die Hand auf die Schulter. »Du kommst klar?«

Der junge Kollege nickte. Thal verließ den Raum und rief Stefanie Bohlmann an.

»Gibt es Nachrichten von Bettina?«

»Nein, noch nichts.«

»Dann hol mich bitte ab. Wir haben noch etwas zu erledigen.«

Vierundfünfzig

Vierter Tag. Siebzehn Uhr zehn

»Wie geht es meinem Sohn?«

Anna Weber stand in der Tür, ihre Augen irrten zwischen Stephanie Bohlmann und Alexander Thal hin und her. »Bitte! Sagen Sie mir, dass er lebt.«

Stephanie legte ihre Hand auf den Arm der Frau. »Ja, er lebt.«

Die Frau beugte sich herunter und bedeckte Stephanies Hand mit Küssen. »Es ist gut, Frau Weber. Sie müssen sich bei unserer Kollegin bedanken, sie hat Konstantin das Leben gerettet, obwohl sie selbst mehr tot als lebendig war. Außerdem ist der Kleine noch nicht über den Berg, aber es besteht eine Chance, dass er wieder gesund wird.«

Thal bat darum, ins Haus kommen zu dürfen und Frau Weber entschuldigte sich wortreich.

»Thomas!«, rief sie in Richtung der offen stehenden Gartentür, als sie das Wohnzimmer erreicht hatten.

»Mein Mann ist im Garten. Er baut am besten Stress ab, wenn er den Rasen mäht. – Thomas!«

Kurze Zeit später betrat Thomas Weber das Wohnzimmer. Er war ein Bär von einem Mann, Thal schätzte ihn auf einen Meter neunzig und gut zweieinhalb Zentner. Seine Haare bildeten nur noch einen dünnen Kranz um eine Glatze, auf der Schweißtropfen nach unten perlten.

»Konstantin lebt, Thomas! Ist das nicht wunderbar?«

Der Mann nickte stumm. Thal vermutete, dass er kein Freund vieler Worte war und er sollte Recht behalten.

»Herr Weber ...«

»Moment!« Stephanie unterbrach Thal mit nach vorne gebeugtem Oberkörper. »Ich habe Ihre Stimme schon gehört, Frau Weber!«

Thal schaute die Kollegin irritiert an, aber sie ließ sich nicht ablenken.

»Am Telefon«, sagte sie fast tonlos. »Sie haben uns angerufen, Frau Weber, um uns zu sagen, dass man ihren Sohn umbringen wollte.«

»Was für ein Quatsch!« Thomas Weber sprach eine Spur zu laut.

Thal war sich nicht sicher, was die Stimme der Frau anging, aber möglicherweise hatte Stephanie recht. Am Ende müsste das eine Stimmanalyse klären.

»Wie dem auch sei, mich interessiert, warum Sie ihren Sohn in die Obhut dieser gewalttätigen Sekte gegeben haben. Sie mussten doch wissen, dass sie die Kinder prügeln und misshandeln.«

»Was heißt hier ›misshandeln‹?« Thomas Weber war hörbar nervös, denn er lispelte leicht, was Thal vorher nicht aufgefallen war.

»Uriels Krieger betreiben ein wunderbares Heim in Laos. Sie haben uns einen Film gezeigt. Das Haus liegt in einem kleinen Dorf an diesem großen Fluss – wie hieß er noch gleich, Anna?«

Anna schwieg.

»So hilf mir doch ...«

»Mekong«, sagte Stephanie.

»Genau! Das Haus lag direkt am Mekong. Es ist alles einfach, aber sauber und ordentlich. Dort können die Kinder frei leben, ohne dass sie ständig gehänselt werden wie hier.«

Er schaute Thal an.

»Sie wissen, dass Konstantin geistig behindert war?«

»Er war nicht behindert!« Anna Weber schaute ihren Mann giftig an. »Er war leicht zurückgeblieben, hatte Probleme, sich etwas zu merken. Sein Kurzzeitgedächtnis war nicht in Ordnung, aber er war ein wundervoller Junge.«

»Klar, war er das«, sagte ihr Mann kleinlaut. »Deshalb wollte ich ja auch, dass er in dieses Heim nach Laos kommt.«

»Bloß die Sache mit der Examination, das hättest du nicht zulassen dürfen.« Anna Weber schluchzte. »Wissen Sie, wie sie das vor den Kindern nannten?«

»Halt den Mund!«

»Nein, damit ist Schluss! Ich habe viel zu lange den Mund gehalten. Dieses Doktorspiel, so nannten sie es nämlich, ist ein Verbrechen. Man kann die Kinder doch nicht einfach ...«

Sie hielt sich die Hand vor den Mund.

»Sie haben also gewusst, was bei ›Uriels Kriegern‹ passierte?«, fragte Stephanie.

»Nein, das haben wir nicht«, beeilte sich Thomas Weber zu antworten.

»Doch!«, schluchzte seine Frau. »Sie haben recht, ich habe angerufen. Thomas war den ganzen Tag schon so komisch und dann ging er plötzlich. Er hatte immer davon gesprochen, dass er beim Doktorspiel dabei sein wolle. Ich weiß auch nicht, warum, aber auf einmal wusste ich, dass es heute so weit war.«

Thomas Weber trat einen Schritt zur Seite, und Thal fürchtete, er wollte sich aus dem Staub machen. Noch eine Verfolgung würde er heute nicht überstehen. Zum Glück ließ sich der Mann nur neben seine Frau fallen. Er starrte

auf den Boden. Thal wusste, dass er für lange Zeit schweigen würde.

Fünfundfünfzig

Fünf Tage später. Zwanzig Uhr zehn

»Das nenne ich mal ein Festessen!«

»Freut mich zu hören, dass es Ihnen geschmeckt hat.« Der Geschäftsführer der ›Cantina Rabaja‹ war an den Tisch getreten, um nach weiteren Wünschen zu fragen.

»Sie haben sich selbst übertroffen«, sagte Thal strahlend und bestellte einen Grappa. Auch die anderen orderten noch das eine oder andere Getränk. Aus Rücksicht auf den jüngsten Gast am Tisch war es noch früh am Abend und es gab keine Eile, die Tafel aufzuheben. Er hatte das ganze Team in eines der besten Restaurants der Stadt eingeladen. Die ›Cantina‹, wie sie in Konstanz meistens nur genannt wurde, war genauso klein wie gut. Im Gewölberaum der Osteria fanden nur sieben Tische Platz, dazu kamen wenige Stühle in der Vinothek. Die Küche war fantastisch und Thal klopfte sich gedanklich auf die Schulter für seine Restaurantwahl. Sie hatten schließlich etwas zu feiern.

Er blickte in die Runde. Stephanie unterhielt sich angeregt mit Jonas. Ihr Gesicht war leicht gerötet von einigen Gläsern Wein, während Quandt wie immer keinen Alkohol getrunken hatte.

Hartmut Grendel spielte mit seiner Krawatte, vermutlich überlegte er, sie abzulegen, denn er war als Einziger so formal gekleidet erschienen.

Gerhard Restle hatte sich überschwänglich bei Thal für die Einladung bedankt. Es kam wohl nicht oft vor, dass die Rechtsmediziner zu internen Feiern eines Kommissariats eingeladen wurden.

Fiona Lee hatte den ganzen Abend nur Augen und Ohren für Bettinas Tochter, man konnte fast meinen, dass sie lieber Kinderschwester als Forensikerin geworden wäre.

Schober hatte sich lange geziert und so getan, als wollte er die Einladung ablehnen. Dabei war sein Ärger über Thals Eigenmächtigkeit längst verraucht, immerhin hatten sie einen sensationellen Fahndungserfolg zu verzeichnen. Und eine Einladung in ein erstklassiges Restaurant schlug der Imam ohnehin nie aus.

Madlaina war noch ein bisschen blass um die Nase, aber alles in allem hatte sie sich von dem Mordanschlag gut erholt. Der Fall hatte ohne Zweifel Narben auf ihrer Seele hinterlassen, aber auch die würden heilen.

Bettina strahlte über das ganze Gesicht. Sie war Mutter einer prächtigen Tochter geworden und Thal war der stolzeste Opa der Stadt. Ließ man die Umstände am Anfang außer Acht, war es eine völlig unproblematische Geburt gewesen.

»Wie geht es dem Jungen, den ihr bei dieser Sekte gefunden habt?«, fragte Restle.

»Er ist aus dem Koma erwacht«, antwortete Stephanie. »Die Ärzte meinen, er hätte noch mal Glück gehabt.«

»Im Gegensatz zu den vier anderen Kindern, die Löscher auf dem Gewissen hat.«

Er hatte ihnen tatsächlich die Wahrheit gesagt, denn sie fanden in der Werkshalle forensische Beweise für vier Leichen. Eine von ihnen war Finja Lohbeck, die anderen konnten noch nicht identifiziert werden. Gegen Florian Lohbeck ermittelte die Staatsanwaltschaft wegen Beihilfe zum Mord. Offen war bis jetzt, ob auch seine Frau Inga davon wusste. Genauso wenig war die Rolle der Heilpraktikerin Engl geklärt. Unstrittig war nur, dass sie Kenntnis von dem

Kinderheim in Laos hatte. Die dortigen Behörden stellten inzwischen ebenfalls Untersuchungen an. Die Einrichtung am Mekong war illegal und entsprach in keiner Weise internationalen Standards.

Bevor sie sich zu sehr in Diskussionen über den Fall verstrickten, klopfte Thal an sein Glas.

»Ich möchte noch zwei Dinge sagen, meine Lieben.« Er machte eine Pause und genoss das ungläubige Staunen, das diese Anrede in die Gesichter der Anwesenden zauberte.

»Zuerst möchte ich Madlaina sagen, wie glücklich ich bin, dass sie heute hier bei uns ist.«

Die anderen klatschten Beifall.

»Wir haben viel geredet über das, was da in der Singener Werkshalle passiert ist. Zwei Folgerungen ziehe ich daraus.«

Er lächelte Madlaina an. »Erstens: Ich liebe diese verrückte Schweizerin über alles!«

»Wow!« entfuhr es Fiona Lee, und die anderen johlten, bis Bettina sie bat, nicht so laut zu sein, die Kleine werde sonst wach.

»Und zweitens ...« Thal nahm den Faden wieder auf. »Ich weiß, dass es ein Fehler war, sie in diesen Einsatz zu schicken.«

»Hört, hört!«, rief der Imam.

»Nicht, weil sie der Sache nicht gewachsen gewesen wäre. Madlaina ist eine herausragende Polizistin, aber ich hätte es mir nie verziehen, wenn ihr etwas zugestoßen wäre.«

Niemand sagte etwas.

»Deshalb möchte ich euch beiden, Stephanie und Jonas, von Herzen danken. Ihr habt nicht nur Madlaina das Leben gerettet, sondern auch mir.«

Thal trank einen Schluck Wasser.

»Nun seid nicht so still wie auf einer Beerdigung. Dieser Tag ist ein Feiertag. Und Madlaina wird auch in Zukunft für uns arbeiten. Sie ist Fallanalytikerin, sogar die beste, die ich kenne, und die sind rar gesät. Wir werden dich brauchen, mein Liebling. Aber im Büro und nicht in einem verdeckten Einsatz.«

Madlaina strich ihm mit der Hand zärtlich über den Arm.

»So!«, sagte Thal und räusperte sich. »Jetzt kommen wir zum Besten der vergangenen Tage und das liegt da in diesem Wagen. Ist sie nicht großartig, meine Enkeltochter?«

Die feierliche, fast getragene Stimmung löste sich ausgelassen auf. Alle hoben ihre Gläser und prosteten Bettina zu.

Thal hob die Hand. »Eine Sache muss ich allerdings fragen. Hast du dem Mädchen endlich einen Namen gegeben?«

Bettina warf ihre Haare nach hinten und lachte. »Die Kleine hatte von Anfang an einen Namen, nur erfahrt ihr ihn erst heute.«

Sie machte eine Pause und wartete, bis es mucksmäuschenstill war.

»Ich habe lange darüber nachgedacht, wie meine Tochter heißen soll. Ich wollte einen Namen, der mir etwas bedeutet und der gleichzeitig für ihre Herkunft steht.«

»Nun mach's nicht so spannend!«, rief Stephanie.

»Es ist eigentlich ganz einfach. Die Kleine heißt wie ihre Großmutter.«

Thal runzelte seine Stirn. »Nun habe ich doch glatt vergessen, wie deine Mutter heißt«.

»Das macht nichts.« Bettina lachte. »Sie heißt nach ihrer Großmutter väterlicherseits, einer Frau, die ich immer bewundert habe.«

Niemand sagte etwas. Schließlich fragte Restle: »Und das heißt jetzt konkret.«

»Meine Tochter und Alexander Thals Enkelin heißt Leah.«

Thal schluckte. Er war sich nicht sicher, ob er die Tränen zurückhalten konnte.

Liebe Leserinnen und Leser,

zum Schluss möchte ich mich bei Ihnen bedanken, dass Sie diesen Roman gelesen haben, denn nur für Sie habe ich ihn geschrieben. Wie alle Autoren wünsche ich mir, dass meine Geschichten und Figuren in der Fantasie meiner Leserinnen und Leser zum Leben erwachen.

Deshalb freuen ich mich auch über jede Leserzuschrift. Schreiben Sie mir, ob Ihnen »Das Doktorspiel« oder einer meiner anderen Romane gefallen hat. Meine E-Mail-Adresse lautet:

belabolten@email.de

Leseproben aus einigen anderen meiner Krimis finden Sie im Anschluss.

In diesem Zusammenhang habe ich noch eine Bitte. Als verlagsunabhängiger Autor muss ich mich auch um das Marketing für meine Bücher selbst kümmern. Deshalb bin ich auf Ihre Unterstützung angewiesen. Sie helfen mir sehr, wenn Sie meine Bücher bei Amazon bewerten, über sie sprechen und sie weiterempfehlen. Twittern Sie über das Buch, erwähnen Sie es auf Facebook, Google+ oder anderen Plattformen.

Übrigens: Ich belohne meine treuen Leserinnen und Leser bei jeder Neuerscheinung, denn Sie können das E-Book für einige Tage zu einem äußerst günstigen Sonderpreis erwerben. Besuchen Sie meine Internetseite

http://belabolten.wordpress.com/

und abonnieren Sie dort meinen Newsletter, dann erfahren Sie rechtzeitig von diesen Aktionen.

Herzlichst

Ihr Béla Bolten

Mehr von Béla Bolten

Bettina Berg und Alexander Thal ermitteln in Konstanz am Bodensee. Alle bisherigen Fälle mit den beiden sympathischen Ermittlern erreichten Spitzenplätze in den Amazon Bestsellerlisten. Die Romane sind in sich abgeschlossen und können losgelöst von den anderen gelesen werden.

Folgende Titel sind in dieser Reihe bisher erschienen:

Leahs Vermächtnis (eine Leseprobe finden Sie unten)
Sünders Fall
Bankers Tod
Claras Schatten
Tote Mädchen weinen nicht
Aschenputtel tanzt nicht mehr
Wenn Barbies Schwestern Trauer tragen
Das Doktorspiel

Leahs Vermächtnis – Ein Berg und Thal Krimi

Kriminalhauptkommissar Alexander Thal trauert um seine Frau, die gefeierte Künstlerin Leah Braasch. Sie fiel einem Attentat zum Opfer, das ihm gegolten hatte. Thal zweifelt, ob er jemals in den Polizeidienst zurückkehren wird. Was hat seine Arbeit für einen Sinn, wenn er nicht einmal seine große Liebe vor einem Verbrechen bewahren konnte? Als er eines Morgens im Briefkasten einen an ihn adressierten Brief mit Fotos einer unbekannten, in entwürdigenden Situationen fotografierten Frau findet, wird ihm die Entscheidung abgenommen. Dies ist sein Fall. Es beginnt eine atemlose Jagd auf den Fotografen, dem im Trubel der

Fastnacht jederzeit weitere Frauen zum Opfer fallen können. Wird es Thal diesmal gelingen, die Frauen zu schützen?

Leseprobe:

Kapitel eins: Das Versprechen

Er öffnete die beiden obersten Knöpfe seines Mantels. Obwohl vom See ein kalter Wind durch die Gassen wehte und das Thermometer zu dieser frühen Morgenstunde nur drei Grad zeigte, war ihm heiß. Er fürchtete, einen glühend roten Kopf zu bekommen. Dabei hatte er sich geschworen, gelassen zu bleiben. Es gab keinen Grund, aufgeregt zu sein. Er hatte alles durchdacht, seit Monaten feilte er an seinem Werk. Bis ins kleinste Detail hatte er die Komposition geplant, nichts war mehr dem Zufall überlassen. Über jede einzelne Pose, über Mimik und Gestik hatte er intensiv nachgedacht. Jederzeit konnte er das fertige Bild vor sein geistiges Auge holen. In Sekundenschnelle stand es vor ihm in seiner unbeschreiblichen Schönheit. Das hatte die Welt noch nicht gesehen. Monumental, bedeutend, in die Zukunft weisend.

Bevor seine Gedanken sich aus der Wirklichkeit lösten, zwang er sich zur Konzentration. Er durfte jetzt nicht träumen, sich nicht am eigenen Tun berauschen. Er musste hellwach sein. Die kommenden Tage sollten die bedeutsamsten seines Lebens werden. Danach würde nichts mehr sein, wie zuvor. Heute war der letzte entspannte Tag, den er nutzen wollte, um sich mit dem Terrain vertraut zu machen.

Er bog in die Münsterstraße ein und stieß fast mit einem Fahrradfahrer zusammen, der an diesem kalten Morgen nicht mit einem Spaziergänger gerechnet hatte. Die wenigen Fußgänger gingen zielstrebig in der Mitte der Straße. Sie waren auf dem Weg zur Arbeit, zur Schule, zu einem Arzt. Morgen würde das Geschäftsleben in der Stadt auf ein Minimum reduziert. Keiner hatte einen Blick für die Auslagen der Geschäfte, wo Luftschlangen, Konfetti und mit den typischen Kostümen der alemannischen Fastnacht bekleidete Puppen auf die kommenden Tage hinwiesen. Vor einigen Läden lagen lange Holzbretter, mit denen spätestens am Donnerstag viele Händler ihre Schaufenster verrammeln würden. Zu schnell ging im Taumel der Massen etwas zu Bruch.

Fast wie vor einer Großdemonstration in Berlin, nicht fröhlich, eher bedrohlich wirkte die Szenerie. Daran änderten auch die bunten Bänder aus Stofffetzen nichts, die im Abstand von einem Meter über die Straße gespannt waren und ihr ein Dach gaben.

Monate lang hatte er über den passenden Zeitpunkt gegrübelt, bis ihm der Einfall kam, der seinem Vorhaben die Richtung gab. Eine ganze Stadt im Taumel der Sinne, was könnte seinem Plan dienlicher sein? Bisher hatte er die Fastnacht nicht gemocht. Zu grell, zu lärmig, zu zügellos - Opium für das gemeine Volk, damit es für ein paar Tage sein Elend vergaß. Nichts für Feingeister.

Jetzt aber würden ihm die tollen Tage liefern, was er als Letztes zur Vollendung seines Werkes brauchte. In den Straßen dieser Stadt würde es ihm in den nächsten Tagen gelingen, nicht zu kopieren, sondern zu erschaffen.

Als er in die Kanzleistraße einbog, trat zwei Meter vor ihm eine Frau aus einer Drogerie. Sie war kaum zwanzig und ging mit ausladenden Schritten Richtung Marktstätte. Nur mit Mühe konnte er ihr folgen. Warum rannte er hinter ihr her? »Bleib ruhig«, murmelte er. »Es ist noch zu früh.«

Erst morgen, am Mittwoch, wenn die Fastnacht ihren Anfang nahm, würde er sein Werk beginnen. Aber war es nicht oft so gewesen, dass alle Planung unwichtig wurde, wenn ihn der kreative Blitz traf, aus dem jedes Kunstwerk sein Leben erhielt, jenen besonderen Glanz, der sich später in den Augen der Betrachter widerspiegelte?

Er griff in die rechte Manteltasche und schloss die Hand um die kleine Flasche. Er wollte sie erst nicht mitnehmen, hatte sich aber ohne darüber nachzudenken anders entschieden. War das der Wink einer höheren Macht, dem zu folgen ein Künstler früher oder später lernte? Er beschleunigte seine Schritte, um die Frau nicht zu verlieren. Ihr dichtes, leicht gewelltes schwarzes Haar wippte über den Kragen der weißen Felljacke. Er hatte sie nur eine Sekunde lang von vorne gesehen, aber sie war eindeutig schlank. Ihr fester Gang ließ darauf schließen, dass sie nicht dürr war, sondern weibliche Formen und Rundungen hatte. Ging dort sein erstes Modell? Als sie an einer Galerie in Höhe des Kaiserbrunnens stehen blieb, überholte er sie. Dabei sah er für einen Moment ihr Spiegelbild im Schaufenster. In seinem Kopf überstürzten sich die Bilder. In Sekundenbruchteilen stanzte sein Gehirn die Unbekannte in das Mosaik seines Werkes. Wer war sie? Was verkörperte sie? Das Versprechen? Die Verführung? Die Hingabe? Als sein fieberhaft arbeitender Geist sie in das letzte Feld setzte, blieb er abrupt stehen.

»Stopp«, sagte er so laut, dass er erschrak. Sofort drehte er sich um. Sie hatte es nicht gehört, sondern betrachtete weiter das Schaufenster. Wie immer funktionierte es. Wenn sein Kopf zu zerplatzen schien und die Gedanken sich verselbstständigten, konnte er sich mit diesem einen Wort zur Ruhe bringen. Dem kreativen Impuls zu folgen, war gut, doch er durfte ihn nicht ins Chaos führen. Sein Werk hatte Anfang und Ende. Die Reihenfolge stand fest. Zuerst kam das Versprechen. War sie es? Das Haar, die Kleidung, die frauliche Figur passten. Die Frau drehte sich um. Sie kam direkt auf ihn zu. Fast hatte sie ihn erreicht, ehe er einen Schritt zur Seite machte. Sie lächelte ihn an und senkte leicht den Blick. In dieser unscheinbaren Geste lag, was er suchte.

Er sah aus den Augenwinkeln, dass sie das Café »Marktstätte« betrat. Er tastete erneut nach dem Fläschchen und bereute, die Wirkung nicht vorher ausprobiert zu haben. Er musste der Beschreibung auf der Internetseite vertrauen. Demnach hatte er ausreichend Zeit für sein Vorhaben.

Er atmete tief durch und spürte, dass seine Nervosität nachließ. Tiefe Ruhe stellte sich ein – wie jedes Mal, wenn er mit einem Werk begann. In dieser Sekunde war alle Falschheit aus der Welt. Alles war an seinem Platz.

Mit festen Schritten ging er auf das Café zu und drückte die Eingangstür auf.

Neugierig geworden?
„Leahs Vermächtnis" von Béla Bolten erhalten Sie als E-Book und Taschenbuch exklusiv bei Amazon.

Axel Dauts Fälle

Die zeithistorische Krimiserie um den Ermittler Axel Daut spielt während des Zweiten Weltkriegs in Berlin und verbindet auf besondere Weise Fiktion und Realität.
Bisher sind drei Bücher erschienen:
Die Romane "Codewort Rothenburg", in den Sie gerne hineinlesen können, und "Der Aufbewarier" sowie die Kurzgeschichte "Luises Schweigen".

Codewort Rothenburg
Axel Dauts erster Fall

Berlin, Frühjahr 1941. Ein mysteriöser S-Bahn-Mörder hält die Stadt in Atem. Als eine weitere Frauenleiche gefunden wird, führen die Spuren Kriminalkommissar Axel Daut aber in eine andere Richtung. Das Opfer arbeitete als Prostituierte in einem noblen Bordell. Warum will offiziell niemand etwas von diesem „Salon Kitty" wissen? Trotz Anweisung von höchster Stelle, den Fall zu den Akten zu legen, ermittelt Daut weiter und betritt eine geheimnisvolle Welt aus Spionage und rauschhafter Begierde, der auch er sich nicht entziehen kann.

Währenddessen schließt sich Dauts Ehefrau Luise ohne sein Wissen einer Widerstandsgruppe an. Als deutsche Soldaten in Russland einmarschieren und Bomber Nacht für Nacht Tod und Zerstörung auch nach Berlin bringen, kommt es zu einem dramatischen Finale, an dessen Ende nichts mehr ist, wie es war.

"Historisch perfekt recherchiert – ein Stück NS-Alltagsgeschichte in Romanform, das ohne moralische Wertungen, ohne politisches Pathos, ohne erhobenen Zeigefinger auskommt."

(Eine Leserin bei Amazon)

'Codewort Rothenburg' ist definitiv mehr als nur ein spannender Krimi. Der Autor Béla Bolten schafft es, die Ereignisse der Zeit geschickt mit einem spannenden Kriminalfall zu verbinden.

(Wir lesen – Eure Büchercommunity)

Béla Bolten ist es mit diesem Buch brillant gelungen, ein historisches Szenario in einen mitreißenden Krimi zu packen, der einen für viele Stunden nicht mehr los lässt.

(Online Magazin Maniax)

Leseprobe

Eins

Er hatte es sich schlimmer vorgestellt. Unangenehmer. Er sollte sich entspannen, dann könnte er es sogar genießen. Die Kameraden hatten recht, Inge war hübsch. Nicht schön, aber reizvoll. Weniger ihr Gesicht, in dem die Augen etwas zu eng beieinanderstanden und die Wangenknochen zu deutlich hervortraten. Sähe man nur ihren Kopf, könnte man sie für dürr halten. Er sah an ihrem Körper herunter. Sie war alles andere als das. Der Seidenkimono war aufgesprungen, und so hatte er einen freien Blick auf ihre Brüste, ihren Bauch, ihre Beine. Ein seidiges Etwas, eher ein Nichts als ein Höschen, verbarg die Scham zwischen ihren runden Schenkeln. Sie stützte sich auf den linken Unterarm, trank einen Schluck Champagner und sah ihn herausfordernd an.

»Na, Soldat! Genug gesehen?«

Er fühlte sich ertappt. Das Blut schoss ihm ins Gesicht.

»Du bist ja vielleicht ein Held!«

Sie prustete los, und einige Spritzer Sekt trafen seine Nase.

»Wirst ja rot wie ein kleiner Junge, wenn du nur ein paar Tittchen siehst. Hoffentlich wirst du mir beim Rest nicht ohnmächtig!«

Wieder lachte sie lauthals.

»Nimm die Inge«, hatten seine Kameraden gesagt. »Die ist nicht nur hübsch, die hat auch richtig was drauf. Sachen macht die ...«

Mit seiner linken Hand umfasste er ihre rechte Brust. Inge drängte ihren Oberkörper gegen ihn.

»Na endlich. Ich dachte schon, du wolltest nie anfangen.«

Sie nestelte an seiner Gürtelschnalle und zog mit einem Ruck die Hose herunter. Als sie in seine Unterhose greifen wollte, schlug er ihre Hand weg. Sie riss die Augen auf.

»Aua, du tust mir weh.«

Er hatte zu fest zugepackt. Es war ein Reflex. Aus seinem Unterbewusstsein. Seit Jahrzehnten antrainiert.

Er lockerte den Griff.

»Tut mir leid. Aber ich kann nur ...«

»Ah, der Herr möchte bestimmen, wo's lang geht. Nur zu!«

Sie lachte, hob den Hintern an und zog mit einem Ruck ihr Höschen auf die Knöchel.

»Den Rest kannst du ja wohl selber!«

Wieder gluckste sie, und in diesem Moment wusste er, dass er dieses Lachen schon einmal gehört hatte. Inge spreizte die Schenkel, und der Anblick, der sich ihm bot, lenkte ihn augenblicklich ab. Noch nie hatte er eine Frau gesehen, die an dieser Stelle rasiert war. Das Verlangen sprang ihn an wie ein Tiger sein Opfer. Er wollte diese Frau, die sich ihm so schamlos darbot.

»Dreh dich um«, sagte er in einem barschen Befehlston.

Sie schien es als Spiel aufzufassen.

»Jawohl, Herr Leutnant! Wie der Herr Leutnant befehlen!«

Lasziv und provozierend langsam drehte sie sich auf die Seite. Er fasste sie um das Becken, hob sie hoch und brachte sie mit einem Schwung in eine kniende Position. Sie stöhnte auf, es klang nicht schmerzhaft. Mit der Hand fuhr sie sich zwischen die Schenkel, und er spürte stechend, wie groß seine Lust war. Die Hose hatte sich an seinen Beinen verheddert, und er brauchte einige Zeit, sie abzustreifen. Als er seine Unterhose nach unten zog, drehte sie den Kopf.

»Nun mach schon, oder willst du ...«

Ihre Augen weiteten sich, und die Backen fielen in sich zusammen.

»Was ist das denn?«

Sie kreischte mehr als sie sprach und beendete den Satz mit einem hohen, fast quietschenden Kiekser. Sie blickte ihn direkt an. Wieder lachte sie schallend und brüllte los, wobei ihre Stimme fast eine Oktave tiefer zu sein schien als zuvor:

»Das kann doch gar nicht wahr sein. Wann habe ich denn so was das letzte Mal gesehen? Muss schon lange her sein! Das glaubt mir kein Mensch.«

In diesem Moment erinnerte er sich an alles. Er hatte einen Fehler gemacht. Einen folgenschweren Fehler.

Er griff in ihr dichtes, schwarzes Haar und drehte mit einem kräftigen Ruck ihren Kopf nach vorne. Sie schrie auf. Diesmal vor Schmerz. Er verschloss ihren Mund mit seiner Hand. Mit Verwunderung spürte er, dass seine Lust nicht nachgelassen hatte.

»Sei still und tu deine Arbeit«, zischte er.

Dann drängte er sich an sie. Er wusste, dass er die Sache zu Ende bringen musste.

Neugierig geworden?
„Codewort Rothenburg" von Béla Bolten erhalten Sie als E-Book und Taschenbuch exklusiv bei Amazon.

Das Jesuskomplott

Thriller

Archäologen entdecken in Jerusalem ein Familiengrab aus dem ersten Jahrhundert. Die Namen der dort Bestatteten elektrisieren die Forscher: Maria, Josef, Jesus. Ein internationales Team von Wissenschaftlern unter der Leitung des deutschen Professors Wolfram Engel macht sich an die Untersuchung der Fundstücke. Kann die biblische Geschichte nun endlich bewiesen oder widerlegt werden? Der Vatikan fürchtet das Schlimmste und unternimmt alles, um in den Besitz der Grabungsfunde zu kommen. Als ein Mitglied des Teams ermordet wird, kommt Engel ein furchtbarer Verdacht.

Droht die Gefahr gar nicht aus Rom? Müssen sie am Ende alle sterben?

Es beginnt ein Wettlauf mit der Zeit, denn nur die Wahrheit kann sie retten.

Leseprobe

Neun Tage vor der Auferstehung

Engel nahm den Finger von Sanikas Hals und wischte ihn an seiner Hose ab, als müsse er die Erinnerung an die kühle Haut von jeder Nervenfaser tilgen. Mit der rechten Hand versuchte er, die Augenlieder zu schließen, wie man es in Hollywoodfilmen tat, sie blieben aber nicht in dieser Position, und so starrte sie ihn weiterhin aus aufgerissenen, aber leblosen Augen an. Langsam hob Engel den Kopf und schaute zu Sarah auf, die wie angewurzelt zwei Meter neben der in einen weißen Sari gehüllten Leiche stand, den Blick auf das Regal auf der gegenüberliegenden Seite des Zimmers gerichtet, als könne sie damit die Wirklichkeit ausblenden. Engel stand auf, machte einen weiten Schritt über die in grotesker Verrenkung auf dem Boden liegende Tote, ging auf sie zu und berührte sie leicht am Arm. Sie zuckte zusammen, als hätte sie ein Stromschlag getroffen.

«Sanika ist tot, Sarah.»

Sie wendete ihm langsam den Kopf zu und verkrampfte dabei die Hände, als koste sie diese Bewegung die letzte Kraft. Kaum vernehmbar flüsterte sie:

«Wir sollten Pat holen.»

«Er kann ihr auch nicht mehr helfen, und seine Fähigkeiten als Gerichtsmediziner werden erst später gebraucht. Es ist wichtiger, nach Hinweisen zu suchen, warum sie sterben musste, bevor ...»

«Warum, warum!» Sarahs Stimme war plötzlich laut und kräftig, dabei höher als gewöhnlich. «Wir wissen doch eh, wie er es drehen wird. Ihr Tod passt ihm gut ins Konzept, glaub mir doch endlich.»

Engel hätte ihr in diesem Moment gerne widersprochen, um ihr und vor allem auch sich selbst Mut zu machen. Aber was sollte er sagen? Auch wenn er bei einer oberflächlichen Betrachtung der Leiche keine äußerlichen Spuren von Gewaltanwendung finden konnte, glaubte er nicht an einen natürlichen Tod. Der Körper lag seltsam verkrampft auf dem Boden, als hätte er sich in einem furchtbar schmerzhaften Todeskampf gewunden. Erbrochenes lag neben dem Kopf, und dem Geruch nach zu urteilen, hatte Sanika auch ihren Stuhlgang nicht halten können. Gesicht, Unterarme und Hände waren bläulich verfärbt. Nein, so sah kein Mensch aus, der an einem plötzlichen Herztod gestorben

war, da war sich Engel sicher. Hawley würde die Todesursache später herausfinden, jetzt allerdings kam es darauf
an, nach Beweisen zu suchen für die ungeheuerliche Theorie, mit der Sarah ihn vor einer Stunde konfrontiert hatte.
Was hat Sanika ihr gesagt? Engel erinnerte sich noch genau
an den Wortlaut: «Nicht alles ist so, wie es aussieht. Auch
hier nicht. Ganz besonders hier nicht.»

Er ging zum Schreibtisch und setzte sich auf den altmodischen Drehsessel. Sanika Nuris Appartement unterschied
sich deutlich von den Suiten der leitenden Teammitglieder.
Es war einfach und funktionell eingerichtet. Neben dem
Schlafraum und der Nasszelle gab es nur diesen kombi-
nierten Wohn- und Arbeitsraum. Vor einem abgewetzten
Sofa stand ein ovaler Rauchglastisch, darauf drei Styropor-
behälter mit der Aufschrift «Delhi Delights». In einem
steckte eine Plastikgabel, während ein Plastiklöffel zu Boden gefallen war. Augenscheinlich hatte sich Sanika ihr
Abendessen von außerhalb liefern lassen und bevorzugte
noch immer die scharf gewürzten Speisen aus dem Land
ihrer Großeltern, obwohl sie selbst in Harrow im Nordwes-
ten Londons geboren und aufgewachsen war. Der Schreibtisch war aufgeräumt, nur eine einzige Aktenmappe lag ex-
akt ausgerichtet am rechten Rand. Engel schlug sie auf. Sie
enthielt drei eng mit einer Art Steno beschriebene Blätter,
vermutlich Sanikas Protokollnotizen der abendlichen
Gruppensitzung. Engel zog die Computertastatur zu sich
und drückte die Enter-Taste, woraufhin der Bildschirmschoner verschwand und der Dateiexplorer erschien. Engel
klickte sich durch einige Ordner. Alle waren klar strukturiert: Korrespondenz und Protokolle zeitlich geordnet,
dazu je ein Ordner pro Themenbereich: Grab, Ossuarien,
DNA-Spuren und so weiter. In jedem dieser Ordner befan-

den sich zahlreiche Unterordner, in denen die Berichte der entsprechenden Teammitglieder abgelegt waren. Der Fortschritt ihrer Arbeit der letzten Wochen war komplett dokumentiert und jederzeit nachvollziehbar. Sanika Nuri war die perfekte Sekretärin und Assistentin.

Engel klickte auf den Reiter mit der Bezeichnung «Grab». Er enthielt weitere Unterordner, in denen sich die Zeichnungen des Fundes, die Berichte der Techniker, die Fotos sowie seine eigene Dokumentation zur zeitlichen Einordnung in den historischen Zusammenhang befanden. Er wollte den Ordner schon schließen, als er ein unbeschriftetes Verzeichnis sah. Vermutlich hatte Sanika einen neuen Ordner angelegt, ihn dann doch nicht gebraucht und vergessen, ihn zu löschen. Einer Eingebung folgend, öffnete Engel den Ordner. Zu seiner Überraschung war er nicht leer, sondern enthielt ein einziges Bilddokument. Als die Zeichnung den Bildschirm füllte, erkannte er sofort, um was es sich handelte. Am unteren Rand der Skizze gab es eine handschriftliche Notiz - zu klein, um sie lesen zu können. Er vergrößerte die Ansicht und scrollte zum Ende des Dokuments. Als er das eilig hingekritzelte Datum entzifferte, verfiel er in eine Schockstarre und merkte nicht, dass Sarah hinter ihn getreten war.

«Du weißt, was das bedeutet?», fragte sie mit tonloser Stimme.

Engel nickte.

«Wir werden sterben. Alle.»

Neugierig geworden?
"Das Jesuskomplott" von Béla Bolten erhalten Sie als E-Book und Taschenbuch exklusiv bei Amazon.

5930205R00180

Printed in Germany
by Amazon Distribution
GmbH, Leipzig